MONA KASTEN

LONELY HEART

ESCUCHA A TU CORAZÓN

Traducción de María José Díez Pérez

W0321962

Planeta

Título original: *Lonely Heart*

© Bastei Lübbe AG, 2022
Rights negotiated through Ute Körner Literary Agent
www.uklitag.com
© por la traducción, María José Díez Pérez, 2023
© Editorial Planeta, S. A., 2023
Avda. Diagonal, 662-664, 08034 Barcelona (España)
www.editorial.planeta.es
www.planetadelibros.com

Ilustraciones del interior: © Martha Kraft y © KatarzynaZa / Shutterstock

Primera edición: abril de 2023
ISBN: 978-84-08-27112-3
Depósito legal: B. 4.370-2023
Composición: Realización Planeta
Impresión y encuadernación: Liberdúplex, S. L.
Printed in Spain - Impreso en España

La lectura abre horizontes, iguala oportunidades y construye una sociedad mejor. La propiedad intelectual es clave en la creación de contenidos culturales porque sostiene el ecosistema de quienes escriben y de nuestras librerías. Al comprar este libro estarás contribuyendo a mantener dicho ecosistema vivo y en crecimiento. En **Grupo Planeta** agradecemos que nos ayudes a apoyar así la autonomía creativa de autoras y autores para que puedan seguir desempeñando su labor.
Dirígete a CEDRO (Centro Español de Derechos Reprográficos) si necesitas fotocopiar o escanear algún fragmento de esta obra. Puedes contactar con CEDRO a través de la web www.conlicencia.com o por teléfono en el 91 702 19 70 / 93 272 04 47.

Certificado PEFC
Este libro procede de bosques gestionados de forma sostenible y fuentes controladas
PEFC
PEFC/14-38-00305
www.pefc.es

El papel utilizado para la impresión de este libro está calificado como papel ecológico y procede de bosques gestionados de manera sostenible.

Queridas lectoras,

Cuánto me alegro de que nos reencontremos aquí. Confío en que os hayáis encariñado de Adam y Rosie tanto como lo he hecho yo a lo largo de estos dos últimos años. Espero de corazón que disfrutéis mucho leyendo esta novela y que con ella sintáis mariposas en el estómago, riais, lloréis y experimentéis toda clase de emociones.

Con cariño,

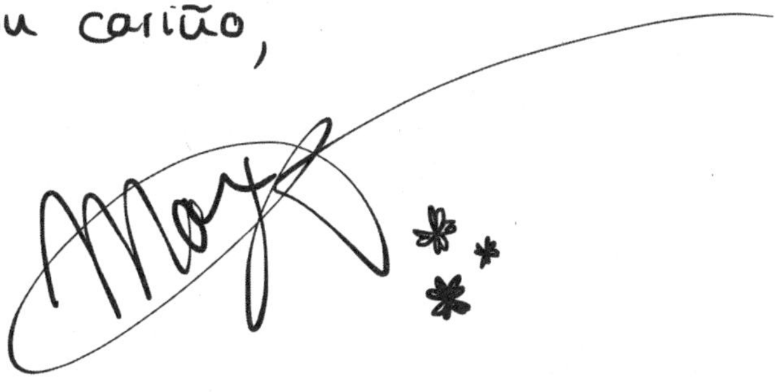

Para C

PLAYLIST

«Treading Water», de The Vamps
«Would You», de The Vamps
«Kill My Time», de 5 Seconds of Summer
«Beside You», de 5 Seconds of Summer
«Thin White Lies», de 5 Seconds of Summer
«My Time», de BTS
«Beautiful & Brutal», de Plested
«Lost», de Blake Rose
«Signal», de Joris
«Undercover», de Kehlani
«For A Second», de Michael Schulte
«WOW», de Zara Larsson
«Slower», de Tate McRae
«You», de Regard, Troye Sivan y Tate McRae
«Let's Not Fall In Love», de Kodie Shane (*feat.* Jacquees)

1

Rosie

Me eché un poco hacia delante para acercar más la boca al micro.

—¿Qué historia cuenta tu álbum *First Dreams*? —pregunté mientras miraba a la chica que tenía sentada frente a mí en el sofá.

Llevaba el pelo castaño recogido en un moño bajo (un peinado que no pegaba nada con su ropa), un *blazer* metalizado y vaqueros *boyfriend* con grandes rotos en los muslos que dejaban a la vista su piel bronceada. Ashley Cruz era una estrella de los pies a la cabeza. Se notaba no solo por su look perfecto, sino también por su actitud y su forma de responder a mis preguntas.

—*First Dreams* habla de mí, de la chica que fui y de la mujer en la que me he convertido a lo largo de estos últimos años. En este momento me encuentro en un punto de mi vida en el que tengo la sensación de que no estoy obligada a decidirme por una sola historia —contestó mientras se retrepaba en el sofá de piel marrón. Subió las piernas y se puso cómoda.

Me alegré para mis adentros. Aunque acababa de darme la misma respuesta que había dado en prácticamente todas las entrevistas que había concedido durante la gira promocional de su nuevo álbum, que pareciese tan relajada en mi presencia lo consideré un éxito rotundo. Eso era justo lo que yo quería cuando las personas acudían al programa: que tuvieran la sensación de que se las escuchaba. Y lo más importante para mí era que se sintiesen a gusto.

—Tus álbumes anteriores siempre contaban una historia, y me gustaron desde el segundo uno —afirmé mientras echaba una ojeada a las notas que tenía delante, en la mesa. En realidad no me hacían falta, pero pasar un momento los dedos por encima y mirar las líneas resaltadas me daba sensación de seguridad—. Sin embargo cuando escuché entero por primera vez *First Dreams*... lo cierto es que flipé, Ashley.

Sus ojos se iluminaron.

—Se siente lo que acabas de decir desde la primera canción hasta la última. Con «We Were Crazy» me levanté de un salto y me puse a bailar, no pude evitarlo; mientras que con «I Think It Was You» lloré a lágrima viva. Con ninguno de tus otros álbumes he tenido tanto la sensación de saber cómo eres de verdad como con este.

Ashley se llevó una mano al pecho y sonrió halagada.

—Me alegra que digas eso, Rosie. En este álbum me he tomado la libertad de mostrarme tal y como soy.

—Y eso también es un desafío, porque te vuelve vulnerable.

Esperaba sinceramente que contestase a ese comentario. Era difícil cuando en realidad no se formulaba una pregunta como tal; en esas situaciones algunos entrevistados no decían nada, y durante un breve instante me embargó la preocupación. Una preocupación que, por suerte, resultó ser infundada, ya que Ashley asintió.

—Y es algo que puede hacer mucho daño —dijo—. Pero en estos últimos años también he aprendido que eso no siempre es malo.

Ahora ya no necesitaba las notas, ni siquiera para que me proporcionaran sensación de seguridad. Lo que Ashley había dicho me daba pie para continuar. Mi asistente de producción, Kayla, me lo confirmó levantando el pulgar; lo vi de reojo, pero intenté no distraerme.

—¿En qué sentido? —inquirí.

Ashley encogió un hombro.

—De esa forma mis fans saben que no están solos. Nadie está solo de verdad, y expresar eso por medio de la música hace bien, la verdad.

—Al escuchar tu nuevo álbum se nota la influencia de numerosos conflictos personales. Me imagino que durante el proceso creativo eso significó algo más que una liberación —apunté con cautela.

A sus ojos castaños asomó algo oscuro. Algo que se podía percibir en cada una de las canciones, repletas de sentimientos, de su tercer álbum. Algo que me había conmovido profundamente al escuchar esas canciones en casa. Lo de llorar a lágrima viva no lo había dicho por decir.

—Los últimos años han sido duros. Fui a terapia y todavía estoy superando cosas que puso de manifiesto mi paso a la vida adulta. No puedo evitar que todo el mundo conozca hasta el más mínimo detalle de mi vida, pero así al menos puedo contar mi versión de la historia. Desde mi punto de vista. Sin concesiones.

¡Sí! Eso era lo que le quería sacar. Respuestas auténticas. Emociones auténticas. Exactamente las sensaciones que transmitía cada una de sus canciones.

—¿Se podría decir que componer casi fue una especie de terapia? —quise saber.

Ashley sonrió.

—Exacto. Mi terapeuta me aconsejó, entre otras cosas, que escribiera mucho. Antes siempre me ponía con las letras de las canciones cuando tenía la sensación de haber procesado algo por completo. Esta vez fue distinto y, al componer, plasmé el dolor, el miedo, la alegría..., todo.

—Me encanta que hables sin tapujos de la terapia. Creo que eso es, sin duda, lo que percibirán tus fans: una forma abierta y honesta de abordar los problemas psicológicos.

—Yo también lo creo. Hay mucha gente que no se atreve a hablar de ello o que piensa que es un bicho raro, que es lo que me pasaba a mí al principio. Todavía me acuerdo de la primera vez que sufrí un ataque de pánico y me encerré en casa durante semanas, sin contárselo a nadie, aunque cada día tenía la sensación de que me iba a dar un ataque al corazón.

—Siento mucho oír eso, de veras. Y creo que te entiendo. Yo he llegado a sentirme tan mal que ni siquiera podía bajar a hacer la compra. —El recuerdo de esa etapa mala de mi vida hizo que se me tensaran los hombros, pero procuré que no se me notase. Ashley se estaba abriendo de tal modo conmigo que quería darle la misma sensación de confianza que me demostraba ella.

Me dedicó una sonrisa de complicidad.

—Sé de lo que hablas. Un hurra a los servicios de entrega a domicilio.

—¡Hurra! —exclamé risueña mientras miraba de soslayo un segundo mis notas. Después carraspeé—. Si ya flipo en colores cuando me hacen un comentario estúpido en Instagram, ni me imagino cómo me sentiría si internet estuviese lleno de titulares sobre mí.

Ashley profirió un suspiro apenas audible. Había aclarado este tema antes con su jefe de prensa para que me diese el visto bueno, solo por eso lo abordaba. Tras terminar su última relación hacía aproximadamente un año y medio, después de que su novio, un conocido rapero, le pusiera los cuernos en público, Ashley se había vuelto muy reservada. Su nuevo álbum era un ataque a todos los *paparazzi* que habían intentado sacarle fotografías cuando estaba llorando, a todos los periodistas que la habían puesto verde aunque ella no tuviese la culpa de nada.

—Decidí no volver a leer nada. Ojos que no ven, corazón que no siente. Prefiero olvidarme del móvil y poner en silencio al mundo un momento. Así es como he podido recuperarme de esta historia.

El jefe de prensa de Ashley levantó las manos como para pedir tiempo muerto: la señal acordada para que yo le hiciera solo una última pregunta. Y tenía que ser una buena, que me permitiera finalizar la entrevista con una nota positiva.

—Creo que con cada una de tus nuevas canciones se percibe esa recuperación de la que hablas. Tu nuevo álbum cuenta una historia preciosa de esperanza. ¿Cómo se puede salir con tanta fuerza de un mal bache?

Tras pararse a pensar en la pregunta, la mirada de Ashley se iluminó un instante. Se pasó las manos por el pelo, aunque del moño no se había salido ni un solo mechón, y después se tocó los grandes pendientes de aro que llevaba.

—Es un proceso largo. A mí me ayudó aceptarme. Por

completo, incluidas las facetas complicadas, los problemas, el pánico, el miedo de no ser lo bastante buena. Todo ello hace que sea la persona que soy, y en este momento me da mucha fuerza ser yo, sin más, y no depender de nadie. Ni del resto del mundo ni mucho menos de lo que opinan los demás. Lo importante soy yo, y con eso me basta y me sobra.

Noté que se me formaba un nudo en la garganta. Sus palabras me tocaron la fibra, y tuve que carraspear para seguir hablando.

—No podrías haberlo expresado mejor. Creo que todos deberíamos aplicarnos el cuento. —Aparté la vista de Ashley para centrarla en la cámara y dirigirme a las personas que nos seguían en *streaming*, cogí el CD que tenía en la mesa y lo sostuve en alto—: *First Dreams*, el nuevo álbum de Ashley Cruz, ya está a la venta. Si lo compráis tal vez os dé tanta fuerza como a mí. —Dejé el CD de nuevo en la mesa y dediqué una sonrisa radiante a Ashley—. Muchas gracias por haber sido hoy mi invitada, Ashley. Ha sido estupendo charlar contigo, me encantaría volver a hacerlo en el futuro.

Ella sonrió a su vez y noté que el nudo que tenía en la garganta empezaba a deshacerse.

—Gracias a ti por haberme invitado. Será un placer volver.

Kayla me hizo la señal pertinente y acto seguido se apagó la luz roja de la cámara y el leve sonido de estática que escuchaba por los auriculares cesó de súbito. Me quité los cascos y los dejé en la mesa. Después me pasé las manos por el pelo, sacudí las puntas, que llevaba teñidas de color violeta, y me levanté deprisa. Pero antes de que pudiera llegar hasta Ashley esta ya tenía a su alrededor a una estilista, a su jefe de prensa y a una asistente, de manera que decidí darles un poco de tiempo antes de ir a despedirme.

Kayla se acercó hasta donde yo estaba. Tenía las mejillas encendidas, un brillo inquieto en los ojos y el cabello caoba alborotado. Seguro que no había parado de tocárselo de los nervios. Se lo arreglé como buenamente pude y le puse el flequillo recto con las manos.

—Ha sido increíble, Rosie. ¡In-cre-í-ble! —me susurró con tanta vehemencia que estuve segura de que los demás nos oirían. Sin embargo, estaban ocupados empolvándole la nariz a Ashley, echándole laca en el pelo y hablándole con insistencia a mil por hora.

—Ha ido mejor de lo que esperaba. Estoy supercontenta —contesté.

—En internet la gente se ha quedado flipada. El *streaming* ha tenido muy buena acogida.

—¿De veras? —Hasta yo me di cuenta de que subía la voz.

Ella asintió con energía.

—Agárrate, que vienen curvas: cincuenta mil espectadores, y eso en directo. Me muero de ganas de saber cuántos escucharán la grabación.

Negué con la cabeza con incredulidad: hacía poco que habíamos empezado a retransmitir nuestro programa de radio online también en directo en las plataformas habituales. En una ocasión habíamos tenido diez mil espectadores, pero nunca más. Cincuenta mil era... ¡una locura!

—¿Tienes los *cupcakes*? —le pregunté.

Kayla asintió y corrió a la parte de atrás del estudio. Se agachó detrás de su mesa y sacó la caja de color gris azulado atada con un gran lazo. Acto seguido cogió su palo selfie, donde ya estaba colocado mi móvil.

Eché un vistazo a Ashley, que para entonces estaba lista (aunque yo no entendía que fuera necesario retocar tanto a alguien cuyo aspecto ya era perfecto), antes de que Kayla y yo nos mirásemos, enderezáramos la espalda y echásemos a andar hacia la artista y su equipo.

Cuando vio que nos acercábamos, Ashley se levantó con una sonrisa.

—Toma, son para ti —dije al mismo tiempo que le ofrecía la caja de *cupcakes*—. Solo es un detalle para darte las gracias.

Ella cogió la cajita sorprendida.

—Madre mía, ¿son de Pauls Bakery?

Afirmé con la cabeza.

—Los ha comprado mi asistente de producción, que es muy fan. Tanto de ti como de los *cupcakes*.

—Hola —saludó Kayla mientras levantaba maquinalmente la mano.

Le flipaba la música de Ashley. Antes de realizar la entrevista le había tenido que prometer que me aseguraría de que no se pusiera en ridículo. Aunque yo no creyera que Kayla fuese capaz de hacer tal cosa.

Cuando Ashley empezó a sonreír de oreja a oreja, fue como si en nuestro minúsculo estudio saliera el sol.

—Me encantan, muchas gracias. Y gracias también por la entrevista, ha sido muy refrescante después de todas las citas que llevo ya con la prensa.

—Ash, la hora —anunció con voz áspera el jefe de prensa, que estaba a su lado y dirigía una mirada estresada a su móvil—. Si queréis algo más, que sea ya. El chófer nos está esperando.

Ashley puso los ojos en blanco de manera casi imperceptible y se dirigió a nosotras de nuevo.

—¿Queréis que nos hagamos una foto?

Dicho por cualquier otra persona es probable que la pregunta hubiese parecido arrogante, pero en su caso era justo lo contrario. Sentí que Kayla literalmente vibraba a mi lado.

—Me encantaría —repuse, y señalé con la cabeza hacia la pared donde ponía «Rosie Hart Show».

Ashley se colocó en el centro y Kayla me entregó el palo selfie con mano temblorosa. Por fuera no se le notó nada cuando Ashley le pasó un brazo por los hombros, pero habría apostado cualquier cosa a que por dentro estaba como loca. Me situé en el otro lado y levanté el palo.

—¡Decid «patata»! —exclamé, y las tres sonreímos mirando a la cámara; Kayla y yo exageradamente y Ashley con un gesto ensayado. Pulsé el disparador varias veces.

—Tic, tac —le recordó el jefe de prensa.

—Gracias de nuevo por la entrevista. Y por los *cupcakes* —dijo Ashley deprisa, y los ojos le brillaron cuando sonrió a Kayla, que para entonces daba la impresión de que apenas podía respirar ya.

Consciente de que mi compañera probablemente no era capaz de pronunciar una sola palabra, me aclaré la garganta y dije:

—De nada. Mucha suerte en el resto de la gira promocional. Nos encanta el álbum, de veras.

Antes de que Ashley pudiera contestar, su equipo ya la estaba empujando hacia la salida.

La puerta se cerró con un crujido y yo sentí que la tensión acumulada se desvanecía en el acto. Era lo que solía ocurrir cuando entrevistaba a estrellas. Antes de pasar a la acción siempre estaba muy nerviosa, pero en cuanto me colocaba los auriculares y se encendía el micrófono, me encontraba en mi elemento. Y después ya solo estábamos la persona que tenía delante, con la que quería mantener una conversación profunda, y yo. Pero en el segundo en el que Kayla y yo nos quedábamos solas, era como si hubiese consumido toda la energía que tenía en el trabajo que acababa de realizar, y me sentía agotada y vacía y la mayoría de las veces solo tenía fuerzas para irme a casa.

Me restregué la cara y me volví hacia Kayla, que seguía con la vista clavada en la puerta.

—¿Lo ves? No te has puesto en ridículo —dije para animarla.

Kayla se sobresaltó; era como si estuviese soñando y la hubiera despertado.

—No... no he conseguido decir una sola palabra. —Profirió un suspiro y enterró el rostro en las manos—. Y eso que me había preparado todo un discurso. Jo, la he cagado.

Le eché un brazo por los hombros y la atraje hacia mí.

—De eso nada. Ha sido in-cre-í-ble, palabras tuyas. Y ella ha dicho que incluso volvería. La próxima vez le podrás decir todas las cosas que no has sido capaz de decir ahora. —A continuación retiré el móvil del palo selfie y abrí las fotos que acababa de hacer—. Mira qué chulas. Podemos recortarme y enmarcar una para que la pongas en tu mesa.

Poco a poco parecía que Kayla iba saliendo de su estado de shock. Me dio con un codo en un costado y me quitó de la mano el móvil. De su garganta salió un hondo suspiro.

—¿Has visto lo guapas que estamos?

—Mucho —coincidí, y fui al sofá donde hacía apenas unos minutos estaba sentada Ashley. Me dejé caer en él sin fuerzas y me quité el pelo de la frente.

—Lo has hecho superbién, Rosie. De verdad. Creo que

nunca antes habíamos tenido tantos comentarios positivos. —Kayla apagó las luces del estudio y fue a su mesa, donde volvió a clavar la vista en la foto de Ashley, ella y yo.

Cerré un momento los ojos.

—¿No es increíble? Acabamos de grabar un programa con Ashley Cruz.

Ella sonrió.

—¿Quién habría pensado que el programa que empezó en tu habitación de cuando eras pequeña llegaría a tener tanto alcance?

Kayla estaba conmigo desde hacía tan solo tres años. Desde que me mudé a Los Ángeles y por fin me decidí a buscar una asistente de producción, porque yo sola ya no podía con tanto trabajo.

A diferencia de ella, yo siempre había creído en el programa. No me había quedado más remedio, en vista de que nadie más creía en él. Creí en él cuando mi padre me dijo lo absurda que le parecía la idea. Cuando mis compañeros de instituto se rieron de mí porque solo quería pasar el tiempo metida en mi habitación, hablando de música en internet con un micrófono barato. Cuando, con quince años, me tiraba horas esperando a la puerta de las salidas traseras de clubes en los que no podía entrar por ser demasiado pequeña, por si podía intercambiar un par de frases con los grupos de música indie que tocaban en ellos. El Rosie Hart Show era mi vida. Me había acompañado tras la muerte de mi madre, hacía seis años. Siempre había estado ahí, me había agarrado a él cuando para mí solo había dolor. Y ahí seguía ahora, a mis veintiún años.

—Rosie —dijo Kayla de pronto, con voz ahogada.

Abrí los ojos y me erguí para ver qué quería.

Mi amiga miraba la pantalla del ordenador con los ojos como platos y la boca ligeramente abierta, mientras negaba con la cabeza como si no diera crédito a lo que estaba viendo. Después esbozó una enorme sonrisa.

—¿Qué pasa? —pregunté asustada. Cuando sonreía de ese modo, Kayla parecía peligrosa.

Dejó la pantalla del ordenador para mirarme a mí.

—Ahora tienes que ser muy fuerte, ¿vale? Prométeme que no vas a flipar.

—¿Qué pasa? —repetí, esta vez de manera más enérgica.

Kayla entrelazó las manos y las levantó por encima de la cabeza hasta hacer crujir las articulaciones. Viéndola así casi parecía la malvada de una película mala. A continuación unió las manos por detrás de la cabeza.

—¿Adivina quién acaba de confirmar su asistencia al programa?

Su tono era elocuente y, aunque hacía todo lo posible por ocultarlo, percibí el ligero temblor en su voz. Me paré a pensar febrilmente de quién estábamos esperando recibir confirmación, pero lo cierto era que no teníamos a nadie más pendiente. A no ser que...

—No —musité.

Kayla se puso a aplaudir.

—Rosie, por fin han confirmado: ¡Scarlet Luck va a venir al programa!

Me quedé mirándola como embobada.

Sus palabras tardaron unos segundos en llegar hasta mí. Y entonces, cuando finalmente comprendí lo que había dicho Kayla, pegué un grito.

2

Beast

La verdad, no lo entendía. ¿Por qué iba alguien a un concierto para pasarse la hora y media que duraba chillando como un loco? Así ni siquiera me oía a mí mismo. Y esos gritos... se me metían en el cuerpo y hacían que sintiera una opresión tremenda en el pecho.

Era el primer concierto que dábamos desde hacía más de un año y, por lo visto, yo había perdido la costumbre, porque el pánico que me asaltó me cogió totalmente desprevenido. Presioné con fuerza los monitores *in-ear* que llevaba y cerré un instante los ojos mientras intentaba concentrarme en la armonía que creaban las voces de Thorn y Logan. Aparté de mi cabeza todo lo demás e imaginé que volvíamos a estar en el taller de mi padre, con nada a nuestro alrededor salvo viejas herramientas, recambios de automóvil y la gastada alfombra sobre la que descansaba mi batería. Por aquel entonces solo estábamos nosotros cuatro: Buck, Thorn, Hunt y yo.

Levanté las manos. Mis brazos se movían por su cuenta sobre la batería. Esa era mi vocación: hacer música con mis mejores amigos. Daba igual lo altos que fueran los gritos, daba igual la fuerza con la que el pánico me tuviera atrapado entre sus garras. Ellos estaban conmigo. No necesitaba más. Nunca necesitaría más. Ya solo tenía que convencer de ello a mi corazón, que seguía desbocado y me golpeaba las costillas casi dolorosamente.

Cuando volví a abrir los ojos Hunt estaba pegado a la plataforma elevada en la que me encontraba yo con la batería. Me hizo una señal afirmativa con la cabeza mientras sus dedos volaban por el bajo. Era como si intuyese lo que me estaba ocurriendo. Se quedó a mi lado hasta que el nudo que sentía en el pecho desapareció.

Los acordes de «Echoes» dieron paso a los más enérgicos de «Golden Circle». Era la primera vez que tocábamos una canción de nuestro nuevo álbum. Cuando la gente escuchó los nuevos acordes y la voz de Thorn inundó el estadio, la multitud metió un ruido estremecedor.

En esta ocasión estaba preparado.

Me abandoné al fuego que ardía en mi interior y llevé el compás, dejando que mis brazos se movieran deprisa sobre la batería. Mi corazón siguió acelerándose, pero esta vez porque estaba liberando todo lo que me hervía en las venas. Los gritos pasaron a un segundo plano y ya solo existíamos la canción y yo. Los chicos y yo. Sacudí el pelo, empapado en sudor, para quitármelo de la frente y eché la cabeza hacia atrás cuando empezó el estribillo. Golpeé con tal fuerza la batería que una de las baquetas se partió. La lancé hacia atrás como si tal cosa y extendí la mano, donde un pipa me entregó otra sobre la marcha. Un segundo después volvía a darles a los platos.

Y así seguí hasta que terminó el puñetero concierto.

El zumbido había vuelto. Me corría por las venas y no había forma de pararlo.

Estaba en el club que había alquilado nuestro equipo y eché la cabeza atrás para apurar mi séptimo whisky. Hacía un calor asfixiante y yo sudaba como un pollo, pero no me iba a quitar la americana, ni de coña. A lo largo de los últimos años había aprendido que la gente lo tomaba a uno más en serio cuando llevaba traje, y por eso rara vez me ponía otra cosa. Además, sabía por experiencia que quitarme la chaqueta casi era una invitación a que la gente pasara de mirar a tocar, así que me la dejé puesta, aunque sentía que el sudor me corría por la nuca. Sin embargo no me molestaba mucho, porque comenzaba a notar el aturdimiento que tanto ansiaba.

Para entonces la opresión del pecho ya casi no me preocupaba. La verdad era que ya nada me preocupaba mucho: ni la música, que estaba tan alta que casi no oía ni mis propios pensamientos, ni la cantidad de personas que se apiñaban alrededor de nuestro reservado. Yo prácticamente no levantaba los ojos de la mesa para no tener que establecer contacto visual con nadie.

Alguien se sentó a mi lado y los hombros se me tensaron.

—Tranqui, que solo soy yo —me dijo Thorn al oído izquierdo.

Miré a nuestro vocalista de reojo y enarqué una ceja cuando me ofreció una cerveza. Su puñetera cara angelical, perfecta, no hacía sino empeorarlo todo. Sobre todo porque la expresión de sus ojos oscuros era demasiado elocuente. Vi la preocupación que reflejaban.

—¿Qué quieres?

Tras encogerse de hombros se pasó las manos por el sudado pelo y bebió un trago de cerveza.

—Al verte aquí sentado me he preguntado si podía ayudarte en algo.

—Puedes dejar de darme el coñazo.

—Grrr, grrr —dijo con un tono de voz exageradamente grave, como imitando la mía.

Capullo.

Saqué el móvil y miré la pantalla: tenía cientos de notificaciones. Deseé no haberlo hecho en el acto. No tenía ningunas ganas de contestar a quienquiera que fuese. No soportaba que siempre hubiera notificaciones. Por mucho tiempo que pasara respondiendo mensajes, era como si en cada aplicación los numeritos rojos siguieran subiendo y se rieran de mí en mi cara.

—¡Hoy hemos estado bien! —dijo Thorn a gritos, y se echó tanto encima de mí que noté su aliento en mi mejilla.

La funda del móvil crujió de la fuerza con que la apreté. Solo conseguí asentir con rigidez. Después bebí un trago de cerveza. La mano me temblaba. En ese sitio había demasiada gente para mi gusto. Aunque el alcohol lograba aplacar en gran medida el malestar que sentía, cuando Thorn me daba la lata así este volvía con toda su furia.

Justo delante sonó un chillido.

Levanté la vista un instante y vi a dos chicas frente a nosotros, en el reservado. Lo que me faltaba. No sabía cómo habían conseguido burlar a nuestro guardaespaldas. Cogí el cuello del botellín tan fuerte que me quedé sin sangre en la mano.

A mis oídos llegaron unas risitas. Una de las dos chicas se tapaba la boca con la mano; la otra se tambaleaba en el sitio. Al parecer estaban borrachas, y nos apuntaban con un dedo.

—Señoritas, ¿en qué puedo ayudaros? —preguntó Thorn con una sonrisa pícara.

Yo no sabía cómo se las arreglaba para ser amable las veinticuatro horas del día. En todos los años que hacía que lo conocía, rara vez lo había visto enfadarse. Probablemente pudiera contar las ocasiones con los dedos de una mano. O más bien con tres dedos.

—Podéis venir a bailar con nosotras —contestó la chica de la izquierda dedicándonos una sonrisa expresiva.

De pronto me notaba la lengua el doble de gorda y muy seca. El corazón me tamborileaba en el pecho con tal fuerza que temí que fuera a estallar de un momento a otro. No sentía las yemas de los dedos.

—Ha sido una noche dura, quizá en otra ocasión —replicó Thorn, siempre un caballero.

—También se me ocurren un par de cosas que no te supondrían mucho esfuerzo. ¿Quieres que te mime un poco? —La chica dio un paso hacia Thorn y ladeó la cabeza mientras jugueteaba con un mechón de pelo y miraba a mi amigo moviendo las espesas pestañas.

Se me crispó un músculo en una mejilla.

Thorn se movió hacia delante en el banco hasta que sus rodillas rodearon las piernas de la chica, y después le puso las manos en la cara posterior de los muslos.

—Mmm. El *wellness* me gusta.

El ácido me quemaba la garganta mientras empezaba a sentir un latido en las sienes. Creía que en ese club podría acallar el zumbido y tal vez bajar las pulsaciones un poco, pero, joder, debería haberme quedado en el hotel con Logan, porque lo de ahora no era lo que tenía en mente. De ninguna manera.

—¿Tú qué dices, Beast? —dijo la otra chica, que de pronto estaba delante de mí.

Antes de que me diera cuenta, se sentó a mi lado, tan cerca que su muslo rozaba el mío.

El corazón me golpeaba con fuerza las costillas, y sentí que todo mi cuerpo se contraía espasmódicamente. La cercanía era excesiva. Pero sabía que no debía levantarme. De ese modo solo conseguiría llamar la atención, que era lo que menos necesitábamos. Así que me volví hacia la desconocida y la miré sin un atisbo de simpatía.

—¿Qué te digo de qué? —inquirí con aspereza; pero aunque con toda probabilidad eso hubiese echado para atrás a cualquier otra persona, ella incluso lo entendió como una especie de invitación.

Levantó la mano y me la puso en el muslo.

Ya no podía ni respirar. Sentía el calor de la sangre que me corría por las venas. Los ojos me hicieron chiribitas y el zumbido, un zumbido antinatural que me sacudía las extremidades, se volvió tan ruidoso que era lo único que oía.

—No. —Mi voz fue una mezcla de gruñido y jadeo.

No sé si no me oyó o directamente no me hizo caso, pero en lugar de parar me siguió dando la tabarra. De pronto sentí su aliento en mi oído cuando se inclinó hacia mí mientras su mano subía con suavidad por mi muslo.

—Pareces tan solo, Beast... —susurró con insistencia.

No sé lo que sucedió a continuación. Las chiribitas fueron en aumento y después fue como si en mi cabeza estallara un rayo rojo. Hacía un segundo estaba sentado junto a Thorn y a esa chica desconocida que me metía mano descaradamente, y ahora se oía un ruido de cristales.

Las paredes que me rodeaban empezaron a dar vueltas mientras mi visión se normalizaba poco a poco y el mundo volvía a recomponerse pieza tras pieza. La chica que se me había pegado ahora estaba medio tendida en el banco, mirándome, y yo justo delante de ella, con los puños cerrados y una mano dolorida. La levanté y percibí vagamente que me sangraba. En la mano tenía cristales. Del botellín de cerveza, que había roto al apretarlo con tanta fuerza.

Thorn farfulló algo. No oí el taco que salió de su boca cuando se frotaba la nuca y me miraba, pero sí vi el reproche mudo en sus ojos. Eso por desgracia no apaciguó a mi sangre hirviendo; más bien al revés. Antes de que yo pudiera decir o hacer nada, Thorn se inclinó hacia la chica y le dijo algo mientras esbozaba la mejor de sus sonrisas. Era muy posible que le estuviese asegurando que había sido un día largo, que eso era lo único que me pasaba. Que solo quería un poco de tranquilidad. O tal vez le estuviera contando alguna mentira para que no se asustase y montara una escena.

Un segundo después Caleb, nuestro guardaespaldas, se plantó delante de mí e intentó cogerme la mano, pero yo la retiré. Eso pareció recordarle la norma, y se quedó quieto.

«Nada de contacto físico.»

—Deberías ir a que te viera un médico —dijo su voz grave, pero yo no la oí.

Solo veía la sangre. La chica, a la que yo había apartado de un empujón, me miraba con los ojos muy abiertos y ahora se apoyaba en Thorn. Yo seguía sintiendo su mano en mi muslo. Sus dedos subiendo despacio por mi pierna...

Los pulmones se me quedaron sin aire. Era como si me fuese a morir. Con cada segundo que pasaba moría un poco más mientras todos estaban ahí, mirando como pasmarotes.

Tenía que salir de ese sitio.

Sin decir nada a nadie, me volví de pronto y crucé el club para llegar a la salida trasera, por la que habíamos entrado. Abrí la puerta con tanto ímpetu que golpeó el muro de ladrillo de fuera y salí tambaleándome.

El cielo daba vueltas, era como si el suelo no estuviese donde debería. Me di con un hombro contra la pared y me apoyé con una mano. Respiraba entrecortadamente y, aunque ya estaba fuera, no conseguía tranquilizarme. Solo podía pensar en las manos que me habían tocado. En el aliento ajeno en mi oído.

Se me revolvió el estómago.

Entonces me incliné y vomité en el callejón. Todo el alcohol que había bebido formó un charco en el suelo. Mi cuerpo se contrajo una y otra vez hasta que dentro no quedó nada.

Absolutamente nada.

3

Rosie

El primer álbum de Scarlet Luck sonaba a todo volumen por mis auriculares mientras yo estaba en la cama, mirando al techo.

No me lo podía creer.

Sencillamente no me lo podía creer.

Era verdad: Scarlet Luck, el grupo que más me gustaba del mundo, había confirmado que acudiría a mi programa. El grupo al que seguía desde que habían subido su primer vídeo a YouTube. El grupo cuya música significaba para mí más que la de cualquier otro, porque siempre me daba la sensación de que me entendían. El grupo cuyas canciones me sabía de memoria, todas ellas, al dedillo, y por cuya causa me había tatuado un trébol de cuatro hojas rojo en la cara interior del brazo izquierdo, por encima de la sangría.

Recordaba a la perfección el día en que encontré por casualidad a los cuatro chicos en YouTube. Mi madre había pasado un día especialmente malo. La quimio le había revuelto el estómago y había vomitado nada más entrar por la puerta.

Mientras mi padre la llevaba al salón y la tendía en el sofá, yo limpiaba la vomitona. Después fregué todo el pasillo y también la cocina para quitarle a mi padre algo de trabajo, por poco que fuera.

Luego mi madre me llamó. Su mirada cálida pero triste a la vez se me quedó grabada a fuego, y a veces aún oía su voz.

—No pasa nada, cariño. Esto es de lo más normal. No te preocupes.

Aunque siempre decía lo mismo, yo me comía la cabeza. Bastante.

Luego subí la escalera arrastrando los pies para ir a mi habitación, pero me detuve al oír la voz de mi padre.

—No le mientas, Mel —le aconsejó con suavidad—. Rosie tiene derecho a saber cómo te encuentras de verdad. Se nos acaba el tiempo.

Mi madre respondió con una voz tan baja y débil que apenas la entendí, pero de todas formas las palabras de mi padre me habían dejado aturdida. Me metí apesadumbrada en mi habitación y conseguí llegar de milagro al puf. Estuve sentada allí lo que me pareció una eternidad, contemplando las polaroids que habíamos sacado en mi último cumpleaños. Mi madre ya llevaba peluca. Y sin embargo su sonrisa era radiante cuando nos abrazaba a mi padre y a mí.

Dejé de mirar esa foto y eché mano del viejo portátil. Lo había heredado de mi padre cuando él se había comprado uno nuevo. No podía ser más lento, pero bastaba para ver vídeos y música nueva en YouTube. Me situé en el buscador y escribí «This», de Ed Sheeran. Era una de mis canciones preferidas, y siempre que la oía me daba mucha paz. Cuando le di a la tecla «Intro», el vídeo que siempre veía apareció en primer lugar. Pese a todo no lo puse de inmediato. Justo debajo salía una miniatura en la que unos chicos habían subido una *cover* de la canción. El vídeo solo tenía unas horas. Sin saber muy bien por qué, hice clic en él.

Apareció una imagen movida, y el que había puesto a grabar el vídeo dio un paso atrás con las dos manos levantadas, como si le preocupara que la cámara pudiese caer del lugar donde la había colocado en cualquier momento. Después el chico siguió retrocediendo y se sentó en la silla que quedaba libre de las cuatro que había en fila. Era negro y tenía el pelo castaño oscuro con trenzas cortas, y una sonrisa cautivadora que usaba siendo consciente del arma que era.

—Hola, YouTube. Os damos la bienvenida a nuestro canal. Somos... —empezó, y percibí vagamente un acento irlandés, pero entonces el chico que había a su izquierda lo cortó con un bufido. Tenía el pelo rubio y unos ojos verdes de mirada cálida, y no fue capaz de aguantarse la risa.

—Perdona, Jasper —se disculpó, y aunque intentó reprimirla se le volvió a escapar un poco.

A los ojos del chico de las trenzas asomó una mirada furiosa.

—¿Me puedes decir de qué te ríes?

—Puede que Logan se ría por esa forma de hablar pomposa —apuntó el tercero de la fila.

Reparé en el cajón en el que estaba sentado. El chico pasaba una y otra vez las manos por la superficie de madera, como si no pudiera evitar hacerlo. Llevaba el pelo teñido de un verde descolorido. Por desgracia no miraba a la cámara, así que no le pude ver bien la cara.

El chico llamado Jasper exhaló un suspiro enervado.

—Menudos cabrones estáis hechos. Me habéis dicho que me encargara del saludo.

—Yo he votado por no hablar mucho y hacer lo que hemos venido a hacer: tocar —dijo el último de la fila. Tenía el pelo castaño oscuro recogido, lo que me permitía ver una cara con bastantes espinillas. Sostuvo la guitarra en alto de manera ostensible.

—Está bien, pues no saludamos y listo, patanes —zanjó Jasper.

De nuevo el rubio, Logan, soltó una risotada que casi pareció un poco histérica y revelaba lo nervioso que estaba.

—*Patanes.* ¿Te ha enseñado tu abuela esa palabra, Jasper? —preguntó el chico de pelo verde, el que estaba sentado en el cajón. Cuando sonrió vi dos hoyuelos en sus mejillas y me invadió una sensación de calidez. Me encantaban los hoyuelos.

—Que os den —refunfuñó Jasper.

Sin hacerle caso, el de los hoyuelos contó hasta cuatro... y fue como si cambiaran el chip. Empezaron a tocar y cantaron su versión de mi canción preferida. Era como si la hubiesen ensayado infinidad de veces. Jasper tenía una voz ronca, agradable, y el rubio cantaba con una segunda voz suave, que armonizaba a la perfección con la de Jasper. El de los ojos oscuros y el pelo más largo rasgueaba las cuerdas de la guitarra con sensibilidad mientras el del pelo verde tocaba el cajón y movía el cuerpo siguiendo el ritmo, como si la música le llegase al alma.

Se me puso la piel de gallina y durante cinco minutos sencillamente me olvidé de todo. La quimio y el olor a vómito pasaron a un segundo plano por un momento y disfruté cada segundo, hasta que sonó la última nota.

Jasper se levantó y, con las mejillas enrojecidas, detuvo la grabación.

Antes de que fuese consciente de lo que hacía, le di de nuevo a «Play» y vi el vídeo una segunda vez. Y una tercera. Y una más. Y otra, hasta que supuse que las veinte visualizaciones eran única y exclusivamente mías. Cuando reproduje el vídeo una vez más y ya casi me sabía el diálogo inicial, me situé en el campo de comentarios que había justo debajo y me puse a escribir:

> Hoy he tenido un día espantoso y me he topado con este vídeo. Gracias por iluminar un poco este día oscuro. Tenéis una nueva fan <3

Me alegré un montón de ser la primera en dejar un comentario debajo del vídeo, porque tenía un presentimiento: que esos chicos llegarían muy lejos.

Y así había sido.

Poco después un gran sello discográfico descubrió a los cuatro chicos de Scarlet Luck, que firmaron con ellos y grabaron, a lo largo de los siete años que siguieron, tres álbumes con los que se ganaron a millones de fans. Crecí escuchando su música y esperaba como loca cada nuevo lanzamiento. Sufrí con ellos cuando pasaron momentos difíciles y estuvieron a punto de separarse. Y cuando mi programa empezó a crecer, pedí a su mánager en varias ocasiones que acudieran para entrevistarlos, petición que fue rechazada cada una de esas veces... hasta ese día.

Me senté en la cama y abrí el portátil. Justo ese día había aparecido el vídeo de su nuevo *single*. Ya tenía doscientos *likes* y más de un millón y medio de visualizaciones. Lo cierto era que tenía intención de verlo en cuanto salió, pero las manos me temblaban tanto que primero tuve que ponerme a hacer otra cosa. Había escuchado su música anterior y recordado lo que había sentido al ver aquella versión en YouTube. Pensaba que volver a cuando había empezado a enamorarme de los chicos y de su música me ayudaría de alguna manera. Sin embargo solo había conseguido empeorar la situación. Comencé a sentir un aleteo nervioso en el estómago y un sudor frío me cubrió el cuerpo. Reconocí las señales del pánico. Y tenía que hacer algo para combatirlo cuanto antes, ya que de lo contrario perdería por completo el control.

Me quité los cascos y salí de la habitación.

Kayla seguía sentada a la barra de la cocina americana, con el portátil abierto delante. Cuando me vio parada en la puerta, me miró con cara de preocupación y se levantó. Fue a la nevera y sacó zumo de naranja y después dos vasos del armario de al lado. A continuación me hizo un gesto afirmativo con la cabeza para que fuese con ella y me sentase.

Obedecí la muda petición y me acomodé en el taburete a su lado. Kayla me entregó el vaso de zumo y volvió a su sitio. Me dio tiempo hasta que fui capaz de pronunciar lo único que se me pasó por la cabeza:

—No voy a poder con esto, Kayla.

Mi amiga sonrió y negó con la cabeza. Luego bebió un poco de zumo y dejó el vaso en la barra.

—¿Por qué piensas eso?

—Porque... porque es demasiado IMPORTANTE. ¿Sabes lo que quiero decir?

Ella se paró a pensar un instante y después hizo una mueca.

—Por desgracia, no, pero puedes probar a explicármelo.

Intenté ordenar mis confusos pensamientos y bebí también un poco de zumo.

—Esto es distinto de la entrevista con Ashley. O de todo lo que hemos hecho hasta ahora. —Me encogí de hombros con aire de desvalimiento—. Siempre he procurado conectar con mis invitados, y la mayoría de las veces ha salido bien. Pero ¿esta? Kayla, adoro a esos chicos desde que tenía catorce años. Con ellos soy más fan que presentadora del programa. Solo de pensar que estaré con ellos en la misma habitación el corazón me va a mil, y no precisamente para bien. Es como si tuviera que hacer un examen para el que no he estudiado.

—Eh. —Me agarró el brazo y me lo apretó con suavidad—. Eres fan desde el principio de los tiempos. Estoy segura de que nadie conoce a esos chicos mejor que tú ni los sigue desde antes. Todo saldrá bien.

Sentí una opresión en la garganta. Por mi cabeza desfilaron algunas imágenes: yo delante del cascado portátil con el micro, hablando en internet de la música de Scarlet Luck. Sentada en la cama, vestida toda de negro, justo después del entierro de mi madre, mientras de fondo sonaba una y otra vez «Echoes», de Scarlet Luck, y las lágrimas me corrían por las mejillas.

—Eso fue lo que tú me dijiste a mí poco antes de que Ashley viniera al programa —apuntó Kayla.

—Es verdad. Creo que lo que ocurre es que esta vez la presión es especialmente grande —musité.

—Anda, mira los comentarios que hay bajo nuestro selfie con Ashley. —Kayla me pasó el portátil, donde se veía la foto en la que estábamos Ashley, ella y yo.

Bajé un poco y empecé a leer.

OMG. Es la primera vez que tengo la sensación de que alguien entiende y respeta así a Ash. GRACIAS, ROSIE.

A Rosie se le da genial mantener conversaciones profundas con sus invitados. Esa chica sabe lo que hace, coño. *#yougogirl*

¿Podría Rosie Hart hacerle todas las entrevistas a Ashley desde ya mismo? ¿Por favor, por favor? P. D. ¡¡Estáis guapísimas, chicas!!

Una sensación de calidez me inundó el estómago al leer las cariñosas palabras que había escrito la gente bajo la foto. Cada comentario me recordaba por qué hacía lo que hacía. Para mí era muy importante dar a conocer a las personas que había detrás de la música. Era la portavoz de los fans. La que conseguía que se entablase un diálogo que llegara al público y le hiciera entender aún mejor la música. Y, la verdad, era la leche. Esa era mi vocación. El motivo por el que no había ido a la universidad. Porque creía firmemente en este proyecto. Y ahora leer los comentarios me ayudaba a reforzar esa confianza.

—Tienes razón. Gracias —dije mientras le pasaba el brazo por los hombros a mi amiga para atraerla hacia mí.

—Menos mal, empezaba a pensar que al ser los Scarlet Luck se te había secado el cerebro.

Le pinché con suavidad el costado hasta que Kayla soltó un gritito y me apartó la mano. Después me llevé un dedo a la frente y di unos toquecitos.

—De seco nada.

Me sabía de memoria todos los álbumes de ese grupo. Sabía lo que les gustaba y lo que no, era una de esas fans que siempre se hacían preguntas muy concretas, de las que nunca se formulaban en las entrevistas.

Así que podría con aquello, qué diablos.

Mantendría una conversación con mi grupo preferido.

Me encargaría de que se sintieran a gusto, de que tuviesen la impresión de que los entendía y los escuchaba.

Me aferré a esa idea cuando abrí el portátil, puse el sencillo del último álbum y vi con Kayla el vídeo nuevo, que hizo que el corazón me latiera más deprisa del nerviosismo.

4

Beast

—La respuesta de la gente a vuestro nuevo sencillo, «Golden Circle», es increíble —observó John mientras se inclinaba sobre su mesa para mirarnos con expresión expectante.

—Estamos muy agradecidos al apoyo que nos brindan los fans —respondió Thorn.

Yo tenía la sensación de que ese día Thorn ya había pronunciado aquella frase veinte veces, y aunque todas y cada una de esas palabras eran ciertas, empezaba a estar hasta el gorro de tanta retórica.

«Después de esto, una entrevista más. Una entrevista y podré irme a casa a pillarme una cogorza.»

—¿Cuándo podremos escuchar el álbum entero? —siguió preguntando John, y el público que asistía al programa de entrevistas comenzó a pegar gritos y a aplaudir.

Carraspeé.

—Todavía estamos haciendo los últimos retoques, en breve daremos a conocer la fecha.

El público armó más jaleo aún, algunos estamparon los pies en el suelo, y dio la impresión de que las paredes vibraban. Todo el mundo se alegró mientras yo me preguntaba si uno solo de ellos habría visto nuestro nuevo vídeo. En él había ocultas por lo menos cinco pistas que tenían que ver con el nuevo álbum: títulos de canciones, fechas, ciudades en las que daríamos conciertos. Pero no sé por qué me extrañaba. Era la cuarta vez que estábamos con John en el programa y todas las conversaciones se parecían tanto entre sí que las frases se desdibujaban en mi cabeza hasta formar un batiburrillo impenetrable.

Procuré tener presente que ese era mi puñetero trabajo. Y me ayudó. Mientras que otras personas trabajaban en una oficina de la mañana a la noche, como mi madre, o atornillando coches, como mi padre, esta era mi profesión. Relacionarnos con la prensa era una parte importante de ella, y si quería seguir viviendo de la música, tenía que hacer lo que estaba haciendo ahora. Con profesionalidad, con eficiencia y sin pensar en la petaca que llevaba en el bolsillo interior de la americana.

Aguanté el resto de la maratón de prensa. Solo faltaban unas semanas para irnos de gira, y entonces haríamos gran parte del puñetero tiempo aquello a lo que estábamos destinados: música. Música y solo música.

El resto de la entrevista pasó volando. El público nos jaleó, nosotros cantamos «Golden Circle» en el pequeño escenario, salimos del edificio y nos metieron en el coche, donde Leah, nuestra mánager, nos informó de las últimas novedades.

—La canción está teniendo una buena acogida. Las visualizaciones bien, aunque podrían mejorar. Pero a la gente le encanta el nuevo sonido —leía con la vista clavada a la tablet que sostenía en el regazo—. Nos queda un último compromiso algo lejos, a media hora en coche. Ah, por cierto: dentro de poco se celebrará una fiesta en casa de Ashley Cruz y estáis invitados.

—¿Ashley Cruz? —preguntó Buck, sentado frente a mí, sin poner en pausa el juego al que estaba jugando en su Nintendo Switch—. ¿Qué pintamos nosotros ahí?

—Es la fiesta de lanzamiento de su nuevo álbum —musitó Leah arrugando la frente, como si ya estuviese con la cabeza en otra parte.

—Pero si el álbum salió la semana pasada —apuntó la voz ronca de Hunt. Aunque ya llevábamos días juntos, no recordaba cuándo había sido la última vez que nos había dicho algo. No era muy hablador.

—Os ha invitado, así que tenéis que ir. Si no vais se considerará una declaración de guerra oficial, y eso es algo que no nos conviene. —El tono de Leah no admitía réplica, y a pesar de todos los años que ya llevábamos viviendo allí, yo seguía sin entender del todo los códigos de Hollywood, por lo tanto no dije nada. Mientras en la fiesta hubiera alcohol y nadie intentara tocarme las narices si me liaba un canuto, yo estaría contento.

—No tengo ningunas ganas de ir a una fiesta. —Dio la impresión de que Logan de pronto les daba con más fuerza a los botones de la consola, con los labios apretados.

Thorn resopló.

—Tú nunca tienes ganas de fiesta, Buckley.

—Es que no le veo el sentido a relacionarme con desconocidos.

—Mentiroso. Lo que ocurre es que prefieres los videojuegos —objetó Thorn.

—Lo dices como si hubieras resuelto un gran misterio,

y eso que yo admito encantado que prefiero pasar tiempo con el ordenador a ver cómo te dan calabazas en una fiesta. —Buck levantó la vista un instante para sonreír a Thorn antes de volcarse de nuevo en el juego.

Yo proferí algo a medio camino entre una risa y un bufido, y Leah soltó una carcajada mientras Thorn lanzaba una mirada asesina a Logan. Cuando este se volvió hacia mí para que le echara un cable, aparté la vista deprisa al tiempo que me palpaba con la mano izquierda la venda que tenía en la derecha.

Hunt me dio con el codo y señaló mi mano con el mentón. Vi la pregunta escrita en sus ojos azules sin necesidad de que dijese nada.

—Ya casi está curada —le informé con voz muy baja, confiando en que el resto no me oyera.

Ninguno de ellos me había hablado abiertamente de lo que había pasado en el club, pero yo sabía que estaban preocupados. Lo estaban desde la noche en que todo había cambiado para mí.

—Bien. —Hunt ladeó la cabeza para mirar por la ventanilla.

—Joder, Ashley Cruz está cañón. ¿Sale con alguien? —preguntó Thorn de pronto a Leah.

—Ni idea. Pero no te aconsejaría que te liaras con ella. Lo que menos falta nos hace es un dramón —contestó.

—No puedes pedirme que vaya a su fiesta sin al menos tantear un poco el terreno.

—«Tantear.» Muy sutil —comenté, y Logan se echó a reír mientras Thorn me hacía la peineta, un gesto que yo repetí afectuosamente.

Por primera vez desde que habíamos salido, Leah levantó la vista de la tablet.

—En serio, Thorn. Nada de jueguecitos.

Thorn parecía un gato al que hubieran prohibido tirar algo de la mesa. Como si acabara de aceptar un desafío que pensaba vencer lo más rápido posible.

Leah exhaló un suspiro apenas audible y se centró de nuevo en la tablet. Se acarició la coleta negra echándosela hacia un lado y carraspeó.

—La entrevista a la que vamos ahora es un experimento.

—¿En qué sentido? —Quería saber lo que me esperaba.

—Es un programa de radio online pequeño, relativamente desconocido. La creadora es más o menos de vuestra edad. Creo que puso el proyecto en marcha en la adolescencia, y también lo presenta. El programa es independiente y no forma parte de ninguna cadena. Nos ha pedido varias veces que fuéramos, pero hasta ahora sus cifras no eran dignas de mención. Sin embargo eso es algo que ha cambiado durante los últimos meses.

«La creadora es más o menos de vuestra edad...»

Me metí la mano en la chaqueta y saqué la petaca, que tenía grabadas mis iniciales, desenrosqué el tapón y di varios tragos hasta que el abrasador alcohol me fue bajando por el cuerpo.

—¿Un programa de radio online? ¿En serio, Leah? —pregunté mientras pasaba el dedo índice por la A y después por la S. El sencillo movimiento me ayudó a mantener al nivel al que se encontraba en ese momento la repentina opresión que sentí en el pecho. No podía permitir que fuese a más, de manera que repetí el movimiento unas cuantas veces.

—Según mis averiguaciones, la presentadora es una gran fan vuestra y las últimas semanas han hablado muy bien de ella por el tacto con el que lleva las entrevistas. Así es como llega a nuestro público objetivo. Creo que tendrá buena acogida —observó Leah encogiéndose de hombros y cerrando la funda de la tablet. Acto seguido la guardó en el enorme bolso negro que llevaba y cerró la cremallera mientras el chófer detenía el vehículo—. Andando, chicos. No quiero oír una sola queja más hasta que termine la entrevista.

—¿Significa eso que luego puedo echar pestes? ¿A grito pelado? —preguntó Thorn, que bajó después de Leah.

No oí lo que ella le dijo, pero sí vi que le hacía la peineta a la vez que se recogía un mechón de pelo detrás de la oreja.

Bajé del coche y estiré los brazos por encima de la cabeza. El sol empezaba a ponerse, en el cielo había una luz de un naranja intenso.

Esa última entrevista y listo.

Una entrevista. Una hora que me separaba de la libertad.

Rosie

Aire.

Necesitaba aire con urgencia.

Al parecer ya ni siquiera me acordaba de cómo se respiraba. Estrictamente hablando, no me acordaba de nada. Era como si me hubiese quedado en blanco.

—Kayla —dije con voz ronca—. Me muero.

Mi amiga me dio unas palmaditas en la espalda.

—Vamos, Rosie. Déjate de rollos.

—Es que tengo la sensación de que me voy a morir. Lenta y dolorosamente. Necesito oxígeno. —Me acerqué a la ventana y la abrí un poco. Llené de aire fresco mis pulmones y cerré los ojos. Tenía el corazón en la garganta.

Cinco minutos. Al cabo de cinco minutos empezaría la entrevista con Scarlet Luck.

A lo largo de los últimos días me había estado preparando a conciencia para esa entrevista. Aunque lo sabía prácticamente todo de esos chicos, había estado visitando foros en internet, repasando comentarios en Instagram y YouTube y leyendo las distintas teorías sobre el nuevo álbum. Ya había visto veinte veces el vídeo de «Golden Circle», hasta descifrar todas las pistas que había ocultas en él. Y había practicado las preguntas que les haría hasta bien entrada la noche. Había llenado mis notas de pegatinas y frases señaladas con marcadores de distintos colores. Incluso había ensayado las preguntas con la melodía de «Golden Circle», para que pudiera cantar la canción para mis adentros en caso de que me quedara en blanco. Cosa que desde luego confiaba en que no pasara, porque era mi peor pesadilla.

En ese momento sonó el timbre del estudio y me puse rígida.

Habían llegado.

Ya habían llegado.

Me volví hacia Kayla con los ojos como platos. De pronto tenía frío y calor a la vez.

Mi amiga me puso las manos en los hombros y me los apretó.

—Todo irá bien —afirmó, aunque también vi en sus ojos un titilar nervioso.

—Puedo con esto —me repetí, aunque tuve la sensación de que las palabras eran falsas y hueras.

Kayla me hizo una señal afirmativa con la cabeza y después se separó de mí para salir del estudio y bajar en ascensor hasta la planta baja. En la parte inferior del complejo había otros estudios alquilados y hacía falta una llave para subir en el ascensor.

Me alisé con las manos el jersey que llevaba y me atusé el pelo. Luego me miré en el espejo. Tenía las mejillas rojas, pero el maquillaje en su sitio, y también estaba satisfecha con la ropa que llevaba: un jersey de cuello alto de canalé ajustado y unos *leggings* de piel con cremalleras metálicas en los bolsillos. Con este conjunto me sentía cómoda y era yo misma, lo cual me ayudaba a la hora de realizar entrevistas, como había comprobado una y otra vez a lo largo de los últimos años.

Después me volví hacia el sofá marrón. En la mesa de delante ya había cuatro vasos llenos de agua y junto a ellos un plato de dónuts brutales de la cafetería que había calle abajo. Además, Kayla había comprado flores, que había colocado en un jarrón en la mesa. Di la vuelta al sofá y puse bien rectos una vez más los dos taburetes de detrás. A continuación retrocedí hasta la cámara, que ya estaba en el trípode preparada para emitir en *streaming*. En realidad la parte técnica era cosa de Kayla, pero revisarlo todo me calmaba los nervios, aunque solo fuera un poco. Las luces del estudio ya estaban encendidas y, con lo intensas que eran, hicieron que me sudaran las axilas.

Fui corriendo a mi mesa, que estaba en un rincón del fondo del estudio, junto a la ventana, abrí el cajón de arriba y saqué el desodorante que guardaba para las emergencias. Me rocié deprisa con él mientras oía el leve pitido del ascensor al detenerse en nuestra planta. Volví a la parte de delante y permanecí a la espera con el corazón subiéndome hasta la garganta.

—Empezaremos directamente con la prueba de sonido —oí que decía Kayla en el pasillo.

—Muy bien. Necesitamos dos minutos para que los chicos se refresquen —repuso una mujer. Seguro que era Leah Miller, la mánager del grupo. Se ocupaba de ellos desde hacía solo tres años, después de que atravesaran una etapa difícil durante la que casi se habían separado. En la profesión tenía fama de ser, aunque joven, bastante dura. Defendía al grupo a capa y espada y los acompañaba a prácticamente todos los compromisos.

—No me hacen falta dos minutos, estoy bien como estoy, ¿no, Kayla? —dijo una voz, y los nervios me atenazaron el estómago.

Jasper Thorn.

Jasper Thorn, el vocalista de Scarlet Luck, acababa de dirigirse a mi amiga.

—Tienes brillos en la nariz, tal vez la empolvaría un poco —señaló ella, y yo abrí mucho los ojos. Si en la entrevista con Ashley yo no estaba tan nerviosa y en cambio Kayla apenas había podido decir palabra, hoy parecía justo al revés.

Su aguda réplica hizo que Thorn resoplara y se riese.

—Tiene razón, Thorn —convino Leah. A continuación dio la impresión de que esta se dirigía de nuevo a Kayla—. Es nuestro último compromiso por hoy, así que sería estupendo que no se alargara mucho. ¿Habéis recibido la lista?

No oí bien lo que respondía Kayla, ya que acto seguido me puse a repasar mentalmente la lista de normas a que estaba sujeta la entrevista: nada de preguntas sobre la familia y los amigos del grupo, nada de contacto físico a no ser que saliera de los chicos. La entrevista se centraría en la música y, sobre todo, en el nuevo álbum, y además...

No pude continuar, ya que en ese instante Kayla entró en el estudio con toda la tropa y una vez más me quedé en blanco.

No sabía por dónde empezar. Había rebobinado las entrevistas con los chicos hasta treinta veces, pero no era algo que pudiese hacer ahora. No podía darle al botón de pausa para saborear el momento, y mis ojos eran incapaces de decidir adónde querían mirar primero.

A la izquierda, decidí. Comenzaría por la izquierda.

Tenía la boca completamente seca y se me abrió un poco cuando mis ojos se clavaron en Logan Buckley. Iba vestido de negro de la cabeza a los pies, la camiseta era enorme y con algunos rotos que dejaban a la vista un poco de piel. Del pantalón holgado colgaban varias cadenas de plata, igual que en el cuello, y el cabello trigueño desaparecía bajo un gorro negro que era una especie de sello personal. Llevaba las uñas pintadas de negro, como yo, y eso casi me hizo sonreír.

Mis ojos fueron por libre y continuaron hacia la derecha, donde estaba Cillian Hunt. A primera vista Hunt parecía la dama de la guadaña, la mismísima muerte. Era espigado, de extremidades largas, y tenía las mejillas hundidas y blancas y ojeras bajo los ojos azules, aunque su expresión era atenta y viva. Llevaba el pelo muy corto y teñido de un gris plateado. Vestía pantalones de cuero negro ajustados, una camisa sencilla y un abrigo negro largo que le llegaba casi hasta el suelo, con bordados en las mangas.

Junto a Hunt estaba Jasper Thorn. Al mirarlo me quedé sin respiración. Sabía de sobra que todos ellos eran atractivos a su manera, pero Thorn era como si lo hubiese esculpido en piedra un artista especialmente dotado. El cabello castaño oscuro, con rizos cerrados y definidos, enmarcaba su bello rostro. Exhibía la sonrisa que a esas alturas era su gesto insignia, un arma que sabía muy bien cómo utilizar. En cuanto a la ropa, llevaba pantalones de charol negro, botas robustas y una camisa de seda color vino con varios botones abiertos, que me permitieron verle la piel tersa y negra del pecho lleno de tatuajes. Abrió la boca y dijo algo, pero los oídos me zumbaban de tal modo que no lo entendí bien.

Dejé de mirarlo y a continuación, cuando mis ojos se posaron en Adam Sinclair, alias Beast, que se encontraba junto a Thorn, ya no vi nada más.

Beast era, con diferencia, el que tenía la espalda más ancha de los cuatro, los hombros rellenaban cada centímetro del traje negro que lucía. Bajo la chaqueta hecha a medida llevaba una camiseta de tirantes blanca, con la sisa tan baja que dejaba a la vista bastante piel, tatuada hasta el cuello. Del pelo, teñido de violeta y engominado hacia atrás, solo se le había soltado un mechón, que le caía por la frente. Seguí bajando: en la mano izquierda destacaban varios anillos de plata voluminosos; en la derecha, una venda blanca. Cuando se dio cuenta de que la estaba mirando, la cerró en un puño y yo subí la vista. Sus ojos se clavaron en mí y el corazón me dio un vuelco, hasta que fui consciente de que en realidad no me veía. Más bien era como si tuviera la mirada... vacía. Como si estuviera haciendo un esfuerzo supremo por mirar sin verme.

—¿Rosie? —dijo Kayla, y me estremecí.

—¿Mmm? —contesté volviéndome hacia ella.

Kayla puso unas cuantas caras raras y gesticuló con las manos, a todas luces para indicarme que debía hacer algo. Solo entonces caí en la cuenta de que llevaba un minuto entero contemplando al grupo sin haber dicho una sola palabra.

—Mierda —farfullé, y me quedé helada.

No.

No, no, no.

No podía ser que esa fuese la primera palabra que había dirigido a los chicos de Scarlet Luck.

—Rosie —me presenté con la voz quebrada.

Durante un momento nadie dijo nada. Después fui consciente de que acababa de lanzar mi nombre sin más y todos me miraban con cara expectante.

—Así es como me llamo. Soy... Soy Rosie Hart.

La sonrisa de Thorn se ensanchó. El chico dio un paso hacia mí y me tendió la mano.

—Encantado de conocerte, Rosie.

Se la estreché como atontada. Una nube del perfume que utilizaba me envolvió y tuve que contenerme para no aspirar ese aroma demasiado deprisa y demasiadas veces, porque olía muy bien. En lugar de eso busqué en mi cabeza algo que decir. Lo cierto es que quería decir algo como: «El placer es mío», pero era como si la garganta se me hubiese cerrado, y no conseguí pronunciar esas palabras por mucho que quisiera hacerlo.

A Thorn no pareció molestarle mi estupefacción, me soltó la mano y dio un paso atrás. Logan ocupó su lugar y me dio la mano con una sonrisilla. Acto seguido hizo lo propio Hunt, que también me la estrechó mientras yo seguía en el sitio, pasmada, procurando que no me flaquearan las rodillas. Me volví hacia Beast, pero él ya me había dado la espalda y escudriñaba el sofá y los taburetes de detrás. Y eso que no habría sido necesario: sabía que no podía tocarlo. De dar crédito a los rumores, no podía tocarlo nadie. Y eso era válido no solo para las entrevistas con la prensa, sino para... todo.

Durante la época en la que escuchaba las *covers* de los chicos para dormirme y devoraba sin parar cada uno de sus nuevos vídeos, Beast tenía el mismo sentido del humor que Thorn: ruidoso, natural, divertido. Hasta que sufrieron la crisis hacía tres años.

Todos cambiaron. Era algo de lo más normal, y los fans lo aceptaron y siguieron queriendo a los chicos, incluso más. Los acompañamos a lo largo de relaciones que fracasaron, pequeños y grandes escándalos, revoluciones de estilo y sonido. Sin embargo, el cambio que se operó en Beast no fue solo externo. El chico abierto que en los vídeos siempre tenía una sonrisa ancha y bromeaba sin parar ahora era un hombre callado y hermético, que solo se dejaba llevar de verdad cuando tocaba, haciendo honor a su nombre artístico. Si uno veía entrevistas actuales de Scarlet Luck, Beast apenas hablaba y parecía encerrado en sí mismo. Ahora que tenía a los chicos delante de mí, esa impresión se veía más reforzada aún.

Conseguí con gran esfuerzo apartar los ojos de Beast y dirigirme a los otros tres.

—Vamos a empezar con la prueba de sonido y la sincronización —informé mientras los invitaba a tomar asiento con un gesto. Esperaba encarecidamente que ninguno de ellos viese cómo me temblaba la mano. La bajé deprisa y cogí las notas con la otra.

—Venid para que os prepare —les pidió Kayla al tiempo que llevaba a los chicos y a Leah, además de a un estilista, a sus respectivos sitios.

Fui tras ellos y me dejé caer en mi silla, donde cerré un instante los ojos y respiré hondo.

Uno, dos, tres, cuatro.

No acababa de quedar como una completa idiota. Solo había sufrido un cortocircuito y la había cagado en la presentación, pero eso no quería decir que la entrevista tuviera que ir igual.

Exhalar.

Cinco. Seis. Siete. Ocho.

Hacía algo más de siete años había visto por primera vez un vídeo del grupo que era más importante para mí que todos los demás, y ahora ese grupo estaba allí, en mi estudio, en mi propio programa. Era un sueño hecho realidad.

Abrí los ojos y eché mano de los auriculares. Cuando me los puse, recordé lo que me había dicho Kayla: nadie conocía a ese grupo tan bien como yo. Podía con ello.

Tenía que poder.

5

Beast

Me revolví inquieto en el incómodo sofá. Noté que algo crujía y me pregunté si me habría sentado encima del regalo de algún invitado, pero no podía meter la mano debajo mientras Paul, nuestro estilista, me quitaba los brillos de la cara. Conocía a Paul. Paul se me podía acercar. Pese a todo, solo pude respirar bien de nuevo cuando él dio un paso atrás y empezó a ocuparse de Thorn.

También les empolvó un poco la nariz a los demás y después hicimos la prueba de sonido. Dimos una palmada cada uno delante de su micro y nos pusieron auriculares. Mientras ajustaban el sonido y Thorn me soltaba no sé qué rollo, miré a la presentadora. En ese momento estaba distraída, así que aproveché la ocasión para escudriñarla.

Tenía los ojos azul hielo, pero su expresión era de todo menos fría. El pelo rubio trigueño, con las puntas teñidas de violeta. En un tono parecido al que lucía yo actualmente en la cabeza. Me pregunté si sería casualidad o algo intencionado.

Como si sintiese que la observaba, ella levantó la vista de las notas.

Nos miramos a los ojos y de pronto el zumbido volvió. Aunque los focos daban un calor tremendo y poco antes me había bebido la petaca entera, de repente me noté la piel fría y húmeda. Todo el calor desapareció de mi cuerpo.

Bajé la vista y empecé a mover los anillos que llevaba en la mano. Arriba. Abajo. Arriba de nuevo. Hasta que por los cascos escuché las cuatro palabras mágicas:

—Todo en orden, empezamos.

Dio comienzo la cuenta atrás.

Intenté controlarme, eché los hombros atrás y me senté bien. De nuevo noté un pinchazo, en esta ocasión directamente en el coxis, pero antes de que pudiera llevar una mano atrás para ver qué era, la asistente de producción hizo la señal de que iban a empezar tanto la conexión en *streaming* como la grabación del programa. Miré otra vez a Rosie Hart, que dirigía una sonrisa trémula a la cámara.

—Hola, amigos. Os damos la bienvenida al Rosie Hart Show. —Enderezó el auricular derecho con la mano que tenía libre; en la otra sostenía un montón de notas. Era como si en lugar de treinta minutos quisiera tenernos allí treinta horas. Esperaba encarecidamente que Leah no lo permitiese—. Hoy tenemos unos invitados muy especiales. Con nosotros, en el estudio, están Beast, Thorn, Hunt y Buck. La verdad es que aún no me creo del todo que esté diciendo esto, pero Scarlet Luck está aquí para hablar de su música conmigo.

Saludamos todos y Thorn sonrió a la cámara.

—Qué hay. Gracias por la invitación.

Durante un instante me dio la sensación de que Rosie perdía el hilo, y vi que las notas que tenía en la mano empezaban a temblar tanto como su voz. Me pregunté cuántos invitados —pocos, estaba claro— habría tenido, con la impresión de nerviosismo e inexperiencia que daba. Y en qué leches estaba pensando Leah para habernos llevado a ese sitio. No estaba para experimentos.

—En primer lugar debo felicitaros por vuestro nuevo sencillo —dijo Rosie mientras se quitaba la mano del auricular. Nos miró un instante a cada uno de nosotros—. «Golden Circle» es una auténtica pasada.

—Muchas gracias —repuso Logan, y aunque estaba sentado detrás de mí en uno de los taburetes, su voz me reveló que sonreía.

La presentadora consultó sus notas y después las dejó en la mesa que tenía delante, y cuando nos miró de nuevo en sus ojos había una seriedad que hizo desaparecer la inseguridad de antes.

—Si en vuestros dos primeros álbumes las influencias eran más bien del punk, con vuestro último disco hasta la fecha, *Troubled*, seguíais una línea musical distinta. En vuestro cuarto álbum ¿volverá a haber una evolución en el sonido?

Durante un momento creí haber oído mal. No me esperaba una pregunta así.

Thorn se adelantó un poco para acercarse más al micro.

—Evolucionamos con cada álbum que hacemos. El cuarto es distinto de *Troubled*, pero está más cerca de lo que hicimos hace dos años que de lo de hace cinco. Creo que esta evolución no se da de la noche a la mañana, sino que es constante. Nos ilusiona contar la siguiente parte de nuestra historia en el cuarto álbum.

Volvió a pincharme algo en el coxis, esta vez incluso

más abajo, una sensación muy desagradable. Me moví inquieto y se oyó de nuevo el crujido. Esperaba que no fuese una caja de bombones o algo parecido que me estropeara el traje. Como la siguiente media hora fuera así, me volvería loco.

Eché la mano que no tenía vendada atrás lo más discretamente posible y cogí lo que se me estaba clavando en el culo. Al tocarlo sentí alivio: debía de ser un *flyer* o algo por el estilo, así que el traje estaba a salvo. Saqué el papelito de entre los cojines, pero al ver lo que era me quedé helado.

—Pero ¿qué coño...? —musité.

A mi lado, Thorn también se quedó de piedra al ver los condones.

—¿De dónde has sacado eso? —preguntó desconcertado.

Antes de que pudiera contestarle, se oyó un grito ahogado. Levanté los ojos y vi que Rosie se ponía por lo menos tan roja como la tira de condones que sostenía yo en la mano.

Los hombros se me tensaron. Esa no era la primera vez que alguien intentaba ponernos en una situación incómoda. Nos habían gastado más bromas de las que podía contar con los dedos de las dos manos, pero la mayoría de las veces nos avisaban antes. Esto pasaba de castaño oscuro. Ya me estaba viendo en la prensa rosa con una larga tira de condones XXL. Probablemente ese programa se embolsara varias decenas de miles de dólares por las imágenes. No me podía creer que Leah de verdad se hubiese dejado engañar por esa chica. Nadie se había atrevido nunca a hacernos semejante putada.

—¿Se puede saber qué cojones está pasando aquí? —gruñí mientras tiraba los condones al suelo.

Rosie se quitó los auriculares.

—No... no sé qué...

—¿Se supone que es una forma cutre de ligar o solo quieres reírte de nosotros? —la corté. La voz me temblaba de rabia, y sentí un calor que me subía por el cuello.

Acto seguido Rosie se levantó de un salto y se acercó a nosotros, alzando las manos para apaciguarnos.

—No, de verdad que no sé cómo... —No pudo decir más, porque se dio con la rodilla contra la mesa. Tiró todos los vasos, así como el jarrón, y el agua salió despedida y nos salpicó.

Thorn soltó un taco y se puso de pie, pero yo no era capaz de moverme, porque ahora la presentadora estaba justo delante de mí y a mí no me apetecía nada estar cerca de ella después de lo que había hecho. La chica tenía los ojos muy abiertos y miraba a un lado y a otro con nerviosismo, como si no supiera cómo controlar la que había liado. Al final pareció decidirse por empezar conmigo y cogió un paquete de pañuelos de papel que había en la mesa. Cuando me quise dar cuenta, ella se había inclinado entre mis piernas y se disponía a limpiar el agua que tenía a los pies.

—No sé cómo ha podido pasar algo así —musitó mientras yo seguía en el sofá, petrificado.

Era como si tuviese paralizado el cuerpo entero. La ira que me había acometido hacía un momento se había visto sustituida por un rugido en las venas. Tenía las manos agarrotadas en las rodillas mientras Rosie se movía a mis pies. Acto seguido se irguió un poco y se puso a secarme el pantalón. Cuando sus manos me tocaron dejé de oír por completo. Sentí una opresión en el pecho y no podía respirar. Quería agarrarme a Thorn, volverme hacia Hunt o Logan, pero no era capaz. No conseguía moverme. Sencillamente no podía salir de mi puñetero estupor.

Igual que aquella vez.

Los oídos empezaron a pitarme.

—Quítame. Las. Manos. De. Encima —logré decir de forma entrecortada.

Ella me miró con los ojos como platos y vi que caía en la cuenta; casi era como si la chica sintiera lo que me estaba pasando. Alzó las manos de inmediato y me miró con cara de profundo pesar.

Yo no tenía ni puñetera idea de a qué venía el espectáculo que estaba dando.

—Lo siento —musitó—. No era mi intención.

Sin responder a la disculpa, crucé los dedos corazón y anular de la mano izquierda: la señal de emergencia para indicar a Leah y el resto que nos fuéramos en el acto.

—Yo me ocupo —dijo Thorn, a mi lado, al tiempo que hacía lo que podía para secarme la ropa.

No sentía las yemas de los dedos. De nuevo empecé a subir y bajar los anillos, pero esta vez no me sirvió de nada. Nada servía para ahuyentar el pánico que me atenazaba.

—Creo que será mejor que nos vayamos ahora mismo —anunció la voz de Leah, como desde muy lejos.

Pestañeé varias veces, luchando contra la rabia y el entumecimiento, y la miré. Estaba junto a la asistente de producción del programa de radio online, que tenía la cara casi tan roja como la de Rosie.

—No sé cómo ha podido pasar —balbuceó.

—Así no tiene sentido continuar —contestó Leah mientras miraba deprisa el móvil y después a nosotros—. Vamos, chicos. Tenemos que seguir.

Vi con el rabillo del ojo que Thorn negaba con la cabeza. Detrás de mí Logan resopló, y al mirarlo su cara me dijo que estaba entusiasmado de que la entrevista hubiese terminado tan deprisa. Hunt se situó a mi lado y me hizo un gesto afirmativo con la cabeza.

Yo apreté los dientes. Era como si alguien me estuviera estrujando el pecho. Pensé en el *streaming*. En el hecho de que el vídeo en el que se me veía sosteniendo en alto un puñado de condones XXL muy probablemente se haría viral. De que ya nadie hablaría de la música, sino tan solo de ese incidente.

—Vamos —dijo en voz baja Thorn mientras me señalaba la puerta.

Obedecí.

Marcharme de ese sitio. Lo único que quería era marcharme de ese sitio.

Obligué a mi cuerpo a salir de su entumecimiento y puse un pie delante del otro. Cuando pasé por delante de la presentadora, la miré un instante. Estaba algo apartada, abrazándose el torso. Se mordía el labio inferior y los ojos le brillaban a la luz de los focos del estudio. Al ver que yo la observaba, sus hombros se tensaron. Puso la espalda recta y adelantó un tanto la barbilla, como si reuniese el poco orgullo que le quedaba.

—Lo siento. No era mi intención —se disculpó, la voz más firme de lo que yo esperaba.

—¿Podríamos pasar la entrevista a mañana? —le preguntó mientras tanto la asistente de producción, desesperada, a Leah.

—Tenemos la agenda apretada. Me temo que no disponemos de ningún hueco hasta después de la gira —respondió categórica Leah. Por mí. Una señal con la mano y ella sabía lo que tenía que hacer—. En cuanto a lo que se acaba de grabar, tendréis noticias de nuestros abogados, así que os aconsejaría que lo borrarais directamente. —Saludó con la cabeza a las dos chicas y acto seguido se dirigió a nosotros y señaló la salida.

Los chicos obedecieron en silencio y echaron a andar hacia la puerta. Logan fue el único que dijo unas palabras de despedida.

Fui tras él, pero giré una vez la cabeza antes de que la puerta se cerrara. Vi por el resquicio que la presentadora se tapaba la cara con las dos manos.

La sensación de opresión en el pecho se intensificó y no desapareció ni siquiera cuando me volví y salí con los demás.

6

Rosie

—Abre la puerta, por favor —pidió Kayla con voz ahogada.

—Vete —contesté, mi propia voz acallada por la almohada, que para entonces estaba empapada. Me notaba la cara irritada e hinchada. Desde que había llegado a casa hacía unas horas lo único que había hecho había sido llorar. Y así continuaría durante un buen rato.

A la vez seguía esperando que todo aquello no fuese más que un sueño espantoso. Porque eso era lo que me parecía. Lo que había pasado en el estudio era una pesadilla en toda regla. Peor aún que olvidar las preguntas o quedarme en blanco. Y la verdad era que no entendía cómo había podido suceder algo así.

«¿Se supone que es una forma cutre de ligar o solo quieres reírte de nosotros?», oí de nuevo el gruñido sordo de Beast, haciendo que yo enterrara todavía más la cabeza en la almohada.

No podía creer que me hubiese puesto en ridículo de esa manera. Que hubiese puesto a los chicos en una situación tan incómoda que no habían aguantado ni cinco minutos conmigo en la misma habitación. Y lo peor de todo: había incumplido la única norma que me había inculcado una y otra vez: no tocar a Beast.

¿Cuántas veces había visto vídeos en los que la gente lo sobaba? ¿Cuántas veces me había enfadado que lo hicieran, siendo tan evidente hasta qué punto evitaba él el contacto físico con desconocidos? Pero cuando cogió los condones y me habló tan furioso, todas esas cosas que yo sabía se vieron ensombrecidas por el intento de salvar la situación. Me habría gustado interrumpir la grabación y empezar de nuevo, pero, como emitíamos en directo, sencillamente no era posible. De manera que lo único que habría podido hacer habría sido quitarle hierro al asunto en la medida de lo posible, retirar los condones y sacarme de la manga una explicación. Pero, con lo agitada que estaba, había tirado los vasos empeorándolo todo y creando un caos aún mayor.

Había hecho el más absoluto de los ridículos. Con los chicos a los que admiraba desde hacía años. Con el grupo cuya música era lo más importante del mundo para mí.

Me odiaba a mí misma.

Por mi torpeza.

Por ese día.

Por haber tocado a Beast, pese a saber que no debía hacerlo.

—Por favor, Rosie, abre la puerta. —Se oyó un golpe sordo, como si Kayla hubiese apoyado la frente en la madera—. Siento haberme cargado así el día.

Alcé la cabeza y repetí esas palabras para mis adentros. Después reuní las pocas fuerzas que me quedaban, me levanté de la cama y fui a abrir la puerta de mi habitación.

—¿Cómo?

Kayla me miró compungida. En sus ojos castaños solo vi una cosa: sentimiento de culpa.

—¿Qué has hecho? —pregunté con voz ronca, aunque no sabía si quería oír la respuesta.

Ella bajó la vista. Acto seguido apretó los ojos y cogió aire con fuerza.

—Te... te conté que tuve una cita.

La miré fijamente, hasta que sus palabras encajaron en lo sucedido como piezas de un rompecabezas.

—Dime que no es verdad. Dime que no llevaste a tu ligue al estudio para montarte una fiestecita no apta para menores.

No hizo falta que Kayla me contestara: supe cuál era la verdad al ver que evitaba mirarme a los ojos.

—¿En serio? —dije mientras negaba con la cabeza, sin dar crédito—. No me puedo creer que hayas hecho eso.

—Lo siento.

Apreté los puños y sentí que empezaban a temblarme los brazos y poco a poco el temblor se extendía por todo mi cuerpo. Intenté sobreponerme, intenté contener lo que estaba sintiendo, pero no lo conseguí. Todo el peso del día, unido a la presión de la semana anterior y a mi frustración y mi tristeza, se apoderó de mi cuerpo. Me entró calor y frío al mismo tiempo.

—¡Eso no cambia el hecho de que hoy me hayas puesto en la situación más embarazosa de mi vida! —exclamé.

Kayla se quedó boquiabierta. Nunca le había gritado, pero no pude evitarlo. Sencillamente no fui capaz de hacer nada contra la rabia y las lágrimas que volvieron a abrasarme los ojos.

—¿Has visto cómo me han mirado? Si nos demandan

por esto, se acabó. ¿Sabes lo que significa eso, Kayla? Podríamos perderlo todo. ¡Todo!

Kayla me observaba con cara de espanto. También creí ver en sus ojos un brillo sospechoso, aunque en ese momento no le di importancia. A mí me ardían los míos, y tampoco le interesaba a nadie.

—Si el programa se hunde, tú podrías trabajar en cualquier otra parte, encontrarías algo deprisa, pero la que se ve en el programa es MI cara. Ha sido a MÍ a quien ha gritado Beast. Es MI nombre el que aparece en el título del programa. Si todo esto se vuelve contra mí... —Me quedé sin aire y tuve que agarrarme al marco de la puerta. Vi a mi padre, vaticinando que fracasaría si empezaba mi propio programa, pidiéndome que buscara otra cosa antes de correr ese riesgo y jugármelo todo a una carta.

Al final tendría razón. Como en todo lo demás.

—Deja de ponerte en lo peor, seguro que no es para tanto. Yo me encargaré de que así sea —afirmó Kayla.

Solo conseguí negar con la cabeza.

—Sé que he metido la pata hasta el fondo y que este día no se parece en nada al que habías soñado. Pero te prometo que haré todo cuanto esté en mi poder para arreglarlo.

—No puedes prometerme eso —bufé.

Y fue lo último que dije antes de darle con la puerta en las narices. Después me volví a tumbar en la cama y di rienda suelta a las lágrimas.

Lloré hasta que en mí quedó tan solo un enorme vacío.

Estuve una semana encerrada en mi habitación, hundida y profundamente triste. Evitaba a Kayla y rechacé todos sus intentos de hablar conmigo, aunque se apostó a menudo en la cocina e incluso a la puerta del cuarto de baño. Durante uno de esos encontronazos me comunicó, compungida, que nuestro siguiente invitado —un cantante y actor que pisaba fuerte— había cancelado su asistencia al programa y, para compensar, Kayla quería subir la semana siguiente un programa especial con tomas divertidas descartadas, lo cual le prohibí. Después de semejante crisis subir un vídeo de coña sería como una bofetada para los fans de Scarlet Luck, y eso era algo que yo no quería de ninguna manera.

Así que por el momento todo estaba parado: el programa, nuestros canales, incluso yo había dejado apagado el móvil. Lo único que pude hacer esa semana fue escuchar las listas de reproducción más tristes de todos los tiempos mientras me desahogaba llorando.

Sin embargo, al término de la semana la casa se me caía encima. Me faltaba la rutina. Sin ella y sin el programa era como si no fuese yo misma. Y mi salud mental se resentía. Conocía los síntomas. Si me replegaba más de lo necesario, esa pasaría a ser mi nueva cotidianidad. Me costaría más salir a la calle. Hacer la compra se convertiría en una carga que no podría soportar. Toda interacción humana me superaría. No podía permitir que ese día me aplastara así.

Lo primero que hice fue encender el móvil. Tenía un sinfín de mensajes, correos electrónicos y llamadas, y ver aquello me puso el corazón a mil. Sobre todo cuando entre las llamadas perdidas vi dos veces el nombre de mi padre.

Me incorporé en la cama. Que mi padre hubiera llamado era un milagro. ¿Se habría enterado de lo que había sucedido en el programa? En realidad él no seguía lo que yo hacía. No le gustaba la cultura pop, como había dejado bien claro en más de una ocasión. Me llegó al alma que hubiese llamado.

Le devolví la llamada y me pegué el móvil a la oreja. Lo cogió después de que sonara tres veces.

—¡¿Diga?! —bramó, y reprimí el instinto de estremecerme.

—Hola, papá. Soy yo. ¿Me has llamado?

—Ah, Rosie. Me alegra saber de ti.

Vale, al parecer no había llamado porque se preocupara por mí y por mi bienestar. Estaba bien saberlo.

—¿Tú qué tal? —¿Se percataría de lo nasal que sonaba mi voz? ¿Le interesaría?

—La semana que viene voy cerca de donde vives por trabajo y quería saber si tienes tiempo para que nos veamos.

Aunque hacía una semana que no salía de casa y todavía me sentía fatal, asentí en el acto. Mi padre no solía visitarme a menudo, y ya que estaría cerca, quería verlo. Aunque quedáramos de higos a brevas y él no entendiese en absoluto a qué me dedicaba, seguía siendo mi padre.

—Claro, qué bien. ¿Quieres que elija restaurante?

—Perfecto. Bueno, tengo que seguir trabajando. Te mando un mensaje cuando sepa la fecha y la hora exacta, ¿te parece?

Asentí.

—Vale.

Así terminó otra de nuestras breves llamadas telefónicas.

Hice un ejercicio de introspección y fui consciente del extraño vacío que sentía en el pecho. Un vacío que una vez más hizo patente el enorme agujero que la pérdida de mi madre había dejado en la vida de mi padre y en la mía. Mi madre era el punto de unión, la que hacía que fuésemos una familia. Desde que ella no estaba todas las conversaciones que mantenía con mi padre me parecían forzadas y difíciles. Como si nos viésemos obligados a permanecer en contacto. Una sensación que no era nada agradable.

Tardé una eternidad en liberarme de las expectativas de mi padre y seguir mi propio camino, lo cual no hizo sino agrandar más aún el abismo que se había abierto entre nosotros tras la muerte de mamá. Nuestras conversaciones cada vez eran más cortas, como la de hacía unos instantes. Sobre todo desde que yo había decidido mudarme a Los Ángeles en lugar de ir a la universidad, como él siempre había querido que hiciese. Pero ese era un conflicto que yo ya había superado. Igual que el agujero del que había conseguido salir con gran esfuerzo hacía ya unos años.

Eché un vistazo a mi habitación: había platos usados y ropa sucia por todas partes. Y me di cuenta de que con cada día que pasara me resultaría más difícil salir de la cama. La situación me recordó inevitablemente a cuando me había instalado en la ciudad. Mi salud mental había sufrido tanto con los cambios que habían traído consigo la mudanza, la responsabilidad de trabajar por mi cuenta y la difícil relación que mantenía con mi padre, que el mundo se me vino abajo. Cualquier problema, por pequeño que fuera, me superaba y hacía que entrase en pánico, hasta que finalmente busqué ayuda profesional. Por esa experiencia sabía que, si ahora no seguía adelante, todo empeoraría más. No quería que el miedo tomase las riendas de mi vida, así que debía hacer algo para impedirlo. A ser posible cuanto antes, para no volver a perder el norte por completo.

Levantarme ese día me costó lo indecible. Cogí una sudadera y me puse la capucha. En su día mi terapeuta me había aconsejado que buscara cosas que pudieran acompañarme cuando me asaltara el pánico: ropa cómoda y buena música estaban en la lista. Escogí el nuevo álbum de The Vamps y me puse los cascos. Después cogí las llaves y la cartera y salí de nuestro edificio antes de que pudiera cuestionármelo todo o aplazarlo más.

«Solo tienes que bajar la calle —me dije—. Solo bajar hasta la cafetería. Tú puedes.»

Empecé a poner un pie delante del otro y subí el volumen de la música tanto que dejé de oír el mundo exterior.

Durante la primera canción me costó. Cada persona que pasaba a mi lado me parecía que estaba demasiado cerca. Los coches iban demasiado deprisa. El olor a tubo de escape y comida grasienta al dejar atrás algunos restaurantes era demasiado intenso. Pero poco a poco me fui acostumbrando. Intenté ir un poco más rápido, lo cual me ayudó a aliviar ligeramente la tensión que sentía en el cuerpo.

Tardé dos canciones más en llegar hasta Benji's, mi cafetería preferida. Era un sitio pequeño, que estaba entre una lavandería y un local de fotocopias. En una pared había un papel pintado de una puesta de sol cursi en la playa, y ni había muchas sillas ni la oferta era muy amplia, pero a mí me encantaba. Era la cafetería a la que siempre íbamos Kayla y yo. Tras una buena jornada de trabajo solíamos acudir juntas a celebrarlo con un *cupcake*.

Ahora, cuando me acerqué a la barra y vi esos mismos *cupcakes*, sentí una punzada en el corazón. No me podía creer que Kayla hubiera llevado a su ligue al estudio. No sabía en qué estaría pensando. Solía ser tan profesional que jamás se me habría ocurrido que se le pudiese pasar por la cabeza una cosa así. Además, sabía que podía avisarme siempre que quisiera y quedarse el apartamento para ella sola alguna noche. No tenía ningún sentido. Pero yo estaba demasiado enfadada para atender a sus explicaciones. Probablemente fuese buena idea haberla evitado. No quería hacerle más daño pegándole gritos. Yo no solía ser así.

Dejé de pensar en Kayla y en nuestra pelea y me concentré en el olor a café recién molido. Era justo lo que necesitaba en ese momento.

Carraspeé para llamar la atención de Pete. Su turno casi siempre coincidía con mis visitas a la cafetería, y verlo me dio una agradable sensación de normalidad.

Al volverse hacia mí palideció un poco.

—Ah, Rosie —me saludó, echándose adelante sobre la barra. Casi dio la impresión de que quería abrazarme, pero se limitó a ponerme un instante la mano en el brazo—. ¿Qué tal estás?

Conque lo sabía.

Volví la cabeza y eché una ojeada al local. En una de las grandes mesas redondas había un grupo de chicas que cuchicheaban. Una de ellas me miró entornando los ojos y otra sacó el móvil y lo sostuvo en alto, apuntando hacia mí. Me volví deprisa hacia Pete e intenté sacudirme la desagradable sensación.

—Bien —contesté a duras penas—. Ponme uno de *red velvet* y un *iced latte*, por favor.

—Claro. Ahora mismo. —Pete se puso a preparar lo que le había pedido mientras yo acercaba la tarjeta de crédito al datáfono y a continuación me iba a un extremo para esperar hasta que estuviese listo.

De pronto los cuchicheos que oía detrás de mí me parecieron ensordecedores. No quería volver la cabeza otra vez. De verdad que no. Pero el desagradable hormigueo que sentía en la nuca me inquietaba, y me arriesgué a echar otro vistazo.

Eran cuatro chicas. Dos de ellas miraban sus smartphones, otra continuaba apuntándome con el móvil y la cuarta removía su *iced latte* grande mientras seguía con cien ojos cada uno de mis movimientos.

Con cada segundo que pasaba el hormigueo se volvía más intenso, y poco a poco me fue bajando desagradablemente por la columna.

—Aquí tienes —dijo Pete.

Me di la vuelta hacia él y cogí la bolsa de papel de estraza y el café.

Pero, antes de que pudiera darme a la fuga, Pete se inclinó sobre la barra.

—Por cierto: la broma me pareció superdivertida.

Fue como si me hubiese dado un puñetazo en el estómago. Proferí un grito ahogado y negué con la cabeza.

—No era una broma.

Me guiñó un ojo.

—Claro. Que tengas un buen día, Rosie.

—Gracias —repuse con voz rasposa. Luego giré sobre mis talones y salí de la cafetería.

Esa había sido una malísima idea. Ahora me daba cuenta. ¿Qué me creía? ¿Que después de esa metedura de pata podría salir a la calle sin que nadie me reconociera? ¿Que nadie se había enterado de lo sucedido?

Torcí a la derecha y subí por la calle principal. De pronto se me había quitado el apetito por completo. Me pregunté si todo el mundo pensaría igual que Pete, que yo había puesto a los chicos de Scarlet Luck en esa desagradable e incómoda situación a propósito.

En ese momento oí risitas a mis espaldas. Volví la cabeza... y me quedé helada. Las chicas que estaban en la cafetería me habían seguido. Se hallaban a escasos metros de distancia, y la de antes aún estaba con el móvil en alto.

—¡Eh, Rosie Hart! —exclamó la de delante, y bebió un sorbo de su *frappuccino* y se acercó a mí. En sus labios se extendió una sonrisa agridulce—. Esto es por Beast.

Antes de que me diera cuenta de lo que estaba pasando, la chica retiró la tapa del vaso y me lanzó el café a la cara.

Sentí un frío glacial y proferí un grito ahogado. Al abrir la boca me atraganté con el café dulzón y jadeé. Lo que yo llevaba en la mano cayó estrepitosamente al suelo. Cuando el líquido me entró en los ojos me produjo un escozor tremendo, y me sequé la cara con las mangas de la sudadera mientras las chicas se echaban a reír.

—¡Súbelo, súbelo! —pidió una de ellas, y yo pestañeé varias veces.

Veía el mundo borroso. Solo distinguía bultos: árboles, coches, siluetas. Me toqué y noté que tenía la sudadera empapada de líquido marrón, que también me chorreaba por el pelo. Me pasé una y otra vez por la cara la punta de la manga que no estaba mojada, pero tardé un poco en ver medianamente bien.

—Eso te pasa por meterte con Scarlet Luck —soltó una de las chicas. Su sonrisa burlona se me grabaría a fuego en la memoria para siempre. Parecía satisfecha consigo misma, casi eufórica.

El cuerpo entero se me quedó helado, y esta vez el frío venía de dentro. Apenas podía pensar con lucidez. Lo único que tenía claro era que nunca, en toda mi vida, me había sentido tan humillada.

Bajé la cabeza, pugnando por no llorar.

En el colegio había tenido que soportar cosas bastante malas, pero lo de ahora era distinto. Más malicioso. Más rastrero. Y dolía mucho. Mucho.

Los músculos del estómago se me contrajeron y todo mi cuerpo quería saltar hacia ella. Luché con todas mis fuerzas para combatir ese impulso, pero de esa forma no logré moverme del sitio. Ya ni siquiera podía respirar. Lo único que sentía era el calor que siguió al frío y me subió por el cuello. Oí de nuevo a Beast, que me gritaba enfadado, y se le sumaron las risitas de las chicas.

Las náuseas me sobrevinieron de inmediato. Crucé los brazos sobre el estómago, intentando aguantar como fuese.

Por desgracia no sirvió de nada.

De nada en absoluto.

7

Beast

Cerré los ojos, hice girar la baqueta en la mano y seguí el ritmo con la cabeza cuando Logan cantó el estribillo con su suave voz.

Your voice is calling me
Into the darkness
You and me, found in the darkness
Climbing together to search the light
I can't hear you
There are only our echoes
Endless echoes
That will forever remain

Abrí los ojos y dejé que las baquetas se deslizaran por el *multipad* que tenía delante al ritmo lento del set acústico. «Echoes» era uno de nuestros mayores éxitos, y aunque a esas alturas habíamos tocado tanto esa canción que nadie la quería oír más, a mí me encantaba.

La habíamos compuesto los cuatro, y durante aquella sesión nos dimos cuenta enseguida de que esa canción era algo muy especial, algo que no nos volvería a salir así como así.

Thorn acometió la segunda estrofa y yo golpeé el *pad* de percusión con mucha más suavidad que en los conciertos. Cuando la canción estaba a punto de terminar me incliné hacia delante, cerré de nuevo los ojos y coreé el último estribillo con los chicos. Nuestras voces se unieron en una armonía sonora mientras dejamos que nuestros instrumentos enmudecieran. Durante unos segundos solo se nos oyó a nosotros cuatro con nuestras voces empastadas, y se podía sentir literalmente la magia que acababa de crearse y que se extendía por el minúsculo estudio de radio.

Después se hizo el silencio y saboreé a fondo esos segundos. Durante un instante en mí reinó una calma absoluta, y lo único que quedó luego fue una paz celestial. El zumbido, la opresión en el pecho, incluso el deseo de acabar conmigo y con todo cuanto me rodeaba, todo eso había desaparecido.

Hasta que volví a abrir los ojos. Y recordé dónde nos encontrábamos.

Tras el cristal ante el que estábamos sentados, los presentadores de radio y los técnicos habían empezado a aplaudir. Me pasé una mano por el pelo que me había caído por la frente al tocar, y carraspeé. Hunt chasqueó la lengua con suavidad y lo miré, alegrándome de que, a diferencia de Logan y Thorn, no me pusiera siempre la mano en el hombro o me diera con el codo en el costado.

Hunt tenía su propia forma de comunicarse. Si cuando empezamos con el grupo no teníamos mucho que ver con él, ya que era más joven y se había unido un poco más tarde, ahora era uno de mis mejores amigos. Aunque no nos dejara a ninguno participar mucho de su mundo interior. Probablemente ese fuera el motivo de que nosotros dos nos entendiéramos tan bien sin que hicieran falta palabras. En ese sentido nos parecíamos mucho. A veces yo tenía la sensación de que lo único que mantenía con vida a Hunt era su instinto de supervivencia, ni más ni menos. Comía y dormía poco, y a saber lo que se metía, con lo rarito que era. Un día era el tío más divertido que uno había conocido en su vida y al siguiente no había quien lo reconociera, porque se comportaba como un puñetero zombi. Y se ligaba a más tías que cualquiera, tendencia que empezó cuando nos consagramos. Yo suponía que tenía que ver con nuestros años escolares, durante los cuales había sufrido *bullying* por su aspecto. Ahora casi ni se le notaban las cicatrices del acné, y con cada uno de sus ligues Hunt se demostraba que no era la persona aborrecible que le habían hecho creer que era durante su adolescencia.

Seguí a Hunt por el estudio y salimos al pasillo, donde se acercó a una ventana y sacó el paquete de tabaco. Me ofreció un cigarrillo, pero negué con la cabeza.

—Ha estado bien —comentó mientras se metía un pitillo en la boca y se lo encendía.

Contesté con un gruñido.

Hunt dio la primera calada. El humo quedó suspendido entre nosotros en el pasillo y se deslizó despacio hacia la ventana. Después ladeó la cabeza y clavó en mí sus ojos claros.

—¿Estás bien?

Enarqué una ceja.

—¿En serio?

Me miró sin hacer ninguna mueca.

—En serio.

Le di la espalda y me puse a mirar por la ventana. El cielo se había teñido de un violeta oscuro y la ciudad de Los Ángeles resplandecía a mis pies. En la oscuridad titilaban luces, los rascacielos se alzaban imponentes y el tiempo... pasaba. Seguía pasando. Sin que cambiara nada.

—Estoy bien —contesté poco después, volviéndome de nuevo hacia él.

El extremo del cigarrillo se encendió y, aunque Hunt no dijo nada, vi el escepticismo reflejado en sus ojos. Probablemente debería tratar de sonar un poco más convincente.

Levanté la mano y le di unas palmaditas en la espalda, como siempre me hacía a mí Thorn.

—No me pasa nada, tío. Volvamos dentro antes de que Caleb se cague vivo.

Hunt resopló, pero asintió con la cabeza.

Entramos en la pequeña habitación justo cuando salía Caleb. Ya tenía una mano en el walkie-talkie que llevaba en el traje negro, pero la dejó caer al vernos.

—Joder, chicos. Ya sabéis cuáles son las normas. —Parecía enfadado y tenía fruncidas las pobladas cejas.

—¿Cuál de todas? ¿La de que no podemos separarnos ni dos metros de ti sin avisar? ¿O la de que es mejor no fumar en espacios cerrados? —quise saber mientras pasaba por delante de él sin hacer caso a su mirada furiosa—. ¿Y cuándo empieza la fiesta? —le pregunté a Thorn, que estaba algo apartado, junto a Logan, consultando el móvil.

Tragó saliva varias veces y después soltó un taco en voz baja.

Miré con cara de interrogación a Logan, que se limitó a negar con la cabeza.

—¿Qué ocurre?

Thorn levantó la vista y a sus ojos asomó un sentimiento bastante atípico en él: ira. Parecía furioso, tanto que se había pasado las manos por los rizos perfectamente engominados, que ahora tenía muy revueltos por algunas partes. En su entrecejo se marcó una arruga pronunciada.

—Venid a ver esta mierda —dijo haciendo un esfuerzo para no perder la calma, mientras nos ofrecía el móvil.

Hunt lo cogió y los dos miramos juntos la pantalla.

Tenía abierto un vídeo en Instagram.

¡¡Esto es por vosotros, chicos!! :*
@scarletluck @beast @thebuckley
@jasperthorn @hunthunt

El vídeo se puso en marcha solo y Hunt y yo inclinamos la cabeza a la vez para ver mejor la pantalla. Al principio la imagen estaba un poco movida. La persona que había grabado el vídeo corría detrás de una chica que parecía angustiada y casi como si la estuvieran persiguiendo. Después, como si de pronto fuera consciente de este hecho, se volvía.

Sentí un peso en el estómago de inmediato: la reconocía. La nariz respingona, los grandes ojos azules, el pelo con las puntas teñidas de violeta.

La chica que aparecía en el vídeo era Rosie Hart. La presentadora que nos había gastado la broma. La chica que me había tocado para acto seguido dejar de hacerlo y mirarme como si supiera exactamente lo que me estaba pasando.

«¡Eh, Rosie Hart! —se oía una voz cortante en el vídeo—. Esto es por Beast.»

Se oyó un ruido y otra chica apareció en la imagen... y entonces todo se movió. Pero a pesar de eso vi lo que sucedía. Con absoluta claridad.

La chica que iba delante le quitó la tapa al vaso que llevaba y le tiró a la cara a Rosie lo que estaba bebiendo. Ella se pegó un susto de muerte y la bolsa y el vaso que tenía en la mano cayeron al suelo. Profirió un grito ahogado, pegó los hombros a las orejas, contraídos, y dio la impresión de que no sabía lo que estaba pasando. De fondo otra chica —«Joder, pero ¿cuántas eran?»— le decía a gritos a la del móvil que subiera el vídeo mientras Rosie se palpaba la sudadera.

Arrugué la frente y me fijé en la sudadera que llevaba: distinguí un pequeño trébol.

No... no podía ser.

Entorné los ojos y miré bien el trébol.

No cabía ninguna duda: la sudadera con capucha era de nuestra primera colección de *merchandising*. Vendimos unas cuatrocientas a través de la birria de página web que teníamos entonces, hasta que la retiramos de la circulación porque Logan (el muy idiota) no había dibujado él mismo el trébol como había prometido, sino que se había limitado a copiarlo del primer resultado que le ofreció el buscador de internet. De eso hacía ya siete años, seguro.

Pero antes de que pudiera plantearme qué significaba eso con exactitud, Rosie se pasó la manga por los ojos. Pestañeó varias veces, aunque el líquido le había dado de lleno y la chica necesitó unos cuantos intentos para secarse medianamente la cara.

«Eso te pasa por meterte con Scarlet Luck», dijo de nuevo la voz cortante. Después se oyó una risa estridente mientras Rosie apretaba los dientes y bajaba la vista al suelo. Se abrazó el cuerpo y dio la impresión de ir a desmoronarse de un momento a otro.

Verla así me tocó la fibra sensible. Noté que mi mano se cerraba en un puño y los anillos se me clavaban hasta casi hacerme daño.

Después el vídeo terminaba bruscamente y empezaba de nuevo. No me podía mover. Hunt y yo permanecimos callados un minuto y volvimos a verlo. Cuando comenzó a reproducirse por tercera vez, Hunt le devolvió el teléfono a Thorn.

—Es lo más chungo que he visto en mi vida.

Mierda, había días que odiaba internet. Era una puñetera peste que se extendía cada vez más. Lo que se veía en el vídeo no estaba bien. Era justo la misma mierda que nos había pasado a nosotros en el colegio cuando se supo que subíamos *covers* de canciones a YouTube.

—Leah me ha contado antes que la asistente de producción del programa de radio online la ha estado bombardeando toda la semana con mensajes y llamadas. Insisten en que lo que ocurrió no fue intencionado y se disculpan formalmente —afirmó Thorn. Negó con la cabeza—. Al principio pensé que solo era una artimaña para conseguir que volviéramos, pero ya no estoy tan seguro, teniendo en cuenta la cantidad de veces que han pedido perdón y la insistencia con que lo han hecho. Leah dice que la asistente de producción le dio una explicación que le pareció aceptable.

—¿Leah la cree? —quiso saber Hunt.

Thorn se encogió de hombros.

—Por lo visto sí.

Leah tenía olfato para las personas. Me fiaba de ella, y eso era algo que no podía decir de muchos.

—Creo que les iría bien nuestra ayuda —añadió Thorn.

—¿Qué tienes en mente? —inquirió Logan con el ceño fruncido.

Thorn se encogió de hombros.

—Creo que es Beast el que debería decidir si hacemos algo a ese respecto; al fin y al cabo, fue a él a quien le resultó más desagradable la situación. Pero no podemos permitir que vuelva a pasar algo así. No entre nuestros fans.

—Y menos aún en nuestro nombre —refunfuñé. Quería abrir el puño, pero no era capaz—. Le han hecho esa putada en mi puñetero nombre. Y no puede ser, por estúpido que fuera lo que pasó en el programa.

—Tienes razón. Si no decimos nada, parecerá que lo toleramos —apuntó Logan.

Los tres me miraron expectantes.

—De tolerarlo nada —dije al fin con énfasis. Acto seguido señalé con la cabeza a Thorn—. Tu cara me dice que ya se te ha ocurrido algo, don Perfecto.

Thorn parecía el príncipe azul salido directamente del infierno cuando una sonrisa radiante se extendió en su rostro.

—Me encanta ser el caballero de la brillante armadura.

—Cómo no —repuse, y poco a poco conseguí relajar el rígido cuerpo. Me habría gustado ponerme a la batería y tocar un set largo para sudar la gota gorda, pero por desgracia no era posible.

No paraba de ver la cara empapada de Rosie. Sabía que

sería mejor que me diese lo mismo, pero a pesar de todo no era capaz de hacer nada contra la amargura que me acometía en cuanto las imágenes volvían a desfilar por mi cabeza. Al mismo tiempo me estaban lloviendo los mensajes, y aunque Leah intentaba mantenernos al margen de lo que sucedía en internet, con las cosas de las que acabé enterándome de pasada bastó para que me sintiera como una mierda. Ojalá no hubiésemos ido al puñetero programa. La próxima vez haría valer mi veto.

—Hablaré con Leah para que se ocupe de todo, si cuento con vuestra bendición —dijo de pronto Thorn, y nos miró a uno por uno.

Cuando llegó a mí, asentí, igual que habían hecho Logan y Hunt segundos antes.

La sonrisa diabólica no se borró del rostro de Thorn en el momento en que cogió el móvil, escribió algo y se apartó de nosotros.

No sabía lo que estaba haciendo, pero me alegré de no tener que encargarme yo. Aunque no quería que esa chica sufriera, tampoco podía ser su salvador.

No podía ser el salvador de nadie.

8

Rosie

Tuve que lavarme el pelo tres veces para que saliera todo ese líquido pegajoso y darme una ducha con el agua hirviendo para dejar de sentirme asquerosa y de llorar.

Ahora estaba en la cama, abrazada a Mr. Sleepy, el osito de peluche que me había regalado mi madre cuando me quitaron la ortodoncia, y con el móvil en la otra mano. Al salir de la ducha, una indiferencia absoluta se apoderó de mí. Comprendí que no tenía más sentido seguir aplazando lo inevitable. Debía saber lo que me esperaba y lo que opinaba de mí la gente después de la entrevista fallida con Scarlet Luck. Solo era cuestión de tiempo que me viese obligada a volver a salir a la calle y tuviese que sufrir las consecuencias como ese día.

Abrí Instagram con dedos temblorosos.

Tenía cientos de notificaciones, y una garra helada me rodeó el pecho y apretó con fuerza.

Entré en mi cuenta privada, no en la del programa, que tenía muchos más seguidores. Por lo general a la gente le interesaban las personalidades a las que entrevistábamos, no yo. Yo solo era la portavoz, nadie a quien seguir, a quien etiquetar en fotografías o a quien escribir. Sin embargo, ahora la cosa era bien distinta. Bajo cada una de mis fotos más recientes habían dejado cientos de comentarios.

Contuve la respiración cuando leí unos cuantos.

¡¡¡¡Pedazo de cerda!!!!

No me puedo creer haber sido fan tuya. Lo que les hiciste a los Scarlet Luck..., no se puede caer más bajo. Y que hayas borrado los vídeos no cambia nada.

zorra fea no me estraña que a beast le dieras tanto asco

Rosie, siempre has sido un ejemplo para mí. Ahora ya ni siquiera puedo mirar tus fotos. *Sorry*, pero voy a dejar de seguirte y tampoco volveré a escuchar tu programa.

Ojalá te mueras para que no te tengamos que ver más la puta cara. *#RosieHartIsOverParty*

Al leer el último comentario me tapé la boca con la mano. Todo en mí se crispó convulsamente. No me podía creer que alguien escribiera algo así.

Los comentarios que había debajo de la siguiente foto no eran mejores. Más amenazas. Más insultos. Y cada una de esas palabras maliciosas era como una puñalada en el corazón. El dolor me dejó casi sin respiración.

Pasé a las notificaciones.

Me habían etiquetado en infinidad de vídeos y fotos. Había GIF de mí agachada delante de Beast limpiando el agua en los que por desgracia parecía que le estaba haciendo otra cosa. Fotos de los chicos mirándome con los ojos muy abiertos y expresión tensa. Y más y más fotos retocadas en las que se me veía deforme, con leyendas espantosas que me atacaban con dureza.

Cuando seguí bajando, vi que se me etiquetaba especialmente a menudo en un vídeo. Hice clic y... me quedé sin respiración.

En la pantalla se me veía con la vieja y usada sudadera, volviéndome hacia las chicas que me habían seguido. Una de ellas me gritaba y después me lanzaba el café a la cara.

Ver aquello otra vez me dolió muchísimo, y eso que creía que era imposible que superara a lo vivido. Al verme así, del todo inmóvil, mientras las chicas se reían de mí, deseé que regresara la bendita indiferencia de antes. Esa grata ingravidez que hacía que no sintiese nada. Era mucho mejor que el tremendo dolor, la vergüenza y la sensación de que no podría volver a pisar fuerte.

Prorrumpí en sollozos cuando el vídeo empezó una vez más. Y otra. No me podía creer que hubiese personas que de verdad fueran capaces de hacer algo así. Causar semejante dolor a los demás intencionadamente.

—Rosie —dijo una voz desde la puerta, y levanté la cabeza.

A través del velo de lágrimas vi a Kayla, que entró en mi habitación con aire vacilante.

Me incorporé y clavé la vista en ella. Después sostuve en alto el móvil.

—Me odian —afirmé con la voz rota.

Las lágrimas me corrían sin cesar por las mejillas mientras un sollozo mudo me estremecía el cuerpo. Sentía que necesitaba agarrarme a algo, pero no había nada. Ya no había nada salvo la certeza de que millones de personas en este planeta no podían detestarme más. Una certeza cuyo peso me aplastó de tal modo en ese segundo que me pregunté cómo levantaría cabeza.

Cuando me quise dar cuenta, Kayla estaba junto a mi cama. Haciendo caso omiso de mis protestas, se sentó a mi lado y me abrazó con fuerza.

De pronto allí había alguien a quien me podía aferrar, y, aunque seguía estando enfadada con ella, enterré la cabeza en su hombro.

—La semana pasada aún era su heroína y ahora, de repente, todo el mundo me odia —conseguí decir mientras respiraba entrecortadamente.

—Nadie te odia, Rosie —musitó Kayla acariciándome la espalda con movimientos circulares.

Ni siquiera pude negar con la cabeza. No me quedaban fuerzas para replicar. Kayla no sabía lo que se sentía cuando se recibía semejante martilleo de mensajes. Lo que se sentía cuando alguien te llamaba «fea», «cerda», «zorra». No sabía lo que se sentía cuando alguien deseaba tu muerte.

—Te prometí que arreglaría esto, y eso pienso hacer —aseguró de pronto.

Me separé un poco de ella para mirarla.

—Ponme al día. ¿Cómo de mal pinta la cosa?

Kayla respiró hondo, como si hiciese de tripas corazón.

—Está bien, empecemos por las malas noticias para que después la alegría sea aún mayor: uno de los patrocinadores del programa se ha caído.

—¿Cuál? —Mi alarma era tal que la voz me salió unas octavas más aguda.

—Healthy Foods.

Solté un taco. Healthy Foods era uno de los patrocinadores que nos pagaba una cantidad de dinero fija, con la que habíamos podido contar siempre los últimos meses.

—¿Qué hay de los invitados? ¿Ha cancelado Velvet Trouble? —pregunté, aunque en realidad no quería oír la respuesta. Llevaba meses deseando entrevistar al grupo de chicas. Si no acudían, mi desesperación no conocería límites.

—¡No! No pongas esa cara de susto, respira tranquila: salvo uno, todos los compromisos siguen en pie.

Exhalé un suspiro de alivio.

—Menos mal.

Esas palabras no sabían a nada. Aunque no hubiesen cancelado ningún compromiso, yo dudaba que pudiéramos seguir con el programa como habíamos hecho hasta entonces.

¿Me tomarían por una presentadora seria?

¿Podría volver a mirar a la cara a alguien?

No lo sabía. Lo que sí sabía era que no estaba dispuesta a rendirme sin más. Sí, los comentarios dolían. Sí, me partía el corazón que al parecer internet al completo se hubiese vuelto contra mí. Pero, cuando se realizaran las siguientes entrevistas, lo daría todo para demostrarle a la gente que esa única metedura de pata no cambiaba el hecho de que yo era buena en lo que hacía. Y que podía continuar siendo la portavoz de los fans. Hasta entonces solo había tenido que seguir adelante como buenamente pudiera, algo que en ese momento parecía un problema tan monumental que no sería capaz de resolverlo enseguida. Necesitaría tiempo.

—Y ahora vamos con las buenas noticias: he subido una disculpa y he publicado en la página web un comunicado de prensa oficial en el que asumo la culpa y explico lo sucedido en la medida de lo posible. Además, he estado toda la semana intentando ponerme en contacto con Leah Miller y no admito un no por respuesta —siguió diciendo mientras me cogía la mano. Me la apretó un instante—. Y por lo visto ha servido de algo.

—¿Qué? —grazné.

Vi que los ojos le brillaban.

—Al parecer los chicos se han enterado de lo que te ha pasado hoy, y no les ha hecho ninguna gracia. Quieren lanzar una señal para que sus fans sepan que ese comportamiento no está bien.

La miré ceñuda mientras recordaba las palabras furiosas de Beast.

—¿Eso qué significa? —pregunté con escepticismo.

—Nos han invitado. A un concierto benéfico en el que lo recaudado se destinará a una buena causa. Para después volver a hablar, tranquilamente.

Negué con la cabeza sin querer.

—No.

Mi amiga me miró como si me hubiera vuelto loca.

—¿Cómo que no?

—Ni hablar —repliqué con energía, y me pasé una mano por los ojos—. No pienso aceptar ninguna invitación por lástima.

Kayla abrió la boca y la cerró de nuevo. Al parecer primero tenía que ordenar sus pensamientos.

—Pero es una oportunidad de oro. No creo que la situación vaya a mejorar si no hacemos nada. Si los chicos muestran públicamente que han olvidado el asunto, eso solo puede ser bueno para ti.

Apreté los dientes con fuerza e intenté reprimir el ardor que sentía en las mejillas, producto de la vergüenza y la ira que me seguía embargando al estar cerca de Kayla. Y eso que era cierto que estaba haciendo todo lo posible por enmendar el error. Sobre todo por mí.

Traté de disimular la ira.

—No era así como imaginaba que sería mi primer concierto de Scarlet Luck —musité con voz ronca.

—Lo sé —aseguró Kayla abrazándome de nuevo—. Lo siento.

En ese segundo ni siquiera me pude alegrar de que nos hubieran invitado. Porque esa invitación se veía ensombrecida por el odio que me llegaba de todas partes.

—Deberíamos ir, en serio. Y así podré recalcar una vez más que ese absurdo percance fue culpa mía y no tuvo nada que ver contigo.

Yo seguía leyendo en mi interior el sinfín de comentarios atroces. Las risas de las chicas de la cafetería resonaban en mi cabeza.

—No sé cómo me voy a presentar delante de ellos después de este papelón —musité.

Kayla me miró con cara seria.

—Siempre consigues que la gente sienta que la escuchas. Ahora te quieren escuchar A TI. Al menos piénsatelo.

Busqué en mi interior, pero no encontré nada salvo la desesperación que se había apoderado de todo mi cuerpo. Había sentido en mis propias carnes de lo que era capaz la gente cuando creía que no se trataba debidamente a sus ídolos. Lo veía en cada comentario, en cada mensaje que me llegaba. Y no quería salir de mis cuatro paredes por miedo a volver a cruzarme con alguien que quisiera hacerme daño.

Así que no tenía más remedio que aceptar la invitación. Aunque me hubiese imaginado de forma muy distinta cómo sería mi primer concierto de mi grupo preferido. De manera que asentí despacio.

Kayla profirió un sonoro suspiro.

—Vale. Se lo diré ahora mismo a Leah.

Fue a levantarse para dejarme sola, pero antes de que pudiera marcharse carraspeé. La idea de estar entre decenas de miles de fans de los que con toda probabilidad más de la mitad no me quisiera ver ni en pintura en ese momento casi me paralizaba, y me agarré con fuerza a la colcha.

—También me puedo quedar contigo un rato —sugirió Kayla en voz baja.

La miré y me di cuenta de que no quería seguir estando enfadada. Y lo cierto era que ahora no podía estar sola.

—Me encantaría —musité.

Antes incluso de que hubiera terminado la frase, mi amiga volvió conmigo y se sentó a mi lado en la cama.

Nos apoyamos juntas en la cabecera de la cama y, aunque no hablamos mucho más, me alegré de que estuviese conmigo.

9

Rosie

Llevaba una sudadera negra con la capucha bien echada hasta la frente. Me había recogido el pelo en una trenza que había metido por dentro de la sudadera con la esperanza de que de esa guisa no me reconociera nadie. Hasta el momento el plan había funcionado.

A Kayla y a mí nos había ido a buscar un chófer, cortesía de la mánager del grupo. Al parecer era verdad que habían visto el vídeo y que les preocupaba mi seguridad. Yo no sabía si agradecer el detalle o si tener más miedo aún a esa noche.

Cuando pasamos por delante del Staples Center, vi por un instante la cola kilométrica que daba la vuelta al recinto. Muchos de los fans lucían camisetas y sudaderas de Scarlet Luck, unos sostenían en alto carteles y otros habían empezado a cantar las canciones de los chicos. Cuando algunos estiraron el cuello para ver quién iba en el Range Rover negro que apareció por su lado, bajé deprisa la cabeza. Aunque los cristales estaban tintados, no quería correr ningún riesgo.

Joder, tenía miedo. Se me volvió a pasar por la cabeza lo

que le había dicho a Kayla. Desde luego había imaginado de manera muy distinta mi primer concierto de Scarlet Luck. En realidad nunca me había podido imaginar siquiera cómo sería entrar en un estadio como el Staples Center. No soportaba las multitudes, y por lo general solo iba a conciertos cuando me podía sentar, e incluso eso me suponía un desafío. Los codazos, las aglomeraciones, el calor..., todo ello siempre me daba una sensación de pérdida de control, y por eso prefería limitarme a ver los conciertos en *streaming* y a leer críticas de las actuaciones de mis artistas preferidos. Solo de pensar que en nada estaría entre todas esas personas hizo que se me formara un nudo en la garganta. Me alegré cuando el chófer dio la vuelta al estadio y se dirigió hacia un garaje subterráneo.

Poco después un hombre vestido con un traje negro a medida abrió la puerta del coche. Tuve que mirar dos veces para poder reconocerlo: era Caleb, el guardaespaldas del grupo.

—Hola —saludé, y yo misma me di cuenta de lo ronca y agotada que sonaba mi voz. Tenía que hacer acopio de las fuerzas que me quedaban antes de presentarme ante el grupo.

—Hola, señorita Hart. Me alegro de volver a verla. —Su voz era cordial pero reservada a la vez. Señaló la salida con un gesto y Kayla y yo echamos a andar detrás de él.

Tras subir una escalera y enfilar varios pasillos, llegamos a un ascensor que nos llevó hasta una de las plantas superiores. Kayla no paraba de hablarme, pero yo no la oía bien. Percibía todos los sonidos como si estuviese debajo del agua, amortiguados. Tenía el pulso disparado y me concentré con todas mis fuerzas en no respirar demasiado deprisa, algo difícil cuando una se encontraba en un estadio en el que alrededor de veinte mil personas la despreciaban profundamente.

«Pedazo de cerda», resonó en mi cabeza.

Cerré los ojos.

No. Ahora no podía pensar en eso. Si lo hacía me echaría a llorar otra vez de un momento a otro, y eso no podía ocurrir si tenía que ver a Scarlet Luck de nuevo esa noche.

De pronto nos detuvimos.

Al levantar la cabeza vi que Caleb nos abría la puerta de un club y nos indicaba que entrásemos.

Kayla me cogió de la mano y tiró de mí. Entramos juntas en el Hyde Lounge, y Kayla soltó un silbido en señal de aprobación.

Yo también me quedé pasmada. El club estaba decorado en tonos violeta oscuro y marrones cálidos. A la izquierda, ocupando toda la pared, se extendía una barra tras la cual se alzaba una gran pantalla en la que ya se veía el escenario. El suelo estaba recubierto de una exquisita moqueta que amortiguaba las pisadas de mis Converse. El techo era ligeramente abovedado y del centro colgaban dos enormes lámparas de araña de cristal. En la pared de enfrente había otra pantalla, y hacia la derecha el club se abría por completo al exterior, de forma que se podía ver el estadio entero. Junto a una barandilla había varias butacas de terciopelo violeta desde las que se disfrutaba de la mejor vista del recinto. De la barandilla superior derecha colgaba otra pantalla en la que también se veía el escenario. En el lado opuesto de la sala había abierta una amplia puerta que daba a una sala al menos igual de grande que en la que nos encontrábamos ahora. También disponía de diversos grupos de asientos que no miraban directamente al escenario, pero que seguro que eran cómodos a más no poder.

Era una auténtica locura, y durante un momento no me pude creer la suerte que tenía. Y lo mejor era que estábamos solas. Aparte de nosotras, en la sala solo había un camarero y el guardaespaldas. Sin embargo, al mismo tiempo me pregunté si no sería otra medida de seguridad porque temían que pudiera pasarme lo peor.

Acto seguido se oyó, apagada, una voz de mujer que cada vez estaba más cerca. Poco después Leah Miller entró en el club, sujetando un móvil entre el hombro y la oreja. En las manos sostenía una tablet en la que tecleaba algo como una loca.

—He dicho que no. No hacen falta más explicaciones —se limitó a decir. Su voz no admitía réplica, y eso que ni siquiera la había levantado—. Adiós, Jimmy.

Me pregunté qué Jimmy estaría al teléfono. Fuera el que fuese, ella le acababa de colgar.

Leah se dirigió hacia la barra, se apoyó en ella y se frotó la frente.

—Necesito un whisky doble, por favor —pidió al camarero.

Cuando este le deslizó el vaso por la reluciente barra, Leah lo cogió, echó la cabeza atrás y se lo bebió de un trago. Solo cuando Caleb carraspeó con suavidad y nos señaló con un gesto apenas perceptible, Leah se volvió.

Puso los ojos como platos al vernos. Sin embargo, el instante fue breve, un pestañeo, luego recuperó el control y disimuló sus emociones tras una máscara impenetrable, rebosante de profesionalidad. Dejó el vaso en la barra, cogió la tablet, se la metió debajo del brazo y se acercó a nosotras.

Yo iba a abrir la boca para saludarla y darle las gracias por la oportunidad que nos brindaba, pero ella se adelantó.

—Que estéis aquí se debe a un único motivo —empezó con voz dura, mientras echaba los hombros atrás—. Los chicos son demasiado buenos para este mundo. Después de la jugarreta que les gastasteis en vuestro ridículo programa, podéis dar gracias a que no os hayamos llevado a juicio. Por no hablar del acoso telefónico al que me has sometido. —Miró a Kayla y una vena en su sien comenzó a latir peligrosamente.

Esa mujer comenzaba a darme mucho miedo.

Leah se pasó la mano que tenía libre por la americana de cuadros que llevaba, aunque no tenía una sola arruga.

—De haber sido por mí, tu carrera habría terminado, pero los chicos no opinan lo mismo. No quieren que le hagan la vida imposible a alguien en su nombre, cosa que entiendo muy bien. Pese a todo, esto no ha sido idea mía. Y hay algo más que quiero que sepáis. —Dio un pequeño paso hacia nosotras, y durante un instante me pregunté si no me echaría las manos al cuello. Nos miró fijamente a los ojos, primero a Kayla y luego a mí—. Scarlet Luck no es solo el grupo que me da trabajo. Esos chicos son mi familia, y haría cualquier cosa, CUALQUIERA, por ellos —dijo bajando tanto la voz que se me puso la piel de gallina—. Si vuelve a pasar algo como lo que pasó, daré con vosotras. Daré con vosotras y haré que vuestra vida sea un infierno tan largo y tan horrible que no podréis volver a poner un pie en la calle sin pensar en mí y en el mal que os he causado. —Hizo una breve pausa y nos miró de nuevo a las dos. Después su sombría mirada se iluminó y ella dio un paso atrás—. Bien, dicho esto, espero que os divirtáis en el concierto. —Tras pronunciar esas palabras, giró sobre sus talones y regresó a la barra, con la coleta negra meciéndose al andar.

Kayla y yo la seguimos con la mirada, las dos como en estado de shock. Solo pasado medio minuto conseguí volverme hacia mi amiga, que me miró a su vez con los ojos como platos.

—Joder —susurró Kayla—. Por un momento pensé que nos iba a matar.

Asentí.

—Con sus propias manos.

Inhalé y exhalé profundamente. Era importante recordar por qué estábamos allí. El grupo. Y que yo quería aclarar que lo que había sucedido en el programa había sido un percance y que, desde luego, no había sido algo intencionado.

—Siéntate, voy a por algo de beber —se ofreció Kayla mientras me empujaba hacia una de las butacas y me ponía las manos en los hombros para obligarme a sentarme.

Me dejé caer en el mullido sillón y Kayla fue a la barra. Cosa que le agradecí, la verdad, porque después del discurso que nos había soltado Leah, sin duda no quería acercarme a esa mujer por voluntad propia. Mejor dicho, habría deseado salir corriendo en dirección contraria.

Miré al frente y vi que en el estadio entraban las primeras personas en tromba. El corazón se me subió a la garganta al ver que todo el mundo entraba corriendo en el recinto y que el personal de seguridad paraba a gente aquí y allá y les pedía que fueran más despacio para evitar que se desatara la histeria. Sin embargo, no todos obedecían.

Las dos primeras filas justo delante del escenario se llenaron al cabo de pocos segundos, e incluso desde donde yo estaba vi que la gente defendía a codazo limpio el sitio que había cogido. Solo ver eso bastó para que rompiera a sudar.

Las filas de asientos también se fueron copando progresivamente y poco después el estadio rebosaba del bullicio y el murmullo de los asistentes al concierto.

Cuando Kayla volvió, yo me frotaba los brazos helados.

—Toma, un Tom Collins de mora —me dijo mientras me ofrecía una copa enorme, llena hasta arriba de un líquido rojo y cubitos de hielo.

—¿Qué lleva? —quise saber, pero ella se limitó a encogerse de hombros.

—Ni idea. Lo he pedido porque me gustaba el nombre.

Hice un gesto que estuvo a punto de acabar en una sonrisa, pero todavía me sentía demasiado abatida para sonreír. Por no hablar de que tenía el cuerpo entero en tensión. Me dolía hasta la mandíbula.

—Brindemos —sugirió Kayla, como si me hubiera leído el pensamiento. Levantó su copa, de un líquido verde lechoso, y la entrechocó con la mía.

En mi boca se extendió un sabor afrutado y amargo al mismo tiempo. No sabía lo que había en ese cóctel, pero estaba de miedo. Quizá el alcohol ayudara un poco a aliviar el agobio que sentía desde el escándalo Condongate. Además, me iría bien el valor que pudiera infundirme cuando me las tuviera que ver con Beast y el resto.

Por un lado, aún tenía mis dudas de que esa noche yo los fuera a ver en directo. Por otro, miraba fijamente el escenario, donde en ese momento estaban colocando la batería de Beast. En el bombo se veía el trébol rojo, el símbolo del grupo. El tatuaje que yo llevaba en el brazo desde que me lo hice, a escondidas, cuando tenía diecisiete años en un estudio de cuestionable reputación. Cuando mi padre lo descubrió, se pilló un buen cabreo.

Me pasé la mano por la cara interna del brazo, donde tenía el trébol. Era como si la entrevista frustrada hubiese ensuciado todo el amor que yo profesaba a ese grupo. Los comentarios se repetían en mi cabeza, una y otra vez, y no lograba unir ese ANTES en el que podía escuchar la música con despreocupación y rebosante de amor con un AHORA en el que la sola idea de que en nada iba a ver su concierto me aterraba.

Cuando Kayla me había dicho que veríamos a los chicos, pegué un grito de alegría, pero ahora casi deseaba no haber venido. Y eso a pesar de que me estaba tomando un cóctel en un club precioso y al cabo de un momento escucharía todas esas canciones que eran lo más importante del mundo para mí.

No me sentía a gusto. Con nada.

Mientras pensaba esto me llevé la copa a los labios y apuré el cóctel en pocos tragos.

10

Rosie

Estaba borracha.

Lo cual no me extrañaba nada, ya que detrás del primer cóctel (demasiado grande) Kayla me trajo el segundo, y a este le siguió un tercero. Al menos el alcohol acalló los comentarios en mi cabeza.

Ahora estaba sentada en la butaca y era como si el estadio diera vueltas. Kayla había desaparecido en el club para aprovechar la oportunidad que teníamos de estar en una misma habitación con amigos vip del grupo. Me había asegurado que, precisamente en la situación en la que nos encontrábamos, era imprescindible hacer contactos y *networking*. Solo así podríamos garantizar la supervivencia del programa, así que la dejé hacer, aunque me resultaba un poco desagradable la agresividad con que abordaba a la gente.

Volví la cabeza y la vi junto a una mesa a la que estaban sentados dos hombres trajeados pendientes de lo que mi amiga les estaba diciendo. Ella solo quería lo mejor para nosotras dos, eso yo lo tenía claro, pero me pregunté si esa era la forma adecuada de hacerlo. El programa había crecido sin necesitar a patrocinadores famosos. A pesar de las numerosas dudas que me habían asaltado los días anteriores, prefería confiar en la gente que nos seguía desde hacía años. La que sabía exactamente lo que el programa representaba y confiaba en mí como persona.

De pronto se oyó un grito ensordecedor, de manera tan inesperada que estuve a punto de caerme del cómodo sofá. El estadio entero quedó sumido en la oscuridad y los fans se volvieron locos del todo.

Me agarré con fuerza al terciopelo del asiento.

En las tres pantallas enormes que se alzaban detrás del escenario aparecieron imágenes con una estética anticuada. Los gritos fueron en aumento y yo me senté completamente recta. Se veían recortes de los vídeos que los chicos habían subido a YouTube en su día, imágenes cortas y como fragmentadas de ellos cuando eran adolescentes, con la cara pixelada, y los vídeos fueron sustituidos poco a poco por clips actuales. Primero se veía a Thorn, su atractivo rostro de perfil. Un flashazo. Después a Logan, que extendía la mano como para tapar la cámara con aire juguetón, pero cuya sonrisa se podía reconocer de todas formas. Hunt de lado, tocando el bajo. Y por último, de espaldas, Beast, sentado a la batería y levantando los dos brazos para dejarlos caer acto seguido. Cuando lo hizo en el breve clip, por los altavoces sonó un redoble potente que llenó el estadio entero. Los gritos fueron tales que no me dejaban oír nada más. Ni mi pulso acelerado, ni a Kayla, que había vuelto y me decía algo..., ni siquiera mis propios pensamientos. Lo único que pude hacer fue mirar embobada el escenario, donde los focos se encendieron y permitieron distinguir la silueta de los chicos. Los oídos me pitaban del tremendo ruido que había en el recinto.

Se oyeron suaves acordes de guitarra y, a continuación, la voz de Thorn:

—¡Buenas noches, Los Ángeles! ¿Estáis listos?

Se me puso la piel de gallina y me eché más hacia delante en la butaca sin querer. El griterío de los fans subió más aún de volumen, si es que era posible, cuando Scarlet Luck comenzó a tocar «Golden Circle». Aunque la canción era nueva, los fans la cantaron a pleno pulmón.

Aparté los ojos del escenario, donde, a pesar de que los distinguía bien, los veía muy pequeños, para clavarlos en la pantalla que teníamos al lado. En ella se veía al grupo en primer plano.

La cabeza me daba vueltas. Estaba allí. Estaba en un concierto de Scarlet Luck, escuchando su música. En vivo y en directo. De pronto me invadió una euforia desenfrenada.

Cuando Thorn entonó la canción sobre el éxtasis dorado que lo embargaba a uno cuando estaba rodeado de amor, me dejé arrastrar por su voz. Cerré los ojos y me abandoné a la música. El ritmo se volvió más rápido y el *riff* de guitarra retumbó en mis oídos. La voz de Logan se sumó a la de Thorn y ambas se unieron en una preciosa armonía que me provocó un cosquilleo en la nuca.

La canción terminó demasiado deprisa. Abrí los ojos de nuevo y miré la pantalla, que en ese momento mostraba el rostro de Beast. El pelo le caía por la frente, empapado en sudor, mientras él hacía bailar las baquetas sobre el *crash* y luego sobre el *ride*. Después se inclinó hacia delante y acercó mucho la boca al micro, que estaba en un lateral.

—Gracias por estar hoy aquí con nosotros, acompañándonos en esta celebración —dijo al estadio con su grave voz de barítono. El hormigueo en la nuca se intensificó y me bajó por la espalda—. La siguiente canción es muy importante para nosotros. Habla de que por dentro todos somos iguales. Todos tenemos algo adormecido que a veces se despierta como si fuera un animal, causa un daño tremendo y no quiere dejarse domar de nuevo. Por eso hacemos música, porque tenemos dentro ese fuego que no nos permite hacer otra cosa. Y sé que cada uno de nosotros lleva dentro ese algo salvaje, indómito. Celebrémoslo en lugar de negarlo. —Su voz se volvió ronca y Beast se quitó el cabello de la frente con una mano—. Para todos vosotros: «Wild Soul».

La multitud —incluida yo— enloqueció por completo. Cuando Beast empezó con el rápido compás, no pude seguir sentada. Me levanté de un salto, sin prestar atención a mi entorno. La canción me tenía embobada, era una de las pocas en las que Beast cantaba con los demás chicos. Hablaba del dolor y de las almas rotas, contaba una historia que todo el mundo podía entender y con la que podía empatizar. Seguí el ritmo con el cuerpo, aunque todo a mi alrededor daba vueltas. Cuando Thorn entonó el estribillo incluso me uní a él. No lo pude evitar. Me pareció liberador cantar a voz en grito, y en ese instante reconquisté una parte de mí misma.

La música era lo que hacía que yo fuese quien era.

La música era ese gran amor que nunca me fallaba.

La música lo era TODO para mí.

Estar allí, escuchando al grupo que había sido responsable de que me dedicase a lo que me dedicaba, me parecía irreal e increíble al mismo tiempo. Mientras oía los sonidos de «Wild Soul» estaba ajena a todo lo demás y olvidé todo cuanto me rodeaba. Solo existía esa melodía que me inundaba por completo, desde la cabeza hasta la punta de los dedos de los pies, y que era un bálsamo para mi espíritu.

Salí del trance en el que me encontraba cuando un flashazo me cegó. Pestañeé confusa.

En una de las filas inferiores del club dos chicas se habían vuelto hacia mí. Ambas sostenían el móvil en alto y me apuntaban con él.

Conteniendo la respiración, levanté la mano, pero era demasiado tarde: la luz de las cámaras relampagueó varias veces.

Retrocedí aturdida, más y más, hasta que me di con el sillón y tropecé. El mundo giraba ante mis ojos deprisa, vertiginosamente, y perdí el equilibrio. Los oídos me pitaban, y sentí una dolorosa opresión en el pecho.

De pronto volvieron las voces.

«Pedazo de cerda.»

«Zorra fea.»

«Ojalá te mueras.»

No podía respirar.

Me volví hacia Kayla, pero había desaparecido de nuevo, supuse que para seguir haciendo contactos. Sin embargo, en ese momento no podía pararme a pensar en eso. Tenía que salir de allí.

Crucé el club como pude, tambaleándome. Mi campo visual se estrechó de tal forma que solo veía como por un orificio del tamaño de la cabeza de un alfiler. Avancé unos metros con paso inestable, atontada, franqueé una pesada cortina de terciopelo y apoyé mi peso sobre la primera puerta con la que me topé.

Me percaté vagamente de las estanterías que recorrían la pared, llenas de botellas, y de que allí la oscuridad era mucho mayor que en el club. Conseguí llegar al final de la primera estantería y, en el hueco que encontré, apoyé la espalda. Las rodillas me flaquearon y resbalé despacio hasta el suelo, donde me abracé las piernas. Aunque no hacía frío, el cuerpo entero me temblaba. Los ojos me hacían chiribitas, y me recordé que debía seguir respirando. Tenía que respirar si quería que mi vista volviera a la normalidad.

Con dedos temblorosos saqué el móvil y abrí la lista de contactos. En favoritos tenía dos números: el de mi padre y el de la terapeuta que me había tratado en su día, cuyo número no borré cuando terminé la terapia. Llamé al segundo número mientras me frotaba el pecho con la mano libre. Me dolía. Me dolía mucho, y el corazón continuaba latiendo desaforadamente. Era como si me fuese a dar un infarto.

—Vamos, cógelo —musité entre jadeo y jadeo.

Sin embargo, el tono siguió sonando sin que nadie descolgara. Dejé que sonara quince veces antes de colgar y apreté el móvil tan fuerte que la funda de plástico crujió. Cuando la pantalla se iluminó en mi mano levanté el móvil tan deprisa que casi me di en la cara con él.

Pero no era la señora Bowen devolviéndome la llamada, sino una notificación de Instagram. Me habían etiquetado en una foto.

Aún tenía el corazón en la garganta y las manos sudorosas cuando cliqué en la notificación. No supe muy bien por qué hice tal cosa. Fue un gesto casi maquinal. No lo pude evitar, y bastó con que el dedo la tocara levemente para que se abriera. Sin embargo, cuando apareció la imagen deseé no haberlo hecho.

En la foto se me veía a mí, bailando feliz y contenta,

como si no tuviera una sola preocupación en la vida. Justo debajo, en mayúsculas, ponía:

¡NO OS LO PERDÁIS! ¡LA MUY PERRA SE HA COLADO EN EL CONCIERTO!

Algo en mi estómago dio un vuelco a una velocidad nauseabunda. Con dedos trémulos bajé y vi los primeros comentarios:

ostras, no me lo puedo creer

¿¿¿Se puede saber quién la ha dejado entrar???

Eh, si hay alguien ahí: ¡sacad a esa tía por los pelos!

...dicho y hecho ;)

no olvidéis hacer fotos

Las náuseas fueron a más y noté que el amargo ácido me subía hasta la garganta. Además, un horror gélido se apoderó de mí y me hizo tiritar.

Oía tocar al grupo y los gritos de los fans, todo ello amortiguado. Pero mientras que hacía unos instantes habría dado cualquier cosa por seguir flotando en la burbuja de dicha que me proporcionaba la música, ahora levanté las manos y me tapé con fuerza los oídos para no escuchar nada, solo mi pulso acelerado, cuando me asoló una oleada de pánico.

11

Beast

Control de daños.

Así había llamado Thorn a la cita que teníamos ahora con la presentadora a la que habían machacado en internet. Y aunque yo no quería que se metieran así con la chica, tampoco me apetecía mucho hacer de buen samaritano justo después de un concierto. Pero había dejado el timón en manos de Thorn, así que tenía que ceñirme a su plan. Si no lo hacía, me había amenazado con la ira de Leah, y eso era algo que quería evitar a toda costa. Nadie que tuviese una pizca de sentido común querría vérselas con ella. Sin embargo, ahora que estaba tan sudado y hecho polvo, me apetecía bastante más cogerme un buen ciego en la fiesta de Ashley Cruz que llevar a cabo ese «control de daños».

Cada cosa a su tiempo.

—Ha sido una pasada, ¿no? —preguntó a mi lado Logan, y yo solté un gruñido.

Era el primer concierto en el que tocábamos varias canciones del nuevo álbum, y la gente se había desmelenado como si no hubiera un mañana.

—Aunque Leah opina que podríamos tener más visualizaciones en los vídeos, pero, sinceramente, eso siempre será así —comentó Thorn. Iba delante de nosotros y había entrelazado las manos detrás de la cabeza mientras nos llevaban por los pasillos al club en el que se celebraría el encuentro.

Solo habíamos tenido un momento para cambiarnos de ropa y beber un litro de agua, después nos habían dicho que nos moviéramos.

—El álbum va a funcionar bien —observó Hunt, que caminaba detrás de mí, en voz tan baja que me costó entenderlo.

Yo aún me notaba la cabeza como si la tuviera envuelta en algodón de lo ruidoso que había sido el concierto. Todavía me acordaba del primero que habíamos dado en un estadio así de grande. Al acabar, tanto Logan como yo nos habíamos desmayado: pérdida momentánea del equilibrio, porque aún no teníamos los tímpanos acostumbrados del todo. Ahora tomábamos las precauciones adecuadas y teníamos práctica.

—Tu optimismo es tan mono... —repuso Thorn volviendo la cabeza—. Bueno, es que TÚ eres tan mono... ¿Alguna vez te lo han dicho?

—Que te den.

—Yo también te quiero, tío.

Resoplé y metí las manos en los bolsillos del pantalón.

Cuando llegamos arriba Thorn frenó tan en seco que estuve a punto de chocar contra él.

—No lo olvidéis —empezó mientras levantaba una mano en señal de advertencia—, la idea de esto es demostrarle a la gente de ahí fuera que el odio en internet no es guay. Sed majos con la chica, que seguro que estos últimos días ha pasado por un auténtico infierno.

En mi cabeza apareció la imagen de Rosie Hart chorreando café y apreté los dientes. Al mismo tiempo me puse nervioso. Si tenía que estar en la misma habitación que esa chica en un momento, necesitaba beber algo. O fumarme un porro. O las dos cosas.

—Voy ahora mismo —dije cuando Thorn terminó de soltarnos el rollo y los chicos echaron a andar hacia la zona principal del club. Al ver la mirada crítica de Thorn, señalé con el pulgar hacia el pasillo—. Tengo que mear —fue mi pobre excusa.

Él no se lo tragó, lo vi claramente en sus ojos, de los que desapareció el brillo de repente, como si alguien le hubiese dado a un interruptor de la luz. Por desgracia, me importaba un pito.

Di media vuelta y, mientras caminaba, saqué la petaca del bolsillo interior de la chaqueta. Me metí por una pesada cortina de terciopelo que separaba la parte pública del club y me apoyé en la primera puerta que vi. ¡Bingo! Delante tenía un almacén lleno de estanterías y cajas donde se guardaban el alcohol, las servilletas y demás cosas del bar. El zumbido del aire acondicionado y de algunos congeladores inundaba el lugar.

Me dejé caer de espaldas contra la puerta al tiempo que desenroscaba la tapa de la petaca. Después eché la cabeza atrás y di un par de tragos largos. El alcohol me quemó la garganta y me fue abriendo un agujero en el esófago mientras bajaba.

Alguien sorbió por la nariz.

Me quedé quieto. Paré de beber y agucé el oído.

Volví a oír el sorber de mocos. Y una respiración entrecortada.

Di unos pasos ceñudo, pasé por delante de las dos primeras estanterías y detrás distinguí vagamente una silueta.

Debía marcharme, y lo sabía. Tenía un puñetero compromiso, pero, por otro lado, también sabía lo que era esconderse en un lugar oscuro y estar tan borracho que ni siquiera recordaba mi propio nombre. Así que salvé la distancia que nos separaba y entonces... entonces la vi.

Lo que quisiera que tuviese intención de decirle no me salió de la garganta.

Sentada en el almacén estaba Rosie Hart. Apenas la reconocía. Por una parte, porque mis ojos todavía no se habían acostumbrado a la penumbra y, por otra, por lo hundida que parecía. Llevaba una sudadera enorme cuyas mangas había estirado hasta taparse las manos con ellas, y de la trenza se le habían salido algunos mechones, que le caían alborotados por la cara. Una cara roja e hinchada. Porque había estado llorando. No, porque ESTABA llorando. En ese instante.

La chica estaba sentada entre las estanterías, llorando como una Magdalena.

Y tenía que encontrarla precisamente yo.

Joder.

Durante un instante me planteé retroceder un poco sin que se diera cuenta, salir de allí y hacer como si no hubiera visto nada. Podía ir a buscar a Thorn o a Leah, a los dos se les daba bien lidiar con las lágrimas.

Pero justo cuando iba a dar un paso hacia un lado, ella levantó la vista. Sus ojos azul hielo se clavaron en los míos y fue como si alguien me hubiese golpeado en el pecho: mis pulmones se quedaron sin una gota de aire. En sus ojos había un dolor tan profundo, tan descarnado y brutal, que no pude apartar la mirada. No quise apartar la mirada.

En ese segundo supe que no podía marcharme y hacer como si no hubiera estado allí. Como si no hubiera visto cómo sufría.

Así que me quedé con ella.

Me paré a pensar qué podía decir o hacer.

Ella no dejaba de mirarme mientras las lágrimas le corrían por la cara. Sus hombros subían y bajaban muy deprisa. Al parecer algo o alguien le había infundido pánico.

Vale.

Vale, yo sabía lo que era eso. Y sabía, hasta cierto punto, lo que había que hacer.

Di un paso atrás con cautela, hasta que mi espalda tocó la pared. Resbalé hasta quedar sentado en el suelo frente a ella, también en un hueco entre dos estanterías, mis hombros rozando la tosca madera. El hueco era demasiado estrecho para mí.

—Dime cinco cosas que veas. —Mi voz sonó tan alto que parecía casi antinatural en ese espacio, y cuando Rosie dio un respingo reprimí el impulso de torcer el gesto, sintiéndome culpable. Ahora su pecho se elevaba más deprisa aún que antes, si eso era posible.

Mierda. Debía esforzarme un poco más si de verdad quería ayudarla.

—Yo, por ejemplo... —empecé, y desvié la vista para echar una ojeada al sitio y que su pánico no fuera a más por que yo la mirara fijamente. Señalé el techo—. Veo una lámpara que parpadea, que no hace muy bien su trabajo.

Ella miró un momento hacia arriba antes de volver a

centrarse a mí. En sus ojos seguía habiendo una chispa de brillo. Pasaron unos segundos. Después cogió aire entrecortadamente.

—Alcohol caro —dijo con voz rasposa, y yo seguí sus ojos: estaban fijos en una de las estanterías, a su derecha, antes de regresar a mí.

Hice un gesto con la mano como para decir: «Más».

«Dime más.»

—Un suelo reluciente —continuó, la voz aún trémula.

La tercera vez no me hizo falta animarla. Bastó con una mirada.

—Un congelador grande. —Se volvió hacia la derecha—. Cajas. —Después de nuevo hacia mí. Algo cambió en su mirada. Se hizo más clara, penetrante y casi demasiado intensa—. A ti.

Las dos palabras salieron de su boca con aspereza y tosquedad, y sin embargo me golpearon de tal modo que una vez más fue como si alguien me oprimiese con fuerza el pecho. Cuando me miraba así me costaba respirar pausadamente.

—Te veo... a ti.

No sabía cómo lo hacía esa chica que lloraba y moqueaba, pero... algo en el estómago se me removió. A eso se añadió el zumbido de los oídos, pero por primera vez desde hacía siglos logré silenciarlo a la fuerza. Me llevé deprisa la petaca a los labios y bebí un trago largo. El alcohol me bajó caliente por la garganta.

—Dime cuatro cosas que puedas tocar —la insté con voz ronca.

Ella vaciló un segundo antes de ponerse a mirar a su alrededor. Sus pequeñas manos asomaron por las mangas de la sudadera, cogió el algodón y lo rozó con la yema de los dedos.

—El tejido —musitó. Después extendió la mano hacia la izquierda y tocó uno de los estantes—. La madera. —Volvió a echar un vistazo, pero al parecer no encontró nada que quisiera tocar, porque arrugó ligeramente la nariz.

Era comprensible.

Yo también miré hasta reparar en la petaca que sostenía en la mano. Sin saber por qué, enrosqué el tapón, dejé la petaca en el suelo y la empujé hacia ella.

Rosie me miró con los ojos como platos.

Asentí. Una invitación que ella aceptó con vacilación.

Cogió la petaca y pasó los dedos por ella. Primero por el círculo que rodeaba las iniciales, después por las filigranas, al final por las letras.

—El metal frío —dijo al cabo levantando la vista de nuevo—. Y las letras. Una A y una S.

—Dime tres cosas que oigas. —Para entonces mi voz era poco más que un susurro.

Ella cerró los ojos.

—El aire acondicionado. —Frunció la frente en señal de concentración—. La música del club. —Abrió los ojos e hizo una mueca de amargura—. El runrún del congelador. Lo que me hace pensar que es tan grande que posiblemente se pudieran esconder cadáveres dentro. En las pelis los congeladores siempre son como ese. Tendría que haberme buscado un lugar mejor para sufrir un ataque de pánico.

Pestañeé y tardé un segundo en entender que acababa de bromear. Mis labios se empezaron a curvar hacia arriba, pero antes de que llegaran a esbozar una sonrisa de verdad me contuve.

Me fijé en sus hombros, que ahora ya no subían y bajaban febrilmente. Aunque no habíamos terminado, el ejercicio al parecer la había ayudado un poco. Pese a todo, yo no experimenté una sensación de triunfo. Porque recordé el motivo por el que queríamos reunirnos de nuevo con Rosie. Me puse a pensar qué podía decir.

—¿Cómo has llegado hasta aquí? —pregunté al cabo de un rato, y me arrepentí en el acto, porque quedé como un grandísimo idiota. No sabía hablar con las mujeres. Y menos con las que estaban deshechas y llorosas en una habitación oscura y se escondían del mundo.

Rosie bajó la vista y comenzó a tirarse de las mangas de la sudadera.

—Unas chicas me hicieron unas fotos. Y... —Se encogió de hombros y las lágrimas se le volvieron a saltar.

Mierda, mierda.

No sabía cómo lidiar con eso. No tenía ni la más mínima idea. Y al mismo tiempo era incapaz de moverme. Abrí la boca para decir algo, cualquier cosa, pero de ella no salió ni una sola palabra. Era como si me hubiesen atado la garganta con una goma que apretaba cada vez más.

—Lo siento —se disculpó ella de pronto, negando con la cabeza—. Lo que pasó en el programa. No era mi intención. No fue una broma. Me... Espera un momento. —Metió la mano en el bolsillo de la sudadera y sacó un papel. Estaba doblado muchas veces y Rosie tardó unos segundos en abrir el cuadradito con las temblorosas manos. Cuando lo consiguió carraspeó—. Lo que pasó aquel día no estaba planeado. Me...

—¿En serio has escrito lo que me quieres decir? —la

corté, porque no me podía creer que de verdad lo tuviera que leer.

Ella me miró con cara seria.

—Por favor, déjame leerlo hasta el final.

Apreté los labios y ella bajó la vista de nuevo.

—Me encanta vuestra música desde que vi vuestros vídeos, hace ya tiempo, en YouTube. Fuisteis parte del motivo de que empezara un programa de radio en internet, y cuando me enteré de que os podía entrevistar, me volví completamente loca. Por favor, no penséis que no os respeto, porque os respeto más de lo que imagináis. Siento muchísimo lo que pasó ese día. Nunca me perdonaré haberos puesto en esa situación tan incómoda. Espero que podáis llegar a aceptar mis disculpas. —Dobló el papelito de nuevo y lo dejó caer.

Después permanecimos en silencio un rato. Rosie, porque esperaba una respuesta, o al menos eso supuse, y yo, porque no tenía ni puñetera idea de qué contestar a eso.

Ella seguía evitando mi mirada, y yo deseé que no lo hiciera. Solo de pensar eso me puse rígido, pero intenté no darle una lectura que no tenía. Había sido injusto con ella. Cuando habíamos llegado al estudio y había visto lo nerviosa que estaba, había pensado que era poco profesional y la había tomado por tonta. Ahora era consciente de lo injusto que había sido.

Me vino el vídeo a la memoria. Y la sudadera que llevaba Rosie, que reconocí, ya que en su día habíamos pedido una pequeña cantidad de unidades de esa prenda. Así que no eran imaginaciones mías: Rosie Hart era fan de Scarlet Luck desde el principio. Gracias a personas como ella podíamos hacer lo que hacíamos ahora y, en lugar de prejuzgarla, podría haberme controlado, ¡joder! Lo que pasó aquel día en su programa había sido una auténtica mierda, pero la creía cuando decía que no había sido culpa suya. Y se había disculpado.

La chica estaba completamente hundida. Tanto que se volvía loca cuando alguien le sacaba fotos. Yo mismo había visto cómo la trataban los fans, y fui consciente de que si ahora abría Instagram seguro que vería comentarios muy duros.

—Lo siento —dije con los dientes un tanto apretados.

Ella levantó la cabeza y clavó los ojos en mí, pero no me dejé confundir.

—Por toda la mierda que circula por internet, lo siento. No quería que pasara eso. Ninguno de nosotros quería que pasara algo así.

Vi que su nuez subía mientras tragaba saliva a duras penas.

—Gracias —contestó Rosie.

Esa única palabra y la expresión de sus ojos bastaron para que en mi estómago despertara una sensación extraña. No sabía qué era exactamente, pero se extendió desde allí hacia arriba y al mismo tiempo hacia abajo, hasta que la sentí de la cabeza a los pies. Empecé a mover los anillos que tenía en los dedos de forma automática.

Por desgracia, el gesto no me fue de ninguna ayuda.

12

Rosie

Beast y yo estuvimos más o menos una hora sentados en el almacén, hasta que de pronto la puerta se abrió con brío.

Fue Thorn quien nos encontró. Entró en la habitación como una apisonadora.

—¿Beast? ¿Estás aquí?

—Estoy aquí —contestó él, y acto seguido Thorn cruzó el lugar en unas pocas zancadas.

—¿Se puede saber qué narices estás haciendo? Empezaba a preocuparme —dijo, y yo levanté la vista cuando se plantó delante de Beast, que me miró entre las piernas de Thorn.

No supe interpretar esa mirada. Me miraba como si yo fuese lo peor que podría haberle pasado esa noche, pero, por otra parte, había estado hablando conmigo. Me había ayudado a superar el ataque de pánico y había conseguido que volviese a pensar con lucidez. Había sido amable conmigo, aunque diese la impresión de que para él era una auténtica tortura.

—En serio, tío. No puedes desaparecer sin más para venir a este sitio a colocarte.

—No me estaba colocando.

—Te he pillado tirado en un rincón asqueroso las suficientes veces para que me trague eso ahora, colega —repuso Thorn impasible mientras se inclinaba hacia Beast. Al parecer quería ayudarlo a levantarse, pero, antes de que pudiera hacerlo, Beast se puso en pie de un salto y miró a Thorn entrecerrando los ojos.

Probablemente hubiese llegado el momento de anunciar mi presencia.

Carraspeé.

Thorn giró sobre sus talones y se me quedó mirando como si fuese un fantasma.

—Hola —logré decir.

Él se llevó una mano al pecho.

—Joder, qué susto me has dado.

—Lo siento. —Puse una mano en el suelo y me levanté. Para entonces el corazón ya no se me salía del pecho, pero todavía flaqueaba. Y mis rodillas también. Salí del hueco en el que estaba con paso vacilante y fui hacia la luz.

Al rostro de Thorn asomó una mirada compasiva.

—Vaya, Rosie —musitó.

Seguro que tenía la cara roja como un tomate, los ojos hinchados y la nariz con mocos secos. Estaba convencida de que tenía la peor cara de todos los tiempos y rehuí la mirada de Thorn.

Pero me equivoqué con él, ya que acto seguido dio un paso hacia delante y me abrazó.

Jasper Thorn me estaba abrazando.

Durante un instante tuve la sensación de que me hallaba en un sueño febril. Sin embargo, su abrazo era firme. Incluso me levantó del suelo, de forma que las piernas se me quedaron colgando en el aire.

Permanecimos así unos instantes. Yo estaba demasiado perpleja para devolverle el abrazo o hacer cualquier otra cosa. Aunque acababa de dar un concierto, olía bastante bien y desprendía un calor agradable. Pero al cabo de un rato empezó a costarme respirar. Busqué la ayuda de Beast, que estaba apoyado en la pared y no me perdía de vista. Seguía mirándome raro, solo que esta vez tenía el ceño fruncido. Significara lo que significase eso.

—No puedo respirar —dije al cabo de unos segundos, y Thorn volvió a dejarme en el suelo.

—Perdona, no pretendía alargarlo tanto —replicó.

Por lo visto debía de dar verdadera pena. Primero Beast había sido un encanto conmigo y después Jasper Thorn me abrazaba. Todavía no terminaba de creerme que de verdad estuviera pasando todo eso. Al mismo tiempo me sentía inestable y sin fuerzas, como consecuencia del ataque de pánico. Mi cuerpo había estado en tensión más de una hora y había consumido toda su energía para hacerme saber que corría un grave peligro.

—Venga, vayamos con los demás. Nos relajamos un momento en el club y nos encargamos de poner fin a ese odio en internet. ¿Entendido? —preguntó Thorn mientras me pasaba un brazo por los hombros. Sin esperar a que yo contestara, me llevó hacia la puerta.

Yo aún sostenía la petaca en la mano, y la agarré con fuerza mientras salíamos del almacén. Quería volver la cabeza para ver si Beast nos seguía, pero Thorn me tenía bien sujeta y no pude hacerlo.

«Te he pillado tirado en un rincón asqueroso las suficientes veces para que me trague eso ahora.» En mi cabeza resonaron las palabras de Thorn.

Me pregunté sin querer si eso tendría algo que ver con los momentos difíciles por los que habían pasado los chicos hacía unos años. Y con el cambio que se había operado en Beast, que lo había convertido en el hombre callado y poco accesible que se escondía detrás de un muro de expresión sombría, fachada perfecta y montones de tatuajes.

Cuando me encontró, en un principio dio la impresión de ir a salir corriendo de inmediato. Pero después me sorprendió sentándose en el suelo frente a mí. Sus ojos me dijeron que entendía lo que me estaba pasando, y me ayudó.

No me podía creer que de verdad hubiese sucedido eso. Pasé el pulgar por las filigranas de la petaca. Cuando entramos en el club me la metí deprisa en el bolsillo de la sudadera, para que nadie pensara que quería seguir emborrachándome. Bastante penoso era ya mi rostro abotargado.

—Vaya, por fin —dijo una voz que parecía enfadada. Entonces Leah se levantó de uno de los sofás color violeta y se acercó deprisa a nosotros. Al ver que Thorn me rodeaba los hombros con un brazo, entrecerró los ojos—. ¿Dónde estabais? —Sonaba como una orden. Miró por encima de mi cabeza, sin duda alguna buscando a Beast, que iba detrás de nosotros. Lo presentía, sentía un cosquilleo en la nuca.

—Unas chicas le han sacado unas fotos a Rosie y han escrito comentarios de mierda —aclaró él con su voz grave.

Leah cerró los ojos y se presionó el caballete de la nariz con los dedos índice y pulgar. El momento duró solo un segundo, después Leah recuperó el control y sus ojos verdes nos miraron con seriedad.

—¿Se puede saber qué demonios le pasa a la gente?

—Ya te he dicho muchas veces que las redes sociales son basura —observó Beast.

Leah enarcó una ceja.

—Y yo ya te he dicho muchas veces que hablas igual que un abuelo, Beast. El marketing online es imprescindible para vuestro éxito. Vuestro público objetivo se encuentra sobre todo en esas plataformas. Solo tenemos que llevar el compás adecuado.

Beast no respondió.

De nuevo sentí el deseo de volverme hacia él, pero Thorn me seguía estrechando con fuerza contra sí. Posiblemente quisiera reconfortarme, porque me pasaba el pulgar con suavidad por el brazo.

—Ya verás como todo se arregla —afirmó con optimismo—. Un par de fotos y unas palabras amables y las aguas vuelven a su cauce. Seguro.

—¡Rosie! —Al oír la voz de Kayla me puse rígida. Mi amiga se acercó corriendo hacia mí y, antes de que yo pudiera decir nada, me estrechó contra ella, separándome de Thorn—. He leído esos comentarios estúpidos y por un momento he pensado... —Dejó la frase a medias y se apartó, aunque no me quitó las manos de los hombros y me escudriñó el rostro por todas partes, como si buscara heridas. Verme los ojos hinchados bastó para que se pusiera roja—. ¿Dónde narices estabas?

—No... no podía seguir sentada ahí, donde todos me veían. —No fui capaz de decir más. No delante de Thorn y Leah.

Los ojos de Kayla echaron chispas, y mi amiga me soltó. Después se volvió hacia Leah.

—¿Nos ponemos manos a la obra?

Leah asintió y se volvió. Thorn echó a andar tras su mánager y los demás también nos pusimos en movimiento.

De vuelta en el gran espacio donde estaba la barra, descubrí a Logan, que estaba repantigado en una de las butacas con una Nintendo Switch. Tenía el rubio cabello disparado hacia todas las direcciones y completamente sudado. En una butaca frente a él se hallaba Hunt, con los brazos apoyados en el asiento y mirando la mesa con expresión vacía.

—Chicos, vamos a hacernos una foto con Rosie un momento y después a la fiesta. ¿Hasta aquí todo claro? —preguntó Leah, y los otros dos salieron de su ensimismamiento.

A ninguno de los cuatro chicos parecía apetecerle mucho ese compromiso, y a mí me ocurría otro tanto. Solo quería quitarme de encima lo que había escrito y después meterme en la cama. Y a ser posible no salir de ella en varios días.

—No es necesario que lo hagamos —señalé, pero por lo visto nadie me oyó.

Acto seguido un hombre joven se acercó a nosotros con una cámara en la mano y colocó a los chicos.

Miré a Kayla, pero estaba ocupada de nuevo, hablando con Leah. Al volverme vi que Beast estaba detrás de mí.

Tenía los brazos cruzados, parecía como si los músculos fueran a reventarle el traje de un momento a otro. La expresión de sus ojos era sombría y al encontrarse con los míos dio la impresión de ensombrecerse más aún. Durante un instante me pregunté si lo que acababa de pasar en el almacén no serían imaginaciones mías. Pero entonces él dio un paso adelante, hasta que la punta de sus zapatos quedó a escasos centímetros de mis pies.

El corazón me dio un vuelco. Lo miré y tuve que echar la cabeza atrás de lo alto que era.

Su mirada me recorrió la cara y por un momento olvidé lo abotargada que la tenía. Ahora que estaba tan cerca de mí vi por primera vez en vivo y en directo lo extraordinarios que eran sus ojos, el marrón tan claro que en realidad parecía dorado. En mi estómago se formó una bola caliente mientras él seguía escudriñándome y finalmente abrió la boca.

—Me...

—¿Venís? —lo interrumpió la voz de Thorn.

Beast se puso rígido y se distanció en el acto. Luego dio media vuelta y fue con el resto, sin mirarme más.

Una sensación de pesadez tiraba de mí hacia abajo y, cuando yo también me volví, me pregunté qué querría haberme dicho.

Los chicos se habían colocado juntos delante de la barandilla desde la que Kayla y yo habíamos estado viendo el concierto antes. Leah, Kayla y el fotógrafo estaban justo al lado.

Me pregunté sin querer qué tendrían en mente. En el estado en el que me encontraba, difícilmente podía plantarme allí y hacer como si no pasara nada. Sonreír a una cámara ahora era, con diferencia, la peor idea de todos los tiempos. Pero no me quedaba más remedio.

Me acerqué con paso inseguro y me uní a los chicos. Thorn, que seguía mirándome con expresión compasiva, se inclinó hacia mí.

—No tenemos que hacer esto si no quieres. Pero creo que sería bueno que nos mostráramos como un frente unido en internet.

Aunque solo me había disculpado con Beast y todavía no había cruzado una palabra con Thorn, este era tan amable conmigo que me alegró el corazón.

—También podemos darnos todos la vuelta y que saquen la foto por detrás —propuso Logan. Al verme bien por primera vez, arrugó ligeramente la nariz—. Así no se te verá la cara, que la tienes toda hinchada.

Apreté los labios.

—Vaya, eso sí que es tacto, Buck —apuntó Thorn.

Yo sabía que Logan era muy sincero. En las entrevistas se mostraba así, y era una de las características que tanto gustaban de él a sus seguidores.

—Me parece buena idea —convine, y al rostro de Logan asomó una ancha sonrisa torcida.

—Venga, pues eso haremos. Daos la vuelta.

Sin hacer caso a la objeción del fotógrafo, los chicos obedecieron. Thorn volvió a pasarme un brazo por los hombros y Logan, a mi derecha, hizo otro tanto.

Hunt y Beast estaban en los extremos, y me arriesgué a mirar a Beast: tenía la vista clavada en la punta de sus zapatos.

Por desgracia no le pillaba el punto, aunque quería hacerlo a toda costa. Cuanto más tiempo estaba en su presencia, más quería saber qué había en lo más hondo de su ser que hacía que fuese tan introvertido. Debía de tener un buen motivo para ser así. Lo había notado en el significativo momento que habíamos compartido en el almacén. Beast había sabido ver mi dolor. Quizá él no fuera consciente de ello, pero... yo también había visto el suyo. Cuando le había dicho que lo veía, no lo decía únicamente en el sentido literal. Y, a juzgar por la expresión de sus ojos, él había entendido a qué me refería. Ahora, sin embargo, daba la impresión de que deseara deshacer el momento. No se lo podía reprochar. No era agradable que alguien viera en uno algo que en realidad quería ocultar a todo el mundo. Si había alguien que podía entender eso era yo.

—Vale, Hunt, acércate un poco más a Thorn. Rosie, espalda recta. No os mováis, así está bien —dijo el fotógrafo detrás de nosotros, y luego se oyó el clic del disparador unas cuantas veces—. Listo —aseguró escasos segundos después.

—Muy bien. —Leah dio unas palmadas—. Venga, chicos, andando.

En realidad les quería leer a todos lo que había escrito, pero me di perfecta cuenta de que el momento había pasado. Además, me notaba sin fuerzas. Si me hubiera tumbado en una de las butacas o incluso en la alfombra, posiblemente me habría quedado dormida en el acto.

—Un placer verte, Rosie —dijo Thorn estrechándome de nuevo contra él—. Y siento que la cosa se haya ido tanto de madre.

—Gracias por volver a reuniros conmigo —contesté.

—No hay de qué.

Leah y el fotógrafo ya estaban dando media vuelta, dispuestos a marcharse. Miré a Hunt, que se despidió de mí con un movimiento de cabeza; a Logan, que levantó la mano, y después a Beast, que, sin embargo, desvió la vista y se volvió sin mediar palabra.

Lo único que pude hacer fue seguirlos con la mirada y ver cómo desaparecían en el pasillo.

13

Beast

Tenía el cerebro como envuelto en algodón. Por fin estaba libre de preocupaciones y me sentía ligero.

Eché la cabeza atrás y expulsé el humo al aire.

A nuestro alrededor la música era atronadora y me abandoné por completo a los sonoros *beats*. Me distrajeron de las ideas que daban vueltas en mi cabeza desde hacía horas.

Volví a mirar al frente y eché un vistazo al sitio en el que estaba.

La villa de Ashley Cruz olía a dinero. El suelo era de mármol reluciente y el salón en el que nos encontrábamos era tan grande que en él cabían unas cien personas. No sabía qué pintábamos nosotros en ella, pero la fiesta era buena. Medio Hollywood se había reunido allí esa noche para celebrar con la estrella del pop su nuevo éxito. Hasta ahora yo solo había visto de pasada a la cantante, pero todavía no la conocía personalmente y tampoco estaba seguro de que la fuera a reconocer, en mi actual estado. Sin embargo, a diferencia de Logan, yo por lo menos intentaba disfrutar. Él, en cambio, incluso se había llevado la puñetera consola.

Lo cierto era que odiaba tanto esos eventos que estaba sentado con los cascos puestos y prefería jugar a *The Witcher*.

Me planteé, y no era la primera vez, comprarme también ese chisme. Al menos así te dejaban en paz, que era lo último que ocurría cuando me acercaba al bar. Y por desgracia no me quedaba más remedio que hacerlo, ya que Rosie Hart tenía mi petaca. El bolsillo interior de la chaqueta se sentía vacío allí donde solía notar el peso de la petaquita. ¿La recuperaría? Eso esperaba, porque me proporcionaba una curiosa sensación de seguridad. Pero esa noche tendría que contentarme con las bebidas que me ofrecían allí.

Me levanté y salí a la terraza, donde habían instalado una barra. Tras ella varias personas preparaban cócteles laboriosamente decorados, cuyos colores armonizaban con el nuevo álbum de Ashley. Era tan ridículo que casi se me escapó la risa.

—Créeme, es la misma cara que he puesto yo cuando me han enseñado los cócteles —dijo una voz a mi lado.

Volví la cabeza y vi una cara preciosa. La chica llevaba el pelo castaño con raya al medio y tenía los ojos marrón oscuro. Su maquillaje era perfecto, lucía un vestido de un tejido plateado y tenía el escote y los brazos llenos de purpurina.

Debía de ser ella. Ashley Cruz. Sin embargo, no estaba seguro del todo, porque en las ceremonias de entrega de premios nunca le había prestado mucha atención y en Hollywood la gente adaptaba su imagen a la siguiente etapa de su vida cada pocos meses. Pero según su postura y cómo me miraba, daba la impresión de que la fiesta se celebraba por ella.

Pedí un whisky con la esperanza de largarme de allí lo antes posible.

—Con este hasta se te pone la lengua azul —comentó ella, como si me hubiese leído el pensamiento con lo de marcharme y quisiera joderme los planes. Sacó la lengua para demostrármelo y yo constaté que tenía razón.

—Si con eso pretendes que lo pruebe, tu estrategia no es muy buena —le contesté.

Ella se encogió de hombros y se tambaleó contra la barra. Algunas copas que había encima empezaron a temblar peligrosamente.

Mierda, había bebido más de la cuenta. Y daba la impresión de ir a caerse de un momento a otro. Eso también me lo conocía.

Me sirvieron la copa y la cogí. Después le dije a Ashley:

—¿Te quieres sentar?

Me dirigió una sonrisa radiante, como si esa noche yo fuese la primera persona que hablaba con ella.

Cuando fui adentro me siguió. Me mantenía a cierta distancia, y ella iba haciendo eses. Volví al descomunal sofá blanco, donde Logan seguía inclinado sobre su consola, y nos sentamos.

—Tu amigo no parece muy entusiasmado con la fiesta —indicó mientras señalaba con la cabeza a Logan, que estaba tan a lo suyo que ni siquiera se percató de nuestra presencia.

—No le van mucho.

Con la vista clavada en él, Ashley le dio otro sorbo a su cóctel azul.

—Pues ya somos dos —dijo, tan bajo que la música casi engulló su voz—. No sé qué pintáis aquí. No conozco ni a tres invitados personalmente.

Enarqué una ceja y bebí un trago de whisky.

—A ver, te conozco a ti, sí. Y también sé quién es tu amigo el de ahí, pero conocer conocer, a nadie. Ni a una sola persona de las que están aquí —balbució, y me pregunté cuántos cócteles se habría tomado ya. Parecía más achispada que yo. Más incluso que Thorn, que estaba bailando subido a una mesa más al fondo.

—Bienvenida a Hollywood —mascullé, y apuré el whisky de un trago.

Ella hizo otro tanto y se limpió la boca azul con el dorso de la mano. Su mirada vagó por el enorme salón como si fuese la primera vez que lo veía. Observó a las personas que estaban allí por ella pero no hablaban con ella, sino que se limitaban a beber, comer y pasárselo bien.

—Puta mierda —musitó, y se estremeció como si acabara de cometer un delito. Volvió la cabeza, casi como si temiera que su mánager la hubiese oído y fuese a tener problemas—. Lo siento.

—Decir tacos está bien —terció de pronto Logan, que levantó la cabeza y vio a mi lado a Ashley—. Por eso... —Dejó la frase en puntos suspensivos. Lo único que le salió a continuación fue un resuello seco. Lo miré ceñudo, pero él seguía mirando fijamente a Ashley—. Por eso no hay que pedir perdón —terminó la frase con retraso.

Ashley soltó una risita.

—Vale, pues entonces retiro la disculpa.

—Guay —murmuró Logan, y no supe muy bien si se refería a las palabras o a la chica, pero acto seguido se enfrascó de nuevo en la pantalla de la Switch. Antes de volver a mirar a Ashley. Y otra vez a la Switch. Y vuelta a empezar, hasta que comenzó a resultar embarazoso.

—¿A qué juegas? —le preguntó ella, y de pronto sentí que sobraba.

—A *The Witcher*. ¿Quieres probar? —le propuso Logan mientras le ofrecía la consola.

Me quedé pasmado: si había algo sagrado para Logan era su puñetera consola. Una vez que Thorn la había tirado al suelo sin querer y le había hecho un arañazo en la pantalla, se abalanzó sobre él y le dio un puñetazo en la cara. Y ahora le ofrecía su reliquia a esa desconocida sin inmutarse.

Me levanté para dejar que siguieran con su singular conversación y fui a por otro whisky.

Con la copa en la mano me dirigí hacia la balaustrada, bajo la que se veía una piscina iluminada donde algunos invitados se refrescaban en ese momento. Entre ellos vi alguna que otra cara conocida, algunas pegadas como lapas. Miré hacia otra parte asqueado.

Al fondo de la terraza descubrí un par de tumbonas libres. Fui hacia ellas y me tumbé a contemplar el cielo negro. A mis espaldas seguía sonando la atronadora música de la villa, delante de mí la gente se divertía alegremente y yo tenía la cabeza anestesiada, una maravilla.

Hasta que de pronto apareció en ella la cara de Rosie y me puse rígido. A esa chica no se le había perdido nada en mi cabeza, y pese a ello no era capaz de librarme de la imagen. Su forma de mirarme cuando me había puesto delante de ella, tan cerca que le veía las pecas de la nariz, y había estado a punto de decirle algo.

A punto.

Saqué el móvil y lo desbloqueé. Leah y los de relaciones públicas querían subir esa misma noche la foto que nos habíamos hecho con Rosie.

No pude evitar recordar cómo la había encontrado, sentada en el almacén. Con sus ojos azul hielo, esa chica se había quedado grabada a fuego en mis pensamientos. Y eso me desconcertó de tal modo que ni siquiera fui capaz de despedirme en condiciones, y menos aún de pedirle que me devolviera la petaca. Claro que de todas formas a mí esas cosas no se me daban bien. Las despedidas no eran lo mío. Cada vez que iba a ver a mis padres, cuando llegaba el día de marcharme veía a mi madre con lágrimas en los ojos porque sabía perfectamente que no nos veríamos durante meses; entonces el corazón se me partía y me comportaba como un auténtico capullo. No podía evitarlo. No tenía ni idea de qué hacían las personas normales en esas situaciones.

Miré el móvil y fui al perfil oficial de nuestro grupo en Instagram. En la historia lo primero que aparecía era la foto que nos habíamos sacado con Rosie. A su lado los cuatro parecíamos enormes. Por deseo de Thorn, alguien de relaciones públicas había escrito encima: «Todos somos uno». Debajo se nos había etiquetado a todos, incluida Rosie.

Sin pensar muy bien lo que hacía, me metí en su perfil.

rosiehart

367 publicaciones

77,4k seguidores

128 siguiendo

Bajé un poco con aire vacilante. En la mayoría de las imágenes se veía a Rosie con invitados de su programa.

Su sonrisa se me clavó en la retina. Al ver ahora esas fotos en las que sonreía a la cámara y su mirada era literalmente radiante, me pareció más jodido aún haberla encontrado tan hecha polvo. En un primer momento verla había despertado en mí el irrefrenable instinto de salir corriendo, pero cuando me miró a los ojos... supe que no podía irme. Ella impidió que lo hiciese. Y era la misma sensación que me asaltaba ahora que veía sus fotos.

Algo en ella me atraía como un imán y no me soltaba.

También había algunas instantáneas de ella con su asistente de producción. En la playa. Rosie con gafas de sol. Un retrato en blanco y negro de ella, probablemente para la página web oficial, tan seria delante del micro...

Cuanto más iba bajando, más a menudo cambiaba el color de las puntas de su pelo. Al parecer era tan incapaz de decidirse por un color como yo. Antes de violeta las había llevado verdes, antes naranja y antes rojo cereza.

Abrí una de las fotos en las que las puntas eran de un rojo estridente. En ella Rosie sostenía una taza de café entre ambas manos y le sacaba la lengua a la cámara. Alrededor de sus risueños ojos se habían formado arruguitas, y parecía tan alegre, tan descarada y tan espabilada que me asaltó el involuntario deseo de haberla conocido en esa época.

Mantuve el dedo sobre la foto.

Cerré los ojos.

¿A qué mierdas estaba jugando?

Abrí los ojos y miré la foto de nuevo. Y la sensación volvió a extenderse en mi estómago, esta vez con mayor intensidad. El alcohol hacía que lo percibiese todo como a través de un velo. Todo... salvo ese cosquilleo, que parecía ir a más, porque mi razón estaba demasiado ofuscada para reprimirlo a la fuerza.

Joder.

No sabía qué tenía esa chica. No tenía ni puñetera idea de lo que estaba haciendo. Pero no me pude contener. Y por primera vez desde hacía siglos tampoco quise hacerlo, pese a la inhibición que me paralizaba el cuerpo.

Me rebelé contra ella y di dos toquecitos con el dedo en la foto. Apareció un corazón absurdo y me dejé caer de nuevo en la tumbona. Después bloqueé el móvil, me lo guardé en el pantalón y seguí contemplando el cielo nocturno.

Rosie

En televisión estaban Sadie y Nathan justo antes de darse el primer beso y yo casi no podía aguantar de la tensión.

Tras ese día enervante, Kayla y yo nos acomodamos en el sofá y pusimos *Twisted Rose*. Acababan de anunciar una segunda y tercera temporadas, aunque habían dicho que no habría más, y por eso nosotras habíamos empezado a verla otra vez. Cuando Nathan enterró la mano en el cabello rubio de Sadie, de pronto Kayla se puso muy recta.

—¡Rosie! —exclamó alarmada.

Yo apreté los ojos. Kayla estaba enredando con mi móvil, respondiendo a mensajes del comunicado de prensa oficial y bloqueando en mi perfil a todas las personas que habían escrito comentarios ofensivos.

Desde que hacía dos horas Scarlet Luck había subido la foto que nos habíamos hecho juntos, nos habían aumentado un montón los *followers* y a mí me habían llegado tantos mensajes que lisa y llanamente me había visto desbordada. Así que Kayla había cogido el timón y ahora estaba cribando todas las cosas que era mejor que yo no viese de entre las bienintencionadas. Durante la hora anterior había estado leyéndome en voz alta multitud de mensajes de personas que se disculpaban conmigo por los comentarios que habían dejado, pero ahora parecía nerviosa y poco menos que en estado de shock.

—¿Qué acabas de leer? —inquirí.

Ella apretó los labios con fuerza y casi pareció que intentaba reprimir una sonrisa. Después me pasó el teléfono por el sofá sin decir palabra.

Lo cogí y miré la pantalla.

Se veía una notificación que... no podía ser verdad.

Pestañeé una vez. Otra. Y una última, para asegurarme de que no estaba alucinando. Las letras seguían en el móvil, no eran imaginaciones mías:

A **@beast** le gusta tu foto.

Durante un instante pensé en serio que la imaginación me estaba jugando una mala pasada. Pero después se me ocurrió que alguien me estaba gastando una broma. Sin embargo, cuando abrí la notificación, apareció el perfil de Beast. Ese que tenía una pequeña insignia de verificación en azul y era suyo oficialmente. Ese al que cada varios meses él subía alguna que otra foto y que yo seguía desde hacía siglos.

—Le ha dado *like* a una foto mía... —comenté con voz apagada.

—Pues sí —confirmó Kayla mientras se acercaba a mí en el sofá—. Lo que hace que me pregunte qué narices habéis hecho en ese almacén. —Movió varias veces las cejas.

Negué con la cabeza, aturdida.

—Solo hemos estado hablando. Me... —Estuve a punto de confiarle que me había ayudado a superar el ataque de pánico que había sufrido, pero me pareció demasiado íntimo. Además, el momento había sido tan especial que no me lo quería cargar comentándolo con Kayla.

Recordé que se había puesto delante de mí y había estado a punto de decirme algo antes de que lo interrumpiera Thorn. Su expresión no podía ser más seria. En realidad yo confiaba en que después de lo de la foto tuviésemos ocasión de volver a hablar, pero él se fue del club sin decir palabra. Como si solo quisiera salir corriendo. Porque no le apetecía lo más mínimo aguantar esa situación. Por desgracia, se olvidó la petaca, que seguía estando en mi posesión y que a esas alturas yo había cogido ya tantas veces que empezaba a darme un poco de vergüenza.

—Creo que le has causado una gran impresión.

Resoplé.

—Claro, por eso se ha ido sin despedirse.

—De no ser así, no habría visto todo tu perfil y le habría dado *like* a una foto de hace más de un año, Rosie.

Miré la foto en la que sacaba la lengua. Era bastante absurda. Me acordaba exactamente de cuándo la había tomado Kayla.

—Puede que lo haya hecho sin querer.

—O puede que lo hayas impresionado y le parezcas simpática.

Volví a las notificaciones, hasta el lugar en el que estaban las seis palabras mágicas, y recordé la conversación que habíamos mantenido. Su forma de mirarme. Lo ronca que sonaba su voz. No había ni punto de comparación con el día en el que intenté secarle el pantalón y me ordenó completamente crispado que le quitara las manos de encima. Ahora había entendido lo que me estaba pasando. Lo había visto en sus ojos, aunque a mi alrededor todo estuviese desdibujado.

Y ahora le había dado *like* a una foto mía.

No entendía nada. Las señales que lanzaba eran demasiado contradictorias.

—¿Qué vas a hacer? —preguntó con curiosidad Kayla.

Me encogí de hombros.

—Ni idea. ¿Tú qué opinas?

—Si a una estrella del rock le gustara una de mis fotos, sé lo que haría.

La miré arqueando una ceja y ella me sonrió. Después se retrepó en el asiento, relajada, y cruzó los brazos detrás de la cabeza.

Yo volví al perfil de Beast. Mientras echaba un vistazo a las fotos, noté que se me secaba por completo la boca. En muchas de ellas estaba a la batería, con el pelo volando hacia atrás o cayéndole por la frente, sudado. Una de las fotos la había hecho él mismo. Estaba sentado detrás de la batería frente a un espejo y era como si se preguntase qué rayos estaba haciendo. En otras aparecía con los chicos, tocando, pasándose los brazos por los hombros o sentados en el suelo en el estudio y riendo.

Hacía escasas semanas yo habría visto esas fotos con otros ojos. Con una especie de distancia que me permitía beber los vientos por ese chico y el resto de su grupo. Pero ahora que los había conocido y había hablado con ellos, y sobre todo con él, veía las cosas de otra manera.

Al observar las imágenes volví a sentir esa tirantez en el pecho. Reconocí el dolor que él intentaba ocultar, en vano.

El dolor que quería ahogar bebiendo en el almacén. El dolor que era el motivo de que supiera exactamente lo que tenía que hacer cuando tropezaba con alguien que estaba sufriendo un ataque de pánico. Ese día Adam Sinclair me había mostrado una cara suya que seguro que no veían muchas personas. Esa cara estaba a salvo conmigo, y creía saber que él lo había intuido cuando me había mirado y poco después había huido de mí literalmente.

«A ti —pensé—. Te veo a ti.»

Entonces entré en su perfil y abrí un mensaje nuevo.

14

Beast

Al día siguiente me desperté con la cabeza como un bombo. Pestañeé y no reconocí el techo al que miraba. Ni tampoco el monstruoso sofá blanco en el que estaba tendido.

No estaba en casa.

Me incorporé deprisa, tanto que vi las estrellas. Eché un vistazo al enorme salón y me encontré con los restos de una fiesta. Me entraron ganas de vomitar, y las reprimí con todas mis fuerzas, solo para romper a sudar poco después, con un sudor frío, cuando en el otro extremo del sofá vi que alguien que estaba debajo de una suave manta blanca se movía. Retrocedí en el sofá hasta que me di con la espalda contra el respaldo lateral.

«Por favor, que no sea una mujer —pensé—. Que no sea una mujer.»

Alguien apartó la manta y levantó la cabeza profiriendo un gemido.

Thorn. Solo era Thorn.

Aliviado, me recosté en el asiento y respiré hondo.

—Joder, ¿qué pasó ayer por la noche? —preguntó, la voz como si se hubiese tragado un puñado de cristales.

—Te subiste a una mesa y te pusiste a bailar medio desnudo —respondió Hunt.

Volví la cabeza y lo vi sentado enfrente, en una banqueta de piel, ante un gran piano de cola. Nos había dado la espalda y comenzó a aporrear las teclas.

—De eso también me acuerdo yo —musité.

—¿Y también te acuerdas de que apostaste con Thorn a ver quién bebía más? —preguntó Hunt mientras volvía la cabeza para mirarme.

Negué con la cabeza.

—Os pusisteis a tomar cócteles hasta que casi vomitas. Después bailasteis juntos.

—Por favor, dime que nadie lo vio —supliqué.

—Lo vio todo el mundo. Y de los más de cien invitados aproximadamente todos lo grabaron. Y uno de los vídeos, por cierto, ya tiene más de un millón de visualizaciones. —Desde luego Hunt no tenía compasión—. Por lo menos tú aún llevabas la camisa puesta, a diferencia de otros...

No sé qué habría en esa mierda de cócteles, pero por lo visto no era el único al que le fallaba la memoria. Al parecer también era la primera noticia que tenía Thorn.

—¿Por qué no nos llevaste a casa, tío? —preguntó mientras se pasaba la mano por la frente.

Hunt esbozó una sonrisa irónica. Lo hacía raras veces —casi siempre en las situaciones menos indicadas— y daba auténtico miedo.

—Porque al principio no encontraba a Logan.

—¿Qué tiene eso de gracioso? —quise saber.

—Que me puse a buscarlo. Y lo encontré.

—¿Dónde está? —preguntó Thorn, y entendí la crispación que dejaba traslucir su voz.

En ese momento oí la voz de Logan, primero amortiguada, pero después cada vez con mayor nitidez.

Thorn y yo nos miramos, nos levantamos a la vez y fuimos juntos hacia el vestíbulo de la villa. Al llegar al lugar del que venía la voz de Logan, no di crédito a lo que vi.

En ese preciso instante estaba bajando por la escalera con el pelo alborotado y, a su lado, Ashley Cruz, descalza y desnuda salvo por una camiseta enorme en cuya parte inferior se veían unos agujeros y que me resultaba vagamente conocida. Logan seguía llevando su jersey de punto negro, pero al parecer la camiseta se la había dejado a ella.

Cuando nos vio al pie de la escalera, Ashley se puso rígida y se detuvo. Logan se dio cuenta y la miró de soslayo con cara de interrogación.

—¡No puede ser! —exclamó Thorn cuando Logan se inclinó hacia ella y le dijo algo al oído.

Yo tampoco me lo podía creer. Ni de coña. A Logan no le interesaban los líos de cama. En ese sentido siempre habíamos sido muy parecidos. Pero por lo visto ahora eso había terminado.

La forma en la que Ashley se mordió las mejillas por dentro cuando se puso roja lo decía todo. La chica levantó un momento la mano y después subió la escalera corriendo, desapareció en una habitación y cerró de un portazo.

Logan bajó hacia nosotros con las manos en los bolsillos. El último escalón lo salvó de un saltito.

—Buenos días —dijo sin más—. ¿Ya podemos irnos a casa?

Thorn le dio un puñetazo en el hombro y Logan soltó un taco.

—¿De verdad te has liado con Ashley Cruz?

Logan frunció el ceño, confuso, y negó con la cabeza.

—No.

Yo enarqué una ceja y observé el pelo desgreñado y la purpurina que tenía por toda la cara. La misma purpurina que la noche anterior estaba en el pecho de Ashley.

—Brillas —afirmé con sequedad.

Se puso rojo como un tomate en el acto y se pasó la mano por la boca y la mandíbula, pero no hizo sino empeorar las cosas.

No pude aguantarme más y me eché a reír a carcajadas.

Los demás se me quedaron mirando como si me hubiera vuelto completamente loco, solo la sonrisa de Hunt se ensanchó también.

—Un momento —empezó a decir Thorn, y se volvió hacia Hunt—. Acabas de decir que lo encontraste. Dime que no los pillaste enrollándose...

Hunt miró a Logan ladeando la cabeza, y este, a su vez, abrió los ojos como platos y se puso más rojo aún, si es que eso era posible.

—Mmm.

—Ni una palabra, Hunt, o te juro que te mato —gruñó Logan.

—¿Qué estaban haciendo? ¿Qué viste? —Nervioso, Thorn soltó un gallo.

—No es para tanto. —Hunt inmovilizó con una llave a Logan y le alborotó el pelo, hasta dejárselo más despeinado aún. Ahora parecía el Logan de hacía unos años, cuando se hallaba en plena fase emo y se cardaba el pelo.

—Os odio a todos, que lo sepáis. —Thorn torció el gesto con amargura, pero yo sabía que no lo decía en serio. Si le hubiese interesado de verdad Ashley, lo habría dicho. Como había hecho unos años antes, cuando Leah se convirtió en nuestra mánager.

«Esa es la mujer con la que me voy a casar —había afirmado cuando, tras la primera reunión, Leah hubo salido de la habitación—. Más os vale que no os pille mirándola raro a ninguno, aunque sea de reojo.»

No es que ninguno de nosotros estuviese mínimamente interesado en Leah, pero, en ese sentido, Thorn era muy suyo. Cuando veía algo que quería, lo anunciaba a los cuatro vientos y después lo cogía. Eso era válido tanto para los dónuts como para las mujeres. Si hubiese querido acercarse a Ashley, no se habría limitado a bromear tontamente al respecto, sino que habría pasado a la acción y la habría abordado en lugar de ponerse a bailar medio desnudo en una mesa.

Fuera ya nos estaba esperando Caleb, que nos abrió la puerta del Range Rover, al que subimos uno por uno.

Mientras Thorn seguía haciendo un montón de preguntas que nadie contestaba, saqué el móvil. Al desbloquearlo me quedé perplejo. Tenía una notificación. Hice clic en ella y se abrió Instagram.

rosiehart: Gracias por lo de hoy.
No todo el mundo se sentaría en el
suelo en un almacén y haría el ejercicio
5-4-3-2-1 conmigo.

De pronto tenía la boca seca. Y entonces recordé la noche anterior, cuando me había puesto a mirar sus fotos como si fuese un puñetero psicópata, y al ver su sonrisa había sentido un mariposeo en el estómago que me había hecho incluso darle «me gusta» a una de ellas.

Joder.

¿Qué había hecho?

Me quedé mirando lo que Rosie había escrito y algo en mi pecho se contrajo y se abrió a la vez. No sabía qué tenía esa chica para que yo reaccionara así. Aunque me perturbaba, esa sensación ejercía en mí una fascinación de la que no me podía sustraer. Sin saber muy bien lo que hacía, me puse a contestar.

beast: ni siquiera llegamos al número dos

Envié el mensaje, bloqueé el móvil y miré por la ventanilla. Íbamos hacia Malibú. Por enésima vez me pregunté por qué me había dado esa ventolera. Pero, antes de que pudiera seguir cuestionándome mis actos, la pantalla de mi móvil se iluminó.

rosiehart: Venga, pues lo retomamos ahora. Dos cosas que huela: tortitas de plátano con arándanos. Y gel de ducha con olor a limón.

Titubeé y leí el mensaje en el acto mientras me planteaba si era buena idea responder. No tenía ningún sentido. Era una locura, lo tenía clarísimo. Sin embargo, no pude evitar inclinarme sobre el teléfono y teclear.

beast: en este mensaje solo veo fruta

Los tres puntos que revelaban que Rosie estaba contestando en ese momento aparecieron abajo a la izquierda. Ni siquiera me molesté en bloquear de nuevo el móvil.

rosiehart: No hay nada mejor.

rosiehart: Te toca. Dime algo
que puedas saborear.

Hice una mueca de asco al pararme a pensar en la respuesta, porque la boca aún me sabía a los asquerosos cócteles. Además de a whisky y, al parecer, patatas fritas, ya que noté restos entre los dientes, que me saqué con la lengua.

beast: una buena mona

beast: de alcohol, quiero decir.
no en plan mona de monos

Si el día anterior no pensó ya que estaba como una puñetera cabra, seguro que ahora salía de dudas.

Acto seguido me llegó la respuesta de Rosie. La abrí.

rosiehart: Es bueno saberlo.

No tenía la menor idea de cómo se hablaba con personas que no formaban parte de mi grupo y a las que no conocía desde hacía media vida. Iba a bloquear el móvil cuando llegó otro mensaje de Rosie. Me sorprendió. Me había enviado un GIF de un mono tirado en el suelo y con pinta de tomarse la vida con calma. No sé por qué me recordó a Chubby, el gato de mis padres.

Esbocé una sonrisilla, ya que la imagen me dio la posibilidad de contestar.

beast: así estoy yo esta mañana

—Buck, dime cómo se mandan GIF por Instagram —pedí, volviéndome hacia él.

Me miró como si no hubiese oído bien, pero se echó hacia delante y sacó su móvil al ver que yo arqueaba las cejas para exhortarlo a hacerlo. Abrió el último chat en Instagram, se situó en el cuadro de texto y me enseñó los simbolitos cuadrados de la derecha, de los cuales hizo clic en uno. Se abrió un cuadro de búsqueda.

—Tienes que poner ahí lo que buscas.

—Gracias.

—De nada, abuelo.

—Creo que también tienes purpurina en la lengua.

Logan abrió los ojos como platos y, tras bloquear el móvil, utilizó la pantalla de espejo y sacó la lengua. Vi con el rabillo del ojo que se la limpiaba con la manga del jersey.

Después me centré de nuevo en mi teléfono para buscar un GIF adecuado. Encontré uno de un mono que llevaba un casco de frutas. Era gracioso, así que se lo envié.

Ella me respondió inmediatamente.

rosiehart: ¡Jajaja!

Incluso para escribir eso se molestaba en poner la mayúscula y las exclamaciones. Resoplé.

De nuevo aparecieron a un lado los puntos que me decían que Rosie estaba escribiendo.

Esperé.

Y esperé.

Sus siguientes palabras tardaron varios minutos en aparecer en la pantalla.

rosiehart: Si ayer por la noche estabas borracho..., ¿te acuerdas de que le diste *like* a una de mis fotos?

Exhalé despacio mientras pensaba qué escribir a continuación sin hundirme más en la mierda.

Entonces recibí el siguiente mensaje.

rosiehart: Te lo quería decir por si, con la borrachera, se te fueron los dedos sobre el teclado o algo así. A mí me ha pasado alguna vez. Fue superviolento y me habría gustado que alguien me lo dijera antes de que la persona me escribiese.

Agarré con fuerza el móvil. El impulso de responder luchaba contra el deseo de apagarlo y no encenderlo durante seis meses.

Después de los líos de las semanas pasadas, debería alegrarme de no tener que volver a ver a esa chica. Debería alegrarme de que hubiésemos resuelto ese problema y pudiésemos mirar hacia delante. Nos esperaba una gira para la que teníamos que prepararnos. Un álbum que pronto vería la luz. No tenía tiempo ni ganas de hacer nuevas amistades. Y menos con una mujer. Pero...

Ese gran *pero*.

Pero entonces recordé la expresión de su cara cuando me la había encontrado en el almacén. Recordé que me había mirado fijamente a los ojos y yo había visto en ellos lo que tan bien conocía.

Rosie Hart tenía algo. Y aunque yo no tenía ni puñetera idea de lo que era... quería más.

No sabía explicar por qué.

Tampoco sabía qué me proponía con ello.

Sencillamente lo quería. Y hacía mucho tiempo que no quería nada.

Así que me aferré a ello y contesté.

beast: no se me fueron

15

Rosie

Miré el reloj por décima vez y después la carta, que examinaba desde hacía más de una hora y a esas alturas prácticamente me sabía de memoria.

—¿Desea tomar algo? —me preguntó el camarero por tercera vez.

Procuré dominarme. Luego levanté la cabeza y sonreí.

—Estoy esperando a alguien, gracias.

El hombre me dirigió una mirada compasiva, pero asintió antes de dar media vuelta e ir al siguiente reservado.

Mi padre se retrasaba. Otra vez.

Mi madre siempre había sido una especie de amortiguador entre nosotros. Cuando enfermó, mi padre se ocupó de ella y de mí a la vez, pero cuando ella murió fue como si todo el amor que nos había dedicado a nosotras dos durante ese periodo de tiempo difícil lo abandonara y se desvaneciese. Lo notaba en cada una de las forzadas conversaciones que manteníamos y, encima, cada vez que quedábamos, él llegaba tarde. Y eso que en realidad podía darme por satisfecha con que me hubiese llamado y me hubiera dicho que estaba en la ciudad. Eso era lo que me repetía una y otra vez mientras permanecía sentada en ese sitio y miraba de nuevo el móvil, donde seguía sin haber ningún mensaje ni ninguna llamada.

Acto seguido la puerta del restaurante se abrió y desde donde yo estaba vi que entraba mi padre. Me puse de pie y levanté la mano.

Él volvió la cabeza en mi dirección, pero en un primer momento no me vio, tuvo que mirar bien para reconocerme. A su rostro asomó una pequeña sonrisa cuando echó a andar hacia mí y finalmente se detuvo delante. Me abrazó de forma automática.

—Me alegro de que podamos vernos —aseguró.

Ni una palabra de disculpa por haberme hecho esperar más de sesenta minutos, aunque era él quien había propuesto la hora.

—Yo también —contesté a pesar de todo obligándome a sonreír.

Se desabrochó los botones de la chaqueta y se sentó frente a mí cuando yo me acomodé en mi asiento. Después cogió la carta y le echó un vistazo. Entre nosotros se hizo el silencio mientras él leía y fruncía el ceño.

Al cabo apartó la carta para mirarme. Reparó en las puntas teñidas de violeta de mi pelo y arrugó la frente más aún. Se centró de nuevo en la carta. Probablemente pensara que yo no me había dado cuenta..., pero siempre me daba cuenta.

De sus miradas críticas.

De su ceño fruncido.

De su enorme cara de interrogación cuando le hablaba de mi trabajo.

Y eso que yo ni siquiera creía que me juzgase aposta. Sencillamente esperaba otra cosa de mí, tenía unas expectativas que yo no había satisfecho nunca. Y le costaba lidiar con ello, igual que a mí. La señora Bowen siempre me decía que no era bueno que dependiese tanto de su aprobación, porque si lo hacía siempre perseguiría algo que nunca tendría. Al recordarlo traté de encapsular mis sentimientos, aunque me costara mucho hacerlo.

—Bueno, ¿tú qué tal? —pregunté con voz áspera, y carraspeé.

—No me puedo quejar. —Se revolvió en la silla y echó una ojeada al restaurante. No le gustaba, lo vi escrito en su cara.

Era un sitio nuevo que ofrecía superalimentos en sus más diversas variantes, además de muchas otras exquisiteces. Kayla y yo ya habíamos estado algunas veces, cuando teníamos algo que celebrar. No era barato, y lo cierto es que pensaba que a mi padre le gustaría, no sé por qué. Era uno de los sitios que a mí me gustaban y en los que pasaba tiempo. No sé por qué me había parecido buena idea invitarlo a ese restaurante. Tal vez porque quería enseñarle otra parte de mí.

—Tengo algo que contarte —dijo al final mi padre.

Yo iba a preguntar de qué se trataba cuando el camarero se acercó una vez más a nuestra mesa y se sintió visiblemente aliviado al ver que yo ya no estaba sola.

—¿Qué van a tomar?

—Yo un *lassi* de mango y el bol de salmón.

Mi padre me miró como si hubiese hablado en chino.

—Yo tomaré un chardonnay y una ensalada César.

El camarero asintió y se fue.

—¿Qué ibas a decir? —pregunté.

Mi padre se llevó las manos al cuello de la camisa y se aflojó la corbata, como si le estrangulara.

Esa no era una buena señal.

—He conocido a alguien —dijo al fin.

Me quedé mirándolo. Repetí las palabras mentalmente. Seguí mirándolo.

—Va a venir aquí dentro de un momento. Para que os conozcáis.

—¿Q... qué? Creía que estabas de paso —balbuceé.

—Y lo estoy, pero se me ocurrió quedar con las dos.

Ese sí que era un jarro de agua fría. No sabía qué pensar.

—No tienes de qué preocuparte, créeme. Es una mujer estupenda.

Cogí la servilleta tan fuerte que acusé la tensión en las manos. No sabía cómo esperaba mi padre que yo reaccionase. Y tampoco sabía cómo debía comportarme con esa mujer desconocida. Yo era una persona adulta, no era como si a partir de ahora tuviese que vivir bajo el mismo techo que él y mi madrastra. Pese a todo, la idea de conocer dentro de nada a alguien que ocupaba un lugar tan grande en el corazón de mi padre me hizo sentir a disgusto.

La puerta del restaurante se abrió de nuevo y yo miré hacia ella.

Mi padre hizo otro tanto y después se levantó con una ancha sonrisa en la boca.

Una mujer joven entró en el restaurante y fue directa hacia mi padre, risueña. Los últimos metros corrió literalmente para echarle los brazos al cuello con efusividad. Luego se besaron con tanta pasión que, si no hubiese estado tan sorprendida, no habría podido evitar poner cara de asco.

Cuando se separó de mi padre la mujer me miró.

Y yo a ella, con los ojos muy abiertos.

El cabello rubio le caía por los hombros en una cascada de ondas perfectas, la tez le brillaba como iluminada desde dentro y el bonito vestido que llevaba le sentaba como un guante. Me sacaba más de una cabeza y me dirigió la misma sonrisa radiante que a mi padre.

—He oído hablar mucho de ti, Rosie —dijo sin aliento mientras daba un paso hacia mí. Después me abrazó con fuerza.

Yo estaba demasiado sorprendida para devolverle el abrazo.

Se separó de mí.

—Soy Eden.

Me aclaré la garganta.

—Hola. Encantada de conocerte. —Las palabras me salieron con dificultad, porque eran mentira. Me parecía fatal que mi padre me hubiese acorralado así. Pensaba que había venido para verme, no para presentarme a su nueva novia, que no podía ser más distinta de mi madre y que aparentaba mi edad.

El camarero nos trajo la bebida y una silla para Eden. Oí como aturdida que ella también pedía una copa de vino y una ensalada y le decía algo a mi padre.

Nos sentamos los tres a la mesa. Me notaba la piel húmeda, sentía el corazón en la garganta y tenía la boca seca por completo.

—Me encanta tu programa —aseguró Eden sonriéndome—. De veras, tienes un gran talento para hablar con las personas.

Un talento que, por lo visto, había perdido momentáneamente, puesto que solo era capaz de mirarla en silencio. Tardé un rato en recuperar el habla.

—Gracias —grazné.

—Cuando David me dijo que eras su hija, flipé. Me refiero a que..., ¿hola? Conoces a casi todo el mundo en Hollywood. Es que no puedes ser más guay.

Miré un instante a mi padre, que tenía la barbilla apoyada en una mano y observaba a su novia, radiante de felicidad. Me sentí como si me hubiese equivocado de película.

—Y qué guay que también vivas aquí. Nos podemos ver cuando esté aquí David, ahora que va y viene los fines de semana. Es decir...

—¿Cómo? —la interrumpí, aunque me dirigí a mi padre.

La mirada radiante de felicidad había desaparecido y ahora él tenía la vista clavada en la servilleta como si no tuviera intención de apartar los ojos de ella.

—¿Vive en Los Ángeles? —pregunté—. ¿Significa eso que has estado viniendo?

—Oh —exclamó a mi lado Eden. Al menos tuvo la decencia de parecer confusa.

—¿Por qué no me avisaste? Podríamos habernos visto —objeté, y hasta yo me di cuenta de que se lo estaba reprochando. Claro que también tenía todo el derecho a hacerlo.

No solo por ir al restaurante para prepararme esa encerrona: había ido a la ciudad a menudo. Mientras yo daba por sentado que en su corazón ya no tenía cabida el amor, él lo había encontrado en otra parte. La idea me dolió más de lo que estaba dispuesta a reconocer.

—He venido algunas veces, sí —admitió mi padre al cabo de un rato.

Eden chasqueó la lengua y miró a mi padre enfadada.

—¿Es que no le habías contado lo nuestro? ¿Después de todo este tiempo?

—¿Todo este tiempo? ¿Cuánto hace que os conocéis? —inquirí entre dientes.

Mi padre vaciló, y eso era algo que David Hart, el implacable abogado, hacía en contadísimas ocasiones.

—Poco más de un año —respondió al fin.

Un año.

Un año durante el que sin duda mi padre había estado cerca de mí en más de una ocasión, sin decir nada.

—No me lo puedo creer —logré decir. Tenía un nudo en la garganta y se me habían saltado las lágrimas.

Podía vivir con el hecho que no aprobase a lo que me dedicaba. Podía vivir con su desinterés. Pero con esto..., no creía que pudiera vivir con esto.

Me levanté con tal brusquedad que la silla arañó ruidosamente el suelo.

—Lo siento. No puedo hacer esto.

No tenía el control de mis emociones y no me apetecía lo más mínimo echarme a llorar en el restaurante. Me sentía como si mi padre hubiese cometido la peor de las traiciones.

Miré con cara de disculpa a Eden, porque, aunque la relación que mantenía con mi padre me pareciera rara de narices, ella no tenía la culpa de que él me hubiera dejado de lado. Acto seguido giré sobre mis talones y salí deprisa del restaurante.

Hacía escasas semanas mi mundo aún estaba en orden: tenía un trabajo que me encantaba e iba a entrevistar a mi grupo preferido.

Ahora todo había cambiado.

Era como si la mala suerte me persiguiese desde el desastre de la entrevista con Scarlet Luck. En realidad yo era una persona optimista. Creía que todo el mundo tenía altibajos y salía reforzado de las cosas que le ocurrían. Sin embargo, empezaba a preguntarme si el universo me la tenía jurada por algo, porque ahora mismo solo me pasaban cosas malas.

Estaba metida en la bañera envuelta en espuma, tenía el último libro de J. R. Ward abierto en la bandeja de la bañera y estaba leyendo una historia sobre un mundo tenebroso lleno de vampiros violentos, un mundo que en ese momento me parecía más amable que el sentimiento de traición del que no era capaz de librarme desde que había visto a mi padre. Pero mi capacidad de concentración me dejaba en la estacada de mala manera. No podía parar de pensar en la escena de esa tarde. Cuando mi padre me había presentado a una desconocida y me había dicho que era su nueva novia.

De la muerte de mi madre ya hacía seis años. Ya no dolía tanto como al principio, yo había intentado superar mi tristeza y todo lo que tenía que ver con ella. Pero situaciones como las que había vivido a lo largo de los días pasados me hacían desear que mi madre estuviese a mi lado.

Yo sabía que mi padre acabaría encontrando a alguien y que yo me tendría que hacer a la idea. Lo que no quería era que fuera tan desagradable. Sobre todo su forma de pasar de mí ese día había sido lo peor.

Cuando el dolor agudo que sentía en el pecho aumentó, dejé el libro. De todas formas no podría concentrarme. Eché mano del móvil para poner música. Abrí mi lista de reproducción preferida, en la que principalmente había canciones de Scarlet Luck, y me recosté con los ojos cerrados.

Con los primeros suaves acordes de guitarra vi el rostro de Beast delante de mí. Recibí la distracción con los brazos abiertos y permití que la imagen cobrara más nitidez en mi cabeza. Sus ojos dorados, con los que con tanta intensidad me miraba. Su espalda ancha, sobre la que se tensaba el tejido del traje. Los tatuajes del cuello... y por último su voz, baja y grave.

«Dime cinco cosas que veas.»

No había contestado a su último mensaje. Sencillamente no sabía qué escribir. En cierto modo toda aquella situación me había superado. Primero el odio en internet, después reunirnos con los chicos. Por último el *like* de Beast bajo mi foto y los mensajes que nos habíamos enviado... De alguna manera responder: «Guay, gracias» no me había parecido apropiado. Cuando me escribía con él, me notaba torpe y como si siempre revelara demasiadas cosas de mí..., pero al mismo tiempo tenía unas ganas enormes de hacerlo.

Abrí los ojos y volví a coger el móvil. Fui a Instagram y busqué nuestro chat sin hacer caso a las numerosas notificaciones que tenía. En ese momento no estaba de humor para leer más insultos. En realidad últimamente procuraba no entrar en Instagram en la medida de lo posible, con la excepción del perfil de Beast, que para entonces abría una y otra vez. No lo podía evitar, así de simple. Desde que habíamos estado mandándonos mensajes pensaba en cómo podía empezar a hablar de nuevo con él.

Tenía el pulgar suspendido sobre el teclado mientras Thorn cantaba una canción sobre lo solo que se sentía uno en cuanto lo envolvía la oscuridad.

Al final respiré hondo y comencé a escribir con dedos temblorosos.

rosiehart: Por casualidad no tendrás un SL4 para mí, ¿no? Daría la mano izquierda por música nueva.

Leí el mensaje varias veces antes de enviarlo. Confiaba en que Beast no lo malinterpretara.

Iba a bloquear el móvil cuando justo debajo de mi mensaje apareció la señal de «Leído». Acto seguido en la esquina inferior vi los tres puntos. Desaparecieron. Aparecieron de nuevo.

Estaba en línea. Y por lo visto me estaba contestando.

Cuando el móvil vibró un instante, me erguí tan deprisa en la bañera que llené la pantalla de espuma.

beast: eres zurda?

Fruncí el ceño al ver el mensaje antes de contestar deprisa.

rosiehart: No. ¿Por?

Beast tardó solo unos segundos en responder.

beast: si solo das la mano izquierda
no parece que sea tan urgente

Leí el mensaje dos veces seguidas y después solté una carcajada.

En cierto modo no me terminaba de creer que de verdad Beast hubiera dicho eso. El tío que en las entrevistas siempre estaba tan tieso que parecía una estatua. Pero al mismo tiempo me vino a la memoria el chico de los vídeos de antes. El que hacía el bobo con Thorn y siempre tenía algo que decir.

En YouTube había un montón de vídeos de «Cuánto ha cambiado Scarlet Luck con el tiempo» y yo había visto muchos de ellos. Los cambios eran patentes en todos los chicos —algo normal cuando uno se convertía en adulto—, pero en el caso de Beast las diferencias eran más evidentes. Ese sentido del humor en sus mensajes me resultó... emocionante. Como si estuviera viendo una parte de él que ya no enseñaba a los demás.

Me dispuse a contestar.

rosiehart: ¿Significa eso que me ofrecerías vuestro nuevo álbum a cambio de mi mano derecha?

En esta ocasión Beast tardó bastante en contestar. Los puntos aparecían para desaparecer al cabo de unos segundos y reaparecer otra vez.

beast: siempre vendes partes del cuerpo a cambio de música nueva?

Al recordar esa tarde y el encuentro con mi padre, me mordí la mejilla por dentro. Tecleé con cautela mi contestación.

rosiehart: No, solo hoy.

Su respuesta fue inmediata.

beast: qué pasa hoy?

Sopesé hasta qué punto podía sincerarme con él sin revelar demasiadas cosas de mí y sin que la conversación acabara siendo incómoda.

rosiehart: No es mi mejor día, la verdad.

Beast estuvo un buen rato sin decir nada y yo volví a su perfil. En él vi que había subido una historia nueva, algo muy poco habitual. Cuando hice clic en el circulito, apareció un boomerang. Beast grababa su batería y después a los demás chicos, que se hallaban en pleno ensayo. La siguiente historia era un vídeo corto en el que Beast estaba sentado a la batería. Cada uno de sus movimientos estaba marcado por una profunda pasión, se notaba en la energía que desprendía y en la cara de felicidad que tenía siempre que tocaba. Se lo veía concentrado y al mismo tiempo se movía de manera tan relajada que parecía absolutamente libre. Como si la batería fuera lo único en su vida capaz de hacer que se soltara y fuese él mismo por completo.

En la parte superior de la pantalla vi que tenía un mensaje nuevo, y lo abrí de inmediato.

beast: todo bien?

Mierda. Probablemente estuviese recordando el incidente en el almacén y se planteara cómo había llegado a ese punto. No quería que creyese que la gente había empezado a acosarme otra vez, aunque en internet las aguas aún no se habían calmado del todo. En realidad mi respuesta se refería a lo que había pasado con mi padre, pero no podía decírselo; tampoco nos conocíamos tanto.

Escribí deprisa un mensaje para que se quitara aquello de la cabeza cuanto antes.

rosiehart: Sí. En internet ya no hay tantos comentarios maliciosos, desde que apareció la foto con vosotros muchos han rectificado.

El siguiente mensaje fue casi instantáneo.

beast: bien

El hecho de que no usara mayúsculas sumado a la sequedad de sus comentarios hasta tenía su gracia.

Antes de que me diera tiempo a pensar qué responder a esa única palabra mi móvil volvió a vibrar.

beast: si te vuelven a agobiar, avisa

Al leer sus palabras me invadió una sensación de calidez que se extendió desde mis mejillas hasta mi estómago. Subí por la conversación y la releí entera. Y el calor me llegó hasta los huesos, algo que no habría creído posible después del día que llevaba. Y se debía únicamente a que

Beast me escribía. Algo que me parecía de lo más irreal. Solo era una conversación corta, pero aun así... Hasta hacía bien poco yo todavía me preguntaba si me odiaba. Y ahora casi daba la impresión de que se preocupaba por mi bienestar, lo cual me resultaba conmovedor.

Levanté el móvil y escribí un último mensaje breve. Una mentirijilla. Porque no tenía ninguna intención de volver a ponerme en una situación en la que hiciese el ridículo con él y los demás chicos.

rosiehart: Hecho.

Pasaron unos minutos y él no dijo nada. Lo único que pude hacer fue sumergirme otra vez en el agua tibia mientras escuchaba música.

Aunque no contaba con ello, el móvil vibró de nuevo y vi que tenía una notificación. El corazón me dio un vuelco al leerla antes de que a mi cara asomara una ancha sonrisa.

Adam Sinclair (@beast) ha comenzado a seguirte.

16

Beast

Estábamos en pleno ensayo del set de la fiesta de lanzamiento de nuestro álbum cuando Leah abrió la puerta sin miramientos y entró como una exhalación. Fue directa a Thorn, que estaba sentado en una silla con su Gibson en la mano.

—¿Se puede saber qué demonios has hecho? —le espetó.

Él dejó de tocar y los demás hicimos lo mismo. Thorn miró a Leah y la sonrisa pícara se extendió en su rostro.

—¿Qué es lo que te preocupa, Leah, preciosa?

Las mejillas de esta se tiñeron de un rojo profundo, yo no sabía exactamente si de vergüenza o de ira. Dio un paso adelante y puso cara de ir a arrancarle la guitarra de las manos a Thorn para estampársela en la cabeza.

Así que, claramente, era ira.

—El mánager de Ashley Cruz me ha hecho saber hoy que en los premios Teen Flame no se quiere sentar cerca de vosotros, y solo se me ocurre un buen motivo para que la chica pida eso. Por Dios, Jasper, ¿es que no te puedes controlar aunque solo sea una vez y hacer lo que se te pide?

—Las últimas palabras casi las dijo gritando y Thorn se estremeció.

Yo nunca la había oído hablar así con uno de nosotros y arrugué la frente. A Thorn no le hacía ninguna gracia que le gritaran.

La observó un instante que pareció eterno, aguantando la mirada furibunda de Leah sin pestañear una sola vez.

Al fondo de la sala de ensayo Logan cambiaba el peso del cuerpo de un pie al otro, inquieto. Mientras tanto yo hacía girar las baquetas y eché un vistazo a Hunt, que parecía completamente ausente.

De pronto Thorn se levantó y escudriñó a Leah con detenimiento. Le sacaba por lo menos una cabeza.

—Yo no me lie con ella. Y tampoco me van los dramones. Pero es bueno saber lo mucho que confías en mí. Me llega al alma.

Dicho eso, dejó la guitarra con sumo cuidado en el soporte dispuesto a tal efecto, dio media vuelta y abandonó la sala con las manos en los bolsillos.

Leah lo siguió con la mirada antes de proferir un sonido a medio camino entre un gruñido y un resoplido. Sus manos se cerraron en sendos puños. Se abrieron. Extendió los dedos. Después respiró hondo y se volvió hacia nosotros.

—¿Alguno de vosotros sabe por qué hay que cambiar por completo la asignación de asientos en los Teen Flame Awards por nuestra culpa? No nos hace quedar muy bien, que digamos.

Logan carraspeó con suavidad y levantó la mano, casi como si estuviéramos en el puñetero colegio.

—Creo que es culpa mía.

Leah abrió los ojos como platos.

—¿Qué fue lo que pasó?

Logan se volvió hacia Hunt, que de pronto estaba volcado en afinar su bajo, y luego hacia Leah.

—Por desgracia no te lo puedo decir.

Leah lo miró como si se hubiera vuelto loco, pero antes de que pudiera decir nada, Logan dio un paso hacia ella.

—Se lo prometí a alguien. Lo siento, Leah, pero toda esta mierda es culpa mía. Los demás no tienen nada que ver.

Fue como si parte de la tensión desapareciese de los hombros de Leah, que lanzó un suspiro. A continuación sacó el móvil y marcó un número.

—Me encargaré de que no se corra la voz.

Logan asintió y entonces hizo algo nada típico de él: se echó hacia delante y la abrazó con torpeza.

—Eres la mejor.

Leah le dio unas palmaditas en la espalda y se separó de él.

—No es necesario que me hagas la pelota, Logan. Solo hago mi trabajo. Y sería estupendo que vosotros pudierais hacer el vuestro sin que os tengáis que preocupar por titulares negativos.

—Está bien —se limitó a decir él.

Leah echó un vistazo a la puerta por la que acababa de salir Thorn y después negó con la cabeza y se aclaró la garganta. A continuación sacó un papel de la chaqueta, que ofreció a Logan, y nos miró un instante a Hunt y a mí.

—Apuntad a quienes queráis invitar a la fiesta de lanzamiento.

Asentimos con la cabeza, y Leah se volvió con el móvil

nuevamente en la mano, sin duda para aclarar el asunto de la ceremonia de entrega de premios.

Yo me levanté, me metí las baquetas en los bolsillos del pantalón, aunque sobresalían más de la mitad, y con Hunt detrás de mí me acerqué a Logan. Este estaba alisando en la mesa el papel que le había dado Leah. Echamos los tres un vistazo a los invitados propuestos para la lista: en ella figuraban varias modelos y algún que otro actor, así como algunos periodistas en los que Leah confiaba.

Hunt echó mano de un boli y empezó a tachar algunos nombres, posiblemente gente a la que tenía ojeriza o con la que se había liado y a la que no tenía especial interés en volver a ver.

Logan se inclinó hacia delante e hizo otro tanto. Cuando Hunt terminó de borrar los nombres de quienes no quería en la fiesta, le quitó el boli y escribió en la lista con letra pequeña y temblorosa el nombre de Ashley Cruz. Nada más. Solo ese nombre.

Me pregunté de nuevo qué demonios habría ocurrido entre ellos la noche de la fiesta.

—¿En serio? —gruñó Hunt.

—Solo para evitar otro dramón —respondió Logan mientras me pasaba el bolígrafo—. No podemos hacer como si no existiéramos durante el resto de nuestras respectivas carreras.

—Pues me da que eso es exactamente lo que ella pretende, si incluso ha hecho que intervenga su mánager para no tener que sentarse cerca de ti.

Logan se encogió de hombros.

—Deja que yo me ocupe.

Mientras los dos seguían hablando, cogí la lista y el boli y salí de la sala de ensayo para ir en busca de Thorn.

Lo encontré poco después, en la escalera de incendios del edificio, con los brazos apoyados en la barandilla y cabizbajo. Me puse a su lado y lo miré de reojo. Parecía bastante cabreado, tenía el ceño fruncido.

—¿Estás bien? —le pregunté.

Pestañeó como si acabara de arrancarlo de sus pensamientos. Entonces esbozó una sonrisa que no parecía nada genuina.

—Claro.

Arqueé una ceja. Él siempre era quien nos daba el coñazo a todos hasta que desembuchábamos, pero cuando le preocupaba algo a él, lo único que nos ofrecía era una fachada perfecta: una sonrisa fría y falsa y palabras vacías. Thorn siempre había sido así. Le gustaba ayudar a los demás, pero no dejaba que nadie se le acercase cuando algo no iba bien. Yo sabía que explotaría si seguía insistiendo, así que me limité a pasarle la lista.

—Esta es la propuesta de invitados para la fiesta de lanzamiento —le dije.

Thorn repasó la lista y sonrió al ver en ella el nombre de Ashley.

—No sé yo si a Leah le hará mucha gracia.

—No sé qué os pasa, pero Leah tiene razón. Ahora mismo lo último que necesitamos son dramas.

Su sonrisa se desvaneció.

—Ya lo sé —rezongó. A continuación cogió el boli y se dio unos golpecitos en la boca con aire pensativo. Después apoyó el papel en la pared de piedra y añadió algunos nombres, más que todos nosotros juntos.

Cuando me la devolvió, eché un vistazo a los nombres que había agregado. Y me sorprendió ver con su pulcra letra los nombres de Rosie Hart y de su asistente de producción.

—¿Por qué? —quise saber mientras señalaba esos dos nombres.

Thorn me dirigió una mirada imperturbable.

—¿Por qué no? Su programa es guay y llegan a mucha gente. Además, lo del control de daños no salió demasiado bien. ¿Has visto los comentarios que dejan en su perfil?

Arrugué la frente.

—Pensaba que todo eso era agua pasada.

Él encogió un hombro.

—Según se mire. En internet sigue habiendo un montón de mierda en la que no paran de etiquetarla. Además, que yo sepa, se han quedado sin algunos patrocinadores e invitados. No sé, me ha parecido que sería un gesto bonito, pero si no tienes ganas de verla, quítala de la lista.

Me apetecía abrir Instagram para comprobar lo que me acababa de contar Thorn. Rosie me había escrito que estaba bien y yo la había creído. Pero me fiaba de Thorn. Si decía algo así, es que algo había.

Al mismo tiempo me sentí incómodo. No quería volver a verla. Haber intercambiado mensajes con ella y haberla seguido en Instagram había sido un error. Ahora veía sus fotos a diario y siempre me sorprendía mirándolas demasiado tiempo, incluso cuando estaba sobrio. Y era exactamente lo que había dicho Leah: lo último que necesitábamos eran dramas.

De todas formas, no me apetecía nada la fiesta de lanzamiento: demasiadas personas que querrían algo de mí.

Demasiadas conversaciones, demasiado toqueteo insoportable. Sabía desde ya que tendría que aturdirme para soportar medianamente la velada. Y no me podía imaginar lo que haría si Rosie aparecía allí. Por lo general solo conocía una manera de abordar las situaciones desagradables, y era quitándome de en medio y, de ese modo, evitando por completo la situación. Lo cual no funcionaría, porque esa noche seríamos el centro de atención. No quería que Rosie se hiciera ilusiones con algo que yo no le podía dar. No era eso lo que pretendía cuando había cedido al impulso de contestar a sus mensajes. Al mismo tiempo no había podido evitarlo. Ni yo mismo me entendía ya. Lo único que quería en ese momento era que empezara la gira de una vez. Quería hacer música y abandonarme al éxtasis de los conciertos, las habitaciones de hotel y el alcohol. Cuando estaba de gira era casi como si el tiempo avanzara de otra manera. Los días pasaban a una velocidad de vértigo y yo apenas tenía tiempo para pensar, porque los compromisos se sucedían ininterrumpidamente. Necesitaba eso.

En cambio, lo que no necesitaba era a Rosie Hart. Ni en Instagram ni en persona en nuestra fiesta de lanzamiento ni en mis puñeteros pensamientos.

Desde que nos habíamos visto en el Hyde Lounge no me podía quitar de la cabeza su mirada triste. Y sabía que eso era algo que tenía que conseguir con urgencia si quería seguir como hasta ahora. Al mismo tiempo pensé en el mensaje en el que me preguntaba por nuestro cuarto álbum. A la memoria me vinieron la sudadera con el trébol y la disculpa que me había leído en el almacén. Si nuestra música era de verdad tan importante para ella como decía, seguro que se alegraría más que cualquier otra persona de esa lista de recibir la invitación. Una alegría sincera, no como la de quienes solo iban motivados por encontrarse allí, hacer mil fotos y subirlas. Imaginé la cara que pondría al ver la invitación... y al escuchar en la fiesta por primera vez esas canciones en las que habíamos puesto el alma a lo largo de los dos últimos años. Acto seguido vi a Rosie, con una sonrisa en los labios que incluso hacía que le brillaran los ojos. Esa sonrisa no se me iba de la cabeza, y eso que solo la había visto en fotos. Quizá esa fuera mi oportunidad de verla también en directo. A la vez me reprendí por pensar en eso.

—¿Y bien?

La imagen se hizo pedazos al oír la voz de Thorn. Apreté tanto los dientes que rechinaron.

Pronto saldríamos de gira y podría liberar mi cabeza de una vez por todas y desterrar la imagen de Rosie Hart para siempre de mis pensamientos. Sin embargo, ahora no era capaz. Y aunque no tenía la menor idea de cómo sobreviviría a esa fiesta, no podía tachar su nombre de la lista. Aunque sabía que habría sido la mejor decisión. La más segura.

Cogí la lista y la doblé para devolvérsela a Leah.

—Por mí vale —afirmé sin mirar a Thorn.

Rosie

Cuando llegué al estudio, abrí la puerta con la bolsa de comida en una mano y la bebida en la otra.

Ese día había vuelto a Benji's por primera vez después

del incidente y me había sentido estupendamente. No me había reconocido nadie, nadie me había gritado ni me había tirado ninguna bebida. Era como si la gente se hubiese dedicado a expresar su ira contra mí solo en comentarios desagradables en internet. Kayla opinaba que la cosa por fuerza mejoraría con el tiempo y yo intentaba aferrarme a esa idea y centrarme en el delicioso café y los paninis de nuestra cafetería preferida.

—¡Por fin! —se oyó decir a Kayla desde el fondo del estudio cuando dejé mis cosas en la pequeña consola del pasillo.

—Sé que tienes hambre, pero me he dado bastante prisa —contesté mientras me quitaba la chaqueta.

A continuación fui con Kayla, que estaba junto a su mesa. Mi amiga estaba dando saltos y sostenía en la mano algo que movía como una loca. Al acercarme más vi que era un sobre negro.

Miré el sobre, en el que ahora distinguí mi nombre en letras rojas, y fruncí el ceño. De pronto sentí que tenía el corazón en la garganta.

—¿Nos han escrito amenazándonos?

Kayla negó con la cabeza y su sonrisa aplacó un tanto mi inquietud.

—Dale la vuelta.

Obedecí y... me quedé sin respiración.

En el dorso del sobre negro se veía un trébol rojo escarlata: el logo de Scarlet Luck. ¿Qué rayos significaba eso?

De repente me invadieron una energía y un nerviosismo que hicieron que me temblasen las manos. Abrí el sobre y saqué la tarjeta.

La historia continúa...

Acompáñanos en la fiesta de lanzamiento de nuestro cuarto álbum.

#SL4

Justo debajo se veía la firma de los cuatro chicos y por detrás figuraban la dirección —Chateau Marmont, West Hollywood—, una fecha y una hora.

Me quedé mirando la tarjeta y tardé un momento en entender lo que significaba. En mi mano tenía una invitación para asistir a la fiesta de lanzamiento de Scarlet Luck.

—Madre mía —musité, y miré a Kayla.

—Es una gran oportunidad. También para nuestra reputación —afirmó mi amiga sin dar crédito.

De pronto me rugió el estómago.

—No tengo nada que ponerme.

Los ojos de Kayla se iluminaron.

—Creo que ese es el menor de los problemas.

Acerqué mi silla sin apartar la vista de la tarjeta negra. No terminaba de creérmelo. Además, no sabía qué pensar. Al fin y al cabo, la invitación al concierto había sido un fiasco, por no hablar de la entrevista. Por otra parte, tal vez esa fuese mi oportunidad. En nuestros dos primeros encuentros todo se había torcido, y aunque los chicos habían sido encantadores conmigo, no me quitaba de la cabeza las miradas de compasión de Beast y Thorn. Y lo último que quería era que esa fuese la imagen que tenían de mí. Quizá ahora pudiese demostrar al grupo cómo era de verdad. Sin hacer el ridículo. Y, desde luego, sin lágrimas. Podría enseñarles mi mejor cara y, de ese modo, tal vez recuperar el poder sobre mí misma y sobre mi imagen que me había sido arrebatado las semanas anteriores.

—Tienes razón —dije, y sonreí a Kayla, que me sonrió a su vez.

—Yo me encargo de que parezcamos auténticas estrellas.

Asentí y miré de nuevo la invitación. Recordé los mensajes de Beast y me planteé si habría sido él quien había insistido en invitarme.

Repasé con los dedos la silueta del trébol mientras en mi estómago se formaba una pequeña bola caliente.

17

Rosie

La fiesta de lanzamiento de Scarlet Luck se celebraba en el bar del legendario Chateau Marmont, en West Hollywood. Al parecer habían reservado el hotel entero para la fiesta. No porque el acontecimiento fuera a ser multitudinario, sino más bien porque el grupo quería privacidad. Solo asistiría alrededor de una treintena de invitados. En caso necesario, estos podían alojarse en una habitación del hotel; a nosotras también nos habían reservado una preciosa, en la que nos arreglamos tranquilamente y casi nos sentimos como si fuéramos princesas.

Ahora íbamos camino de la fiesta y las rodillas me flaqueaban un poco de los nervios. Tardamos un rato en dar con la entrada del bar, ya que se encontraba algo apartada de la puerta principal del hotel, escondida detrás de unas plantas y vigilada por dos guardaespaldas cachas. Entre ambos estaba Leah Miller, a la que no reconocí a primera vista: llevaba el pelo negro recogido en una elegante trenza, un vestido ceñido color vino y unos zapatos de tacón de aguja con los que era más alta que Kayla y que yo misma; los ojos, con un ahumado en tonos oscuros, y los labios, pintados de un rojo más oscuro que el del vestido. Estaba increíble.

Al vernos su mirada se ensombreció. Por lo visto seguíamos sin gustarle especialmente. Sin embargo, la expresión sombría desapareció en un santiamén y dio paso a un semblante impenetrable.

—Me alegro de que hayáis venido —dijo, y sus palabras sonaron tan sinceras que a nadie se le habría pasado por la cabeza que en realidad no nos podía ni ver. Me examinó de arriba abajo y frunció la frente al ver la bolsa con regalos que llevaba. En ella estaban la petaca de Beast y una tontería que quería darle.

—Gracias por la invitación —repuse antes de que Leah pudiera decirme algo de la bolsa.

Ella alzó la vista y su expresión se tornó más hermética aún.

—Thorn insistió en ello —se limitó a decir.

Vaya. Suponía que había sido Beast el que nos había invitado tras nuestro intercambio de mensajes. Si Thorn quería que estuviésemos allí, seguro que era solo por compasión. Recordé su mirada y el abrazo que me había dado cuando nos había encontrado a Beast y a mí en el almacén. Ahora me sentí como una tonta por pasear la bolsa con los regalos.

Como si me leyera el pensamiento, Kayla sacó pecho y adelantó la mandíbula con aire desafiante.

—En cualquier caso, gracias. ¿Ya podemos pasar? —preguntó, como si fuésemos vip.

Leah hizo una señal con la cabeza a los guardaespaldas, que acto seguido abrieron las dos hojas de la puerta de madera maciza del bar para que pudiéramos entrar. Detrás oí que ya llegaban los siguientes invitados.

Beast, Thorn y la invitación pasaron deprisa a un segundo plano al poner los pies en aquel sitio. Era precioso. Un poco más pequeño de lo que me esperaba, pero sentí de inmediato que era un lugar especial. Había una barra grande y un comedor alargado situado a una altura algo superior, tras el que se abría un ventanal panorámico por el que entraba la última luz del día y a cuyo alrededor colgaban plantas. Con las lámparas de seda roja que se mecían sobre la barra, las fotografías de las paredes, los sofás capitoné de piel y las paredes revestidas en parte de madera, el ambiente me recordó al estilo de los años veinte. El suelo era de baldosas antiguas, a algunas mesas ya había sentadas algunas personas en sillas negras, charlando, mientras de fondo sonaba una música suave. El bar tenía un aire exclusivo, pero de un modo grato. La iluminación tenue creaba una atmósfera ligeramente misteriosa, y al mismo tiempo el espacio irradiaba una calidez que casi resultaba cómoda.

Reparé en la barra, donde algunos invitados vestidos con una elegancia desenfadada ya estaban pidiendo. Me miré y me pregunté si encajábamos en ese sitio. Llevaba una falda de piel con medias de rejilla, una blusa azul marino con lentejuelas y mis Dr. Martens negras; Kayla, un vestido de cóctel de color champán y unos zapatos de tacón de aguja que se había comprado hacía siglos y guardaba para una ocasión así. Nos habíamos peinado la una a la otra, habíamos invertido mucho tiempo en maquillarnos y, en mi opinión, jamás habíamos estado mejor. Al mismo tiempo me preguntaba si podíamos competir con la gente rica y guapa de Hollywood. Nunca había tenido esa sensación cuando grababamos el programa, porque yo ahí siempre intentaba estar a la altura de los invitados. Pero no estaba muy segura de que esa noche fuera a funcionar, por muy bien que nos sintiéramos hacía un momento, cuando nos hicimos unos veinte selfies en la habitación del hotel.

—Esto es una locura —farfullé mientras echaba otra ojeada y veía las numerosas caras conocidas.

A mi lado Kayla profirió un sonido de asentimiento.

—Vamos a pedir una copa.

Aunque con los nervios no me apetecía beber nada, la acompañé a la barra.

Los camareros, ataviados con una camisa blanca impecable y chaleco negro, servían un cóctel tras otro. Miré a mi alrededor con curiosidad cuando me llegó un olor a comida y descubrí una hilera de platitos con los bocados más exquisitos y vistosos.

Kayla pidió sendos cócteles y yo un plato con comida que compartimos. En realidad pensaba que estaría demasiado nerviosa para comer, pero al ver las chips de boniato y los aperitivos las tripas me empezaron a sonar ruidosamente.

—Por una noche de éxito —brindó Kayla conmigo.

Mientras yo bebía el primer sorbo, Kayla me observaba con detenimiento. Un poco exagerado, para mi gusto. Ladeé la cabeza y la miré a mi vez con cara de interrogación.

—¿Qué pasa? —pregunté al tiempo que me limpiaba delicadamente la boca—. ¿Me he manchado?

Ella negó con la cabeza en el acto.

—No. Solo pensaba en lo mucho que me alegro de que me hayas traído.

—¿A quién iba a traer si no?

—No he podido evitar pensar en cuando nos peleamos. Fue espantoso.

Le apreté la mano.

—Pues sí. Por eso vamos a dejar el tema a partir de ya.

Kayla iba a contestar, pero su mirada se clavó en alguien o algo que estaba detrás de mí y no fue capaz de decir nada. Se quedó boquiabierta durante varios segundos.

Volví la cabeza lo más discretamente posible... y vi los ojos castaños de Ashley Cruz.

Esta me miró a su vez, pero tardó un instante en reconocerme.

—¿Rosie? —preguntó sin estar muy segura.

Me di la vuelta del todo y le dediqué una sonrisa radiante.

—Hola, Ashley.

Ella se adelantó y me dio dos besos y a continuación hizo otro tanto con Kayla.

—Perdona, ¿cómo te llamabas?

—Kayla. Kayla Phillips —respondió ella a la velocidad del rayo.

Reprimí una sonrisa. Seguro que Kayla había estado practicando, a juzgar por la rapidez con la que se había presentado con nombre y apellido.

Ashley nos observó a la una y a la otra risueña.

—Me alegro de volver a veros.

—El placer es todo nuestro —contesté—. Estás guapísima. Me encanta tu vestido.

Ashley se miró el vestido palabra de honor de color verde fosforito, con el que claramente destacaba entre la multitud.

—Gracias. Vosotras también. ¿Hace mucho que estáis por aquí? —preguntó mientras recorría la barra con los ojos, como si buscara a alguien.

—No, acabamos de llegar.

Nos miró de nuevo a nosotras.

—Me enteré de lo de la entrevista que le hicisteis a Scarlet Luck. Fue un desastre, ¿no?

Noté que el calor me subía a las mejillas. Joder, si hasta una estrella como ella lo sabía, estábamos acabadas.

—Fue culpa mía —terció Kayla—. Por suerte pudimos aclararlo todo.

—Ya me imaginaba yo que no había sido una artimaña vuestra —afirmó Ashley sonriendo de nuevo, con lo que el rostro entero se le iluminó—. Nuestra entrevista fue genial. Me sigue llegando un montón de mensajes bonitos por ella.

—¿En serio? —inquirí mientras notaba que el corazón me latía más deprisa, aliviado.

Ella asintió.

—Sí, y también sé lo mal que se pasa cuando toda la chusma de internet se te echa encima. Lo habéis gestionado bien.

—Me comí muchísimo la cabeza para ver cómo podíamos zanjar este asunto —explicó Kayla, y exhaló un suspiro—. No tienes ni idea de lo que tardé en redactar lo que subí. Me vino muy bien estudiar comunicación en la carrera.

Me quedé perpleja. Me resultaba desconcertante que se jactara de cómo había actuado, teniendo en cuenta que había sido culpa suya que nos hubiéramos visto en esa situación.

—Seguro que no fue fácil —opinó Ashley, y Kayla asintió.

—No, para nada. Pero creo que ya hemos pasado lo

peor. —Kayla señaló nuestras copas—. ¿Te apetece un cóctel?

Ashley arrugó la nariz.

—Creo que es mejor que no. No hace mucho metí la pata a base de bien en mi propia fiesta de lanzamiento por culpa del alcohol. Pero sí voy a beber agua. —Se inclinó hacia delante y levantó una mano. En cuestión de segundos tenía un vaso de agua fría delante.

—¿Eres amiga de los chicos? —pregunté con tino.

Ashley se atragantó. Cuando se puso a toser y se tapó la boca con la mano, me sentí tentada durante un instante de darle unos golpecitos en la espalda. De no ser una de las estrellas del pop más famosas del momento posiblemente me hubiese atrevido a hacerlo.

—En realidad no. De hecho creo que me han invitado por educación. —Frunció un poco el ceño y me pregunté a qué se debería. De nuevo Ashley dejó vagar la vista por el local antes de centrarla deprisa en nosotras.

—Mejor por educación que por compasión —señalé.

Al parecer Ashley se paró a pensar un instante en lo que yo había dicho y esbozó una sonrisilla.

—No creo que os hayan invitado por compasión, Rosie —afirmó categórica.

Encogí un hombro.

—Según se mire.

—En Hollywood no se invita por compasión a nadie —repuso al oír mi objeción—. Se invita a alguien por motivos muy distintos: porque tiene algo de lo que otro puede sacar provecho, como alcance o proyección por los contactos; o porque es hija, nieto o primo tercero de alguien a quien no quieres cabrear. —Ashley bebió un poco de agua y se pasó la mano por el pelo—. Vuestro programa gusta mucho a los fans. Probablemente salgan ganando si sois las primeras en hablar del nuevo álbum.

Asentí con aire pensativo. Sin saber por qué, sus palabras hicieron que sintiese una pesadez desagradable en el estómago. Primero, la franqueza de Leah, y ahora, las palabras de Ashley... Había sido una ingenua al suponer que Beast me había invitado porque de verdad quería que estuviese allí. O por los mensajes que nos habíamos estado mandando. En lugar de contestar me apresuré a beber un sorbo de mi cóctel.

De pronto las luces de la barra se atenuaron y los invitados dejaron de hablar.

Alargué el cuello y al fondo del bar vi que colocaban los instrumentos y los micrófonos del grupo. Presentarían su nueva música en versión acústica, como en el popular programa de radio británico Live Lounge. Me encantaban esas grabaciones, y una energía burbujeante se apoderó de mí. No me podía creer que al cabo de un minuto nos fuésemos a formar una idea de cómo sería el nuevo álbum. De repente la conversación que mantenía con Ashley pasó a un segundo plano y me pregunté cuál sería la mejor manera de ir delante sin pisar a nadie.

—Venid —propuso Ashley en ese preciso instante. Acto seguido avanzó con la cabeza bien alta entre la multitud, que le hizo sitio de inmediato mientras la miraba con la boca abierta. Claramente su vestido fosforito causaba impresión.

Tras avanzar unos metros volvió la cabeza para asegurarse de que la seguíamos y fue directa a una de las mesas que se hallaban a un lado del pequeño escenario. Se sentó como si la mesa estuviese reservada expresamente para ella, y Kayla y yo la imitamos, aunque con cierto titubeo.

Los técnicos abandonaron el estrecho escenario y poco después Leah Miller se acercó al micrófono situado al frente. Erguí la espalda un poco cuando ella carraspeó y se alisó el vestido. Entonces llevó una mano al micro y sonrió a los allí presentes. Algunas personas seguían hablando, a pesar de que se avecinaba el plato fuerte de la noche. Aunque yo no podía entenderlo, a todas luces a Leah le importaba un comino.

—Bienvenidos a la fiesta de lanzamiento del nuevo álbum de Scarlet Luck —empezó, y se pasó otra vez la mano por el vestido. Resultaba extraño ver así de nerviosa a esa mujer implacable; claro que sin duda a mí en su lugar me habría ocurrido lo mismo—. Seguro que os llevasteis una sorpresa al encontrar en vuestro buzón la invitación. Lo cierto es que teníamos pensado que este fuese un lanzamiento tradicional, con preventa, promoción intensa..., pero los chicos se dieron cuenta de que no era eso lo que necesitaban en este momento. Querían probar algo nuevo y confié en ellos, aunque reconozco que al principio me costó un poco. —Al decir eso frotó los dedos índice y pulgar, lo que hizo que los asistentes rieran con suavidad. Satisfecha, Leah echó los hombros atrás. Volvió a armarse con su coraza, la que nos había enseñado a Kayla y a mí la última vez y que indicaba con claridad que siempre protegería a los chicos, pasara lo que pasase. Tras mirar brevemente hacia un lado, se centró de nuevo en el público—. A lo largo de los tres últimos años he visto como estos cuatro talentos se superaban a sí mismos y luchaban para salir de la oscuridad a la luz a base de sacrificio. No conozco a nadie que trabaje tanto y se desviva más por la música que estos chicos. Y no podría estar más orgullosa de lo que han hecho con su nuevo disco.

Si no me equivocaba, Leah tenía un brillo de emoción en los ojos, y fui consciente de cuán en serio iba lo que nos había dicho en el concierto. No se limitaba a cuidar del grupo, sino que para ella eran una familia. El amor que les profesaba se desprendía de sus palabras, su actitud y su forma de mirar al público en ese momento.

—Nunca hemos efectuado un lanzamiento sin previo aviso, así que confiamos en vuestro apoyo en cuanto el álbum y las entradas de los conciertos salgan a la venta a medianoche. Y ahora... —Miró de nuevo hacia un lado y su semblante se suavizó—. Ahora debo ceder el sitio a las personas que todos estáis esperando.

El corazón se me aceleró cuando Thorn, Logan, Hunt y Beast subieron al pequeño escenario entre aplausos y gritos.

Antes de que Leah dejara la plataforma, Thorn la abrazó un instante y le dijo algo al oído. Ella le dio unas palmaditas en la espalda, torpemente y con las mejillas rojas. Después fue hacia un lado y desapareció en un rincón en el que también se encontraba el guardaespaldas de los cuatro, al que habíamos conocido en el concierto.

Miré de nuevo al escenario y contuve la respiración. En nuestro primer encuentro no sabía en quién fijarme primero, pero ahora mis ojos fueron por instinto en una dirección muy concreta.

Beast me atraía sin que yo pudiera evitarlo. Llevaba un traje negro de mil rayas color violeta, que se adaptaba a la perfección a su ancho cuerpo, y una camisa de seda negra con los botones superiores desabrochados, que dejaban a la vista los tatuajes del pecho. Al verlo me invadió una gran sensación de calidez.

Los demás también estaban muy bien. Logan lucía su versión de un atuendo de gala, con unos vaqueros negros rotos por las rodillas, una camisa de cuadros que se había remangado y el gorro negro sin el que prácticamente no se lo conocía. Hunt iba con un pantalón negro de un tejido con pinta de ser suave, una camiseta negra sencilla y una cazadora de cuero. En el cuello se veía una cadena de plata de grandes eslabones. Thorn también se había puesto de punta en blanco. Su *outfit* era, con diferencia, el más llamativo, con una camisa negra con infinidad de flores de colores que podría haber pertenecido perfectamente a su abuela, pero que combinada con las botas de piel y los relucientes pantalones de charol hacía que estuviese tan arrollador que podría haber desfilado por una pasarela sin problemas.

—Vaya —dijo Thorn mientras subía un poco el micro. Echó un vistazo al bar y a su boca asomó la famosa sonrisa de mil vatios—. Gracias a todos por venir. Si os soy sincero, nos daba pánico que este álbum pudiera ser un fracaso absoluto, habernos equivocado al tomar las decisiones que tomamos y arrepentirnos a los cuatro días. Pero ¿sabéis qué? Que nos da lo mismo. Porque queríamos compartir el disco con el mundo por fin. Sin tanta chorrada innecesaria. Como antes.

Carraspeó y miró a los demás, que se colocaron en su sitio con sus respectivos instrumentos. Beast delante del *multipad*, con las baquetas ya en la mano; Hunt al teclado y Logan con los dedos en las cuerdas de su guitarra a la vez que escudriñaba a la multitud buscando algo.

—Este álbum habla de errores. Cuenta una historia sobre los últimos años, sobre nuestras luchas, nuestro dolor, pero también sobre los momentos buenos que pese a todo se viven. Las canciones hablan de las decisiones que nos han convertido en las personas que hoy tenéis delante. Esperamos de verdad que puedan despertar en vosotros lo que sentimos nosotros al componerlas. —Se colgó la guitarra y tocó el primer acorde. Una vez más miró al público que se encontraba en el bar—. Así que sacad los mecheros y las linternas, porque esto es «Hollow», la canción que da título a nuestro nuevo álbum.

Beast empezó a contar y pocos segundos después entonaron la canción.

Contuve el aliento mientras la melodía me recorría el cuerpo. Las guitarras, el teclado y los *beats* del *multipad* se fundieron en una armonía preciosa, que hizo que el corazón se me pusiera en la garganta. Los ojos se me cerraron como por iniciativa propia al escuchar con atención para concentrarme por completo en la canción. Thorn comenzó a cantar y ya con las primeras palabras se me erizó el vello de los brazos y la nuca. Era algo totalmente distinto estar tan cerca del escenario, en un marco tan reducido. Casi tenía la sensación de estar a solas con el grupo en la sala, tal era la intensidad con la que percibía los sonidos de la canción. Mientras Thorn hablaba con su voz grave del vacío que sientes cuando te decepciona alguien que es importante para ti, una dulce melancolía me recorrió entera, de la cabeza a los pies.

Aunque la canción era muy triste, al llegar al puente una sonrisa se extendió en mi rostro. Y es que eso era lo que tanto me gustaba de la música de Scarlet Luck: que hacían que uno sintiera algo. Dolor, vacío, dicha..., tenías la sensación de que te entendían. Como si no estuvieses solo con tus problemas, porque había alguien que estaba pasando por la misma mierda, aunque fuese de otro modo.

De pronto se oyó una segunda voz que se sumó a la de Thorn. Una que tenía un timbre extraordinario y que solo sonaba de fondo en alguna que otra canción de Scarlet Luck.

Abrí los ojos y miré al escenario.

El cuerpo de Beast se movía al compás de la música, sus baquetas se deslizaban sin cesar por la pequeña almohadilla que tenía delante y su boca se hallaba muy cerca del micrófono. Cantaba el estribillo con tanto sentimiento que la piel se me erizó más con cada segundo que pasaba. Poco a poco sus ojos dorados recorrieron al público... hasta toparse con los míos.

El corazón me dio un vuelco y se me subió a la garganta un segundo después. En su mirada había precisamente la melancolía de la que hablaba la canción, y era incapaz de sustraerme de ella. Porque volvía a ver lo que ya me había llamado la atención en el Hyde Lounge: ese dolor profundo que por algún motivo parecía arraigado en su interior. El miedo que era un reflejo del mío. Y la conexión que sentía con él desde que me había visto en mi punto más bajo.

En ese momento daba absolutamente lo mismo quién me hubiera invitado. Y me era indiferente la razón por la que me encontrara allí. Todo lo demás pasó a un segundo plano cuando Beast me miró y su voz resonó en mis oídos. Solo existía ese instante que se dilataba y que deseé que no terminara nunca.

18

Beast

A la gente le había encantado el álbum. O al menos eso fue lo que oímos por todas partes después de que termináramos de tocar.

Yo sabía que tendría que alegrarme, pero estaba hecho una auténtica mierda.

Me aparté de la frente los mechones de pelo que se me habían soltado a pesar de la gomina y seguí a Hunt hasta la barra en compañía de Caleb, cuyo cometido era quitarnos a la gente de encima. Aunque en realidad no era necesario: la mayoría de las personas que estaban allí no nos hacían el menor caso o sencillamente no se atrevían a acercarse. Preferían esperar a que nosotros nos diésemos una vuelta por el bar. Como ya estaba haciendo Thorn, nuestro animal social personal. Iba de un lado a otro desde hacía un cuarto de hora, hablando con todos los invitados con los que se cruzaba. Ahora estaba apoyado en una pared y se reía con algo que le decía su interlocutor.

Me di la vuelta y pedí un whisky doble que me bebí de un trago para pedir otro.

—Madre mía, el álbum es maravilloso —afirmó una voz a mi lado.

Me volví hacia ella y vi a una mujer joven que nos miraba a Hunt y a mí. Era más o menos igual de alta que Hunt, llevaba un vestido ceñido y sus ojos brillantes pasaban de uno a otro sin parar. Yo no sabía quién era, pero su forma de echarse hacia delante y escudriñarnos detenidamente hizo que un escalofrío desagradable me recorriera la espalda. Se instaló el atronador zumbido en los oídos. Me noté la piel fría y sentí opresión en el pecho.

—No se acerque tanto, señorita. —Caleb extendió una mano delante de mí en ademán protector, y me sentí bastante ridículo. Esa era nuestra fiesta, joder. Y aun así me sentía como una puta mierda y ni siquiera era capaz de hablar con alguien sin volverme completamente loco.

—No pasa nada —terció Hunt—. No me vendría mal un poco de compañía.

Arqueé una ceja y él se limitó a encoger un hombro. Sentía debilidad por las modelos. Ya desde nuestra consagración.

Hunt apoyó la espalda en la barra y la chica aceptó la muda invitación con una sonrisa. Cuando se acercó más a él y le puso una mano en el brazo, en la oscuridad que había en los ojos de mi amigo apareció un destello de luz.

Cuando hacía esas cosas yo no lo entendía. Era como si quisiese demostrarse algo ligándose a alguien cuanto antes.

Mientras Hunt se dejaba enredar en una conversación, yo apuré la segunda copa y pedí una tercera. Aunque ya me había puesto pedo antes del concierto, allí hacía un calor sofocante y había demasiada gente, así que lo único que quería era irme a casa. Como en ese momento eso no era posible, me contenté con beber gratis a la vez que clavaba la vista en la oscura madera de la barra.

Me percaté vagamente de que alguien se volvía a acercar a mí, pero Caleb mantuvo a quien fuera alejado. Levanté la cabeza y vi a otra chica cuya cara me resultaba del todo desconocida. Algo se encendió en su rostro cuando me miró despacio de arriba abajo, literalmente follándome con los ojos. Por la garganta me subió la amarga bilis. Aparté la vista deprisa y bebí un sorbo de la tercera copa.

¿Cuántas hacían falta para que dejara de sentir?

¿Cuánto faltaba para que se apoderase de mí el aturdimiento?

Necesitaba ese aturdimiento. Más que cualquier otra cosa. Quería olvidar.

Echando la cabeza atrás me bebí lo que quedaba y Hunt se inclinó sobre mí.

—Vaya ritmo llevas.

Lo miré con los ojos entornados. Para entonces la chica ya estaba entre sus piernas y apoyaba las manos en su pecho. Aunque las palabras de Hunt solo constataban un hecho, percibí la sutil advertencia que destilaban. Por suerte venía de él y no de Thorn, porque Thorn se habría encargado de que no me sirvieran nada más.

—Lo mismo digo —repuse mirando a la chica mientras me agarraba con fuerza a la barra. Las tripas me sonaban. Contaba mentalmente los minutos que faltaban para que llegara la intoxicación. La quería. La quería a toda costa.

—Si alguien me busca, estoy ocupado —anunció Hunt al tiempo que cogía de la mano a su conquista. Entrelazó los dedos de la chica con los suyos y avanzó junto a la barra hacia los aseos.

Los seguí con la mirada. En mi cabeza titilaron algunas imágenes, pero las contuve con todas mis fuerzas. Hunt siempre hacía eso. No tenía por qué preocuparme. Nada de aquello era mi problema.

Pedí una copa más. La cuarta en cuestión de minutos. Poco a poco las paredes empezaron a dar vueltas y recibí la sensación con los brazos abiertos. Por fin.

—Señorita, ahora mismo necesita un descanso —informó a mi lado la voz de Caleb.

—Ah, claro —contestó alguien.

Algo en el suave tono de su voz me hizo levantar la cabeza.

Junto a mi guardaespaldas estaba Rosie Hart. Caleb había extendido el brazo para protegerme de ella.

El estómago me dio un vuelco. La opresión que sentía en el pecho se intensificó cuando la vi. En el concierto solo había tardado unos segundos en descubrirla entre el público, cerca del escenario. Sonreía justo como me había imaginado que lo haría, pero no me había producido la satisfacción que confiaba en experimentar.

Cuando nos conocimos, yo estaba primero distraído y después furioso. La ira me resultaba familiar. Sabía manejarla.

La última vez que nos habíamos visto ella estaba sentada en el suelo y parecía hundida, y su rostro enrojecido y sus lágrimas me asustaron. Pese a todo, también conseguí sobrevivir a eso.

Pero cuando la vi mientras cantaba..., no tenía la menor idea de cómo lidiar con la situación. Su sonrisa había bastado para que mis pulmones se quedaran sin aire. Ese era uno de los motivos por los que tanto deseaba ese entumecimiento. Sentía demasiado y quería dejar de hacerlo.

Apreté el vaso que sostenía en la mano con más fuerza, hasta que las delicadas tallas esmeriladas de la superficie se me clavaron en la palma. Ya cuando estaba tocando me había costado dejar de mirarla, y ahora que la distancia era tan corta, sencillamente me resultaba imposible.

Rosie llevaba una falda de piel negra ajustada y unas medias de rejilla en las que mis ojos se quedaron clavados unos segundos de más hasta volver a subir. Al mirarla a la cara, la sensación del pecho no hizo sino empeorar más todavía. Los ojos, pintados de negro, le brillaban, y el cabello ligeramente ondulado enmarcaba su rostro.

Estaba impresionante. Y una única sonrisa suya bastaba para rasgar el velo de la indiferencia e infligirme un dolor agridulce que ni yo mismo entendía bien.

Y eso era un problema, joder. Ya que, justo como me temía, Rosie me miraba como si esperase algo de esa noche. Su sonrisa era más bonita de lo que habría podido imaginar, y supe que lo que me estaba pasando en ese momento solo me traería complicaciones. Mi instinto estaba dividido: por un lado quería desaparecer lo antes posible de ese bar, beber más alcohol aún y dormir quince horas del tirón. Por otro, sentía algo desconocido. Algo que me suplicaba que me fuera con ella. Que hablara con ella y viese qué significaba exactamente la esperanza que veía en su mirada.

«¿Por qué no?», susurró una voz traicionera en mi cabeza.

Al cabo de unos días nos marcharíamos de gira. Estaríamos tres meses fuera y podría abandonarme al alcohol y a la distorsionada sensación del tiempo y el espacio que producía la vida en la gira. Y con suerte podría olvidar que había hablado alguna vez con esa chica. Pero ahora..., ahora estaba a escasos pasos de mí. Y me sonreía con tanta sinceridad y dulzura que una vez más en mi estómago se puso de manifiesto esa curiosa sensación.

Apuré el whisky y, tras dejarlo en la barra, me volví por completo hacia Rosie y le hice a Caleb la señal acordada para que permitiese que se acercara a mí. Sin saber si era la mejor decisión que había tomado en la vida o un tremendo error que sería mi perdición.

Rosie

El corazón me iba a mil. No me podía creer que de verdad hubiera reunido el valor necesario para acercarme a Beast. Ni que lo que estaba pasando ahora fuera real.

Carraspeé y probé suerte con una sonrisa.

—Hola. —Después señalé con el pulgar hacia atrás el escenario mientras trataba con todas mis fuerzas de tranquilizar mi corazón—. Habéis estado increíbles. El álbum es precioso. Completamente distinto, pero sin perder lo que hace que ese sea vuestro sonido. Estoy entusiasmada. De verdad.

Me miró, y su mirada parecía algo inquieta. Como si no pudiera centrarse en un punto y tuviese que vagar sin cesar por la sala antes de volver a mí.

—Gracias. —Lo dijo en voz baja, y sin embargo yo lo oí alto y claro, aunque el bar estaba lleno de conversaciones y música de fondo.

Se apoyó en la barra y se apartó de la frente un mechón de pelo violeta que se le había soltado. Ahora el color ya no era tan intenso como la primera vez que nos vimos. Era más claro, un poco descolorido, y a mí casi me gustaba más. De ese modo salía a la luz algo más de él, una parte menos pulida. Algo auténtico.

Justo cuando estaba pensando en qué podía decir a continuación, Beast de pronto se tambaleó hacia un lado. Extendí la mano por acto reflejo, pero la retiré en el acto al acordarme: nada de contacto físico.

Lo observé preocupada mientras intentaba recuperar el equilibrio. Se agarró con fuerza a la barra, tanto que se le marcaron los tendones de la mano. En los dedos llevaba sus habituales anillos de plata; se los ponía siempre, menos cuando tocaba.

—¿No te quieres sentar? —pregunté al tiempo que buscaba una mesa libre en el bar.

Él siguió mi mirada, su semblante ensombreciéndose. Frunció mucho el ceño y negó con la cabeza despacio. Después me miró de nuevo y a su rostro asomó una expresión fugaz, inquisitiva, insegura, que desapareció tan deprisa que me pregunté si no me la habría imaginado. Aunque se me daba muy bien entender a las personas, mi mayor don me fallaba con él.

—Necesito tomar el aire —dijo apuntando a la salida con la cabeza. Sus palabras dejaban entrever una invitación.

Busqué deprisa a Kayla y la descubrí sentada a una mesa con varias personas que me resultaban vagamente conocidas. En ese momento estaba cogiendo una tarjeta de visita y daba las gracias con una sonrisa radiante. De manera que no tenía que preocuparme por ella. Estaba segura de que se las arreglaría de sobra sin mí, así que me volví hacia Beast y acepté.

Beast hizo una discreta señal con la mano a Caleb, que acto seguido se colocó a su lado y echó a andar hacia la salida. Solo volvió la cabeza un instante para ver si yo iba detrás.

Me puse en movimiento sin saber muy bien qué pensar de la situación.

Caleb se mantuvo muy cerca de Beast hasta que salimos al exterior. Después se inclinó hacia su protegido y musitó algo que yo no entendí. Beast negó con la cabeza y también hizo un gesto negativo con la mano, tras el cual Caleb entró de nuevo.

Beast y yo dejamos atrás a los porteros y echamos a andar en silencio hacia el hotel por el ancho camino, que estaba festoneado de palmeras y otras plantas exuberantes que se cernían sobre los adoquines. Desde la elevación en la que estaba enclavado el hotel se disfrutaba de una vista preciosa del valle. Era una imagen como de postal.

Miré de reojo a Beast y me noté el corazón en la garganta. ¿Era normal que estuviese tan nerviosa?

—Rosie Hart —dijo él de pronto, su acento irlandés convirtiendo mi nombre en una melodía de prueba, como si quisiera saber cómo sonaban las sílabas si se pronunciaban en voz alta.

—Adam Sinclair. —Articulé su nombre con la misma circunspección. Porque no tenía ni idea de cómo lidiar con él ni con esa situación. Porque me había mirado mientras cantaba y yo había vuelto a ver ese algo en sus ojos. Ese algo que me atraía hacia él. Ese algo que hacía que me plantease preguntas sobre mí misma.

—Nadie me llama así desde hace mucho tiempo. —Lo dijo alargando mucho las palabras, y me pregunté cuánto habría bebido.

Carraspeé con la esperanza de que el nudo que tenía en la garganta desapareciera.

—¿Ni siquiera los chicos?

Él negó con la cabeza y yo me planteé qué decir a continuación.

—¿No te gusta tu nombre?

No contestó en el acto, como si primero tuviera que pensar la respuesta. Yo sabía por los medios que en las entrevistas tendía a dejar que hablaran los demás, lo cual hacía que sus palabras, en las escasas ocasiones en que decía algo, cobrasen más importancia.

—Soy Beast desde hace tanto tiempo que escuchar mi nombre real se me hace raro —explicó al fin—. Mis padres me siguen llamando así. Para ellos soy y siempre seré Adam.

Sonaba casi como si Adam y Beast fuesen dos personas distintas, y no supe muy bien qué pensar al respecto.

—¿Cómo quieres que te llame yo?

Él se detuvo en medio del camino y me miró con atención.

Me habría gustado entenderlo mejor, porque no sabía si esa conversación estaba yendo bien o si lo estaba haciendo todo mal. Sus ojos no dejaban traslucir nada, él seguía mostrándose reservado y hermético.

—Como tú quieras.

Lo dijo como si de verdad le diese lo mismo, y eso que a mí me dio la sensación de que no era así. Sin embargo, antes de que pudiera analizar mejor la situación, él dio un paso atrás. O más bien tropezó.

Reprimí un taco y al mismo tiempo el impulso de agarrarlo por el brazo. En vez de eso, miré a mi alrededor y a pocos metros vi la piscina del hotel. Estaba iluminada y, aunque era de noche, se veía que el agua era de un turquesa alucinante. A cierta distancia del agua había unas cuantas tumbonas blancas.

—Ven —sugerí mientras echaba a andar hacia ellas, prestando atención a que él caminase a mi derecha y no junto a la piscina.

Cuando llegamos a las tumbonas Beast se dejó caer pesadamente en una de ellas.

—El cielo da vueltas —farfulló con una voz tan baja que me costó entenderlo.

Me senté en la tumbona de al lado sin recostarme, con los pies bien apoyados en el suelo. Después observé a Beast. El pelo revuelto. El brazo sobre los ojos, casi como si quisiera ocultar al resto del mundo el dolor que reflejaban. Y recordé lo que le había dicho Thorn en el almacén.

«Te he pillado tirado en un rincón asqueroso las suficientes veces...»

Ahora que estaba sentado tan cerca de mí y que podía observarlo bien y sentir la energía que irradiaba, me parecía mucho más accesible y al mismo tiempo como si estuviera a kilómetros de distancia, en un sitio en el que yo no podía entrar, aunque en ese momento no hubiese nada que desease más. Beast me planteaba muchos enigmas. Quería entenderlo. Y quería que hablase más conmigo para que me permitiese hacerlo.

—Tu mano izquierda —dijo de pronto.

Me quedé perpleja.

—¿Mmm?

—Me debes extremidades. —Se apartó el brazo de la cara y ladeó la cabeza para mirarme.

Entonces recordé el chat. El mensaje en el que le pedía música nueva porque había tenido un día de mierda.

—Lo de las extremidades va a ser un poco difícil —respondí, y levanté la bolsita con los regalos: su petaca y la caja de bolitas Birthday Cake Cookie Dough Bites, que sabía que le gustaban por las entrevistas. Coloqué bien el lazo y se la ofrecí—. Pero te he traído otra cosa.

Me miró con cara de interrogación y entonces extendió el brazo, cogió la bolsita y examinó la brillante parte delantera, donde se veía a Anna y Elsa, de *Frozen*. Era la única que tenía en casa.

—Bonita bolsa.

—Sí, ¿no? —contesté mientras lo veía abrirla y mirar lo que contenía.

—Vaya, la echaba de menos. —Sacó la petaca y se la metió en el bolsillo interior de la americana. Después echó otro vistazo al interior de la bolsa y su rostro se iluminó, un breve titilar de alegría sincera—. Me has comprado Birthday Cake Bites —constató sin dar crédito al sacar la caja, en la que yo había pegado una nota en la que ponía «gracias» con letra pequeña y una carita sonriente.

—No te quería devolver la petaca tan sola.

Sin embargo, daba la impresión de que Beast ya se había olvidado de ella. Abrió la caja repleta de bolitas, cogió una y se la echó a la boca.

Me quedé mirándolo embobada cuando profería un suave suspiro. Qué relajado parecía de pronto. Y solo por comer algo dulce. Tomé nota mentalmente.

—Qué delicia —dijo mientras masticaba. Yo seguía

con la vista clavada en él cuando se volvió hacia mí—. ¿Quieres?

Asentí y me eché hacia delante en cuanto me ofreció la caja. Cogí yo también una de las coloridas bolitas. Al masticarla se me pegó en los dientes, pero no me importó.

—Ojalá pudiera escuchar otra vez el álbum ya mismo —comenté después de tragar—. No lo digo para hacerte la pelota.

Él bajó el brazo y consultó el gran reloj plateado que llevaba en la muñeca.

—Aún vas a tener que esperar una hora.

Negué con la cabeza con vehemencia.

—No me lo pienso bajar. Tengo que comprar el CD.

Él arqueó las cejas y se metió en la boca otra bolita.

—Qué anticuada.

Lo miré escandalizada.

—De nosotros dos tú eres el músico. No deberías decir que los discos son algo anticuado.

Pasaron unos segundos y después, muy despacio, en su boca se dibujó una sonrisilla que dejó a la vista sus hoyuelos.

Se me puso la piel de gallina, pero no porque allí fuera hiciese frío.

—Tienes razón. —Se echó hacia atrás de nuevo, metió la caja en la bolsa y sacó la petaca. Pasó los dedos delicadamente por las filigranas de la superficie y exhaló un suspiro. Sin dejar de mover los dedos, su mirada se dirigió hacia la piscina y el agua color turquesa.

Me aclaré la garganta.

—Ha sido una noche preciosa, de veras. Gracias por la invitación.

—Fue idea de Thorn, no mía.

Aunque lo cierto era que ya lo sabía, sentí una punzada de dolor en el estómago. Sin embargo, intenté no tomármelo como algo personal. Quería a toda costa que entre nosotros volviera a reinar la naturalidad de hacía unos instantes, cuando él había visto la caja de sus dulces favoritos. Y es que a Beast le sentaba muy bien la alegría. Pero no sabía cómo conseguirlo, de manera que dije lo primero que se me ocurrió.

—Y en cambio eres tú el que está aquí sentado conmigo, no Thorn.

Él apartó la vista del agua para mirarme de nuevo.

—Solo lo he mencionado porque quería ser sincero, no para parecer un capullo.

—Ya.

Beast abrió la boca. Iba a decir algo, pero antes de que lo hiciese la cerró y se pasó la mano por la frente.

—¿Qué ocurre? —pregunté con tino. No quería que se reprimiera. Confiaba en que dijese lo que se le pasaba por la cabeza.

Dejó caer la mano y me miró. Era como si quisiera aislarse de mí, pero en sus ojos dorados bullía algo.

Cogió aire de nuevo y esta vez consiguió decir lo que quería decir.

—Ya no soy capaz de mantener una conversación normal. Se me ha olvidado cómo se hace.

Esa confesión tan sincera me dejó sin palabras un momento.

—Quizá deberías hablar más —propuse finalmente, con cautela—. Para volver a cogerle el punto, me refiero.

Negó con la cabeza como por acto reflejo.

—Hablar es más cosa de Thorn.

—Todo el mundo necesita hablar. O se acaba volviendo completamente loco.

Me miró de soslayo.

—¿Tú crees?

Asentí con gran convicción.

—Solo hay que dar con la persona adecuada para hacerlo.

—Puede que ya esté loco —musitó, más para sí que otra cosa, pero aun así lo entendí.

—Incluso los locos necesitan a alguien con quien poder hablar.

Beast contuvo la respiración y después exhaló con fuerza.

—Rosie. —Casi sonó como una amenaza.

Le dirigí una mirada inquisitiva.

Él se incorporó hasta quedar sentado frente a mí y a continuación se inclinó hacia delante y apoyó los brazos en los muslos relajadamente.

—Deja de intentar hacer que me gustes.

La seriedad de sus palabras hizo que me pusiera rígida.

—¿Por qué dices eso? —pregunté desconcertada.

Él miró al suelo con el ceño fruncido.

—Me propuse verte aquí y después salir de gira y dar por zanjado este asunto, pero tengo la sensación de que eres una buena persona. Y cuanto más hablamos, más me intereso por ti y por tus motivaciones. Pero no tiene sentido.

El corazón me dio un vuelco mientras sus palabras se repetían varias veces en mi cabeza. No me podía creer que Beast acabara de decir eso. Despertando en mí de la nada esperanzas cuya existencia ni siquiera intuía.

—Me gustaría saber por qué crees eso —dije, y yo misma oí lo ronca que tenía la voz de pronto.

Frustrado, él resopló.

—Porque soy una mierda de persona y tengo un montón de problemas. Bebo demasiado. Odio a todo el mundo y no me fío de nadie. No tengo ningún interés en mantener una relación, y mucho menos un lío o algo parecido. Y no puedo darte absolutamente nada, por si fuera eso lo que esperabas.

Sus palabras fueron como un mazazo que me hizo trizas, y al mismo tiempo en la superficie de mi conciencia bullía un sinfín de preguntas.

¿Qué demonios le había pasado esos últimos años? ¿Quién le había hecho tanto daño como para negarse esas cosas?

No tenía ningún derecho a que me contestara, y sin embargo deseaba que lo hiciese. Porque me caía bien. Y porque a mí me pasaba lo mismo que a él.

—No he salido aquí contigo para abalanzarme sobre ti, Beast —aseguré con suavidad—. Es importante para mí que entiendas eso. Solo pensaba que podríamos hablar. Conocernos un poco mejor. Averiguar si tenemos más cosas en común de lo que parece a primera vista.

Él levantó la cabeza y me miró entornando los ojos.

—¿Por qué ibas a querer eso?

Lo preguntó como si la amistad fuese un concepto que le resultase completamente ajeno. Como si a lo largo de los últimos años nadie se hubiese molestado en hablar con él, lo cual era incapaz de entender. ¿Cómo podía parecer tan solo alguien que siempre estaba rodeado de gente?

Lo que dijera a continuación determinaría el curso de esa noche. Lo presentía con toda claridad.

—Me apetece porque no creo que seas una mierda de persona. Más bien al revés. A mí me pasa lo mismo que a ti. Cuanto más nos vemos, más me gustaría saber cosas de ti. Querría averiguar qué otras cosas dulces te gustan. Me encantaría que siguiéramos mandándonos GIF graciosos. Disfruto hablando contigo y creo que se puede hacer perfectamente sin esperar nada a cambio.

Beast me miró en silencio durante unos segundos que se me hicieron eternos, con un semblante hermético.

Me estremecí, esta vez porque el aire estaba frío. Me tiré deprisa de las mangas de la blusa para taparme las manos.

Beast siguió el movimiento con los ojos.

—Conque quieres que seamos amigos —dijo al fin, despacio.

—Soy muy buena amiga —aseguré.

Su gesto se relajó un poco.

—No esperaría menos de alguien que regala Birthday Cake Bites.

—También se me da genial escuchar.

—Esto no es una entrevista.

Hice una mueca. Beast tenía razón. No sabía lo que estaba haciendo. Solo me daba la sensación de que en él había algo que quería ocultar a todo el mundo. Cuando estaba a su lado, me daba cuenta de que algo lo atormentaba. Tenía la impresión de que no había nadie en quien confiase. Y aunque era consciente de que lo que estaba haciendo era arriesgado y posiblemente pusiera en peligro una parte de mí que no recuperaría, no había vuelta atrás. Porque no me creía capaz de borrar de mi memoria a Beast después de esa noche. Era imposible, sin más. Y al mismo tiempo sabía que él tenía que decidir con libertad.

—Si no te apetece, también podemos dejarlo estar —sugerí, y me obligué a sonreír.

Él se pasó las manos por el pelo, moviendo inquieto los ojos de un lado a otro.

Yo no sabía qué lucha interna libraba, pero veía con claridad que lo hacía. Sin embargo, ahora la pelota estaba en su tejado. Yo había puesto todas las cartas sobre la mesa. Ahora le tocaba a él salir a mi encuentro.

Transcurrió un minuto durante el cual los dos guardamos silencio. Para entonces Beast se había manoseado tanto el pelo que del peinado quedaba poco. Ahora lo llevaba revuelto, lo cual marcaba un contraste interesante con el pulcro traje que vestía.

—Lo que ves es lo que hay, Rosie —confesó de pronto.

Me sorprendió. Me paré a pensar en ello. Y lo entendí.

Estaba dispuesto a intentarlo.

No quería ir de gira y hacer como si no hubiésemos compartido el mismo dolor. Ya no luchaba contra sí mismo.

Cuando clavó los ojos en mí, su mirada era sombría pero franca. Vi un sinfín de pensamientos que revoloteaban detrás de sus ojos, y yo quería ahondar en todos ellos. Quizá tuviera la oportunidad de hacerlo, si de verdad me dejaba acercarme a él.

—Lo que veo es mucho —musité.

Aunque tensó la mandíbula, me mantuvo la mirada.

Permanecimos sentados así, frente a frente en las tumbonas junto a la piscina, observándonos en silencio, mientras yo jugueteaba con las mangas de la blusa y él no paraba de pasar los dedos por las iniciales de la petaca.

Yo era consciente de que tras esa noche él se iría de gira

y no nos veríamos durante algún tiempo. Pero en ese instante me era indiferente, porque entre nosotros, en el aire, había algo. Algo que hizo que sintiera un cosquilleo en el estómago.

19

Rosie

Clavé la vista en la pantalla del ordenador, pero el programa de edición se desdibujaba una y otra vez ante mis ojos.

En realidad debería estar preparando los gráficos de las publicaciones en nuestras redes sociales para la semana siguiente, pero no era capaz. Porque seguía pensando en el fin de semana. En la fiesta de lanzamiento. En las canciones que me habían llegado al alma. En la mirada de Beast, que me había recorrido de arriba abajo, y en el acuerdo al que habíamos llegado.

Ahora los chicos estaban en Viena, donde daría comienzo su gira sorpresa. Me alegraba muchísimo, pero al mismo tiempo me habría gustado tener la oportunidad de hablar más con Beast. No sabía si él sentía lo mismo, pero a mí no se me iba de la cabeza esa noche.

Nos quedamos fuera un buen rato más, hasta que se nos unieron otros invitados que querían disfrutar de la piscina. Y la expresión de reserva volvió en el acto al rostro de Beast. Pero esa vez a mí no me pareció nada malo, porque eso no significaba que la muda promesa que nos habíamos hecho mutuamente dejara de ser válida de pronto.

Pasé el resto de la velada hablando con Thorn —que también fue a la piscina e incluso acabó tirando al agua a Leah, para lanzarse él acto seguido— y con Ashley y Logan. Pero al final la fiesta fue languideciendo. Algunos invitados se marcharon a otro sitio para continuar con la juerga y Kayla desapareció misteriosamente y no quiso contarme dónde había pasado la noche.

De eso hacía tres días. Era 1 de junio y las palabras de Beast seguían resonando en mis oídos.

«Deja de intentar hacer que me gustes.»

Deslicé el ratón por la pantalla sin ser muy consciente de lo que hacía y, una vez más, vi el semblante pensativo de Beast.

Que opinaba que no tenía sentido que hablásemos. Aunque no habíamos vuelto a hacerlo desde esa noche, yo no pensaba lo mismo. Solo esperaba el momento adecuado para escribirle.

—¿Ya tienes los gráficos? —preguntó Kayla devolviéndome al presente.

—No del todo —me apresuré a decir mientras miraba de nuevo el PC.

Por lo visto no fui muy convincente. Kayla deslizó su silla a mi lado hasta que su brazo casi rozó el mío. Al ver la pantalla enarcó una ceja.

—¿No del todo? —repitió mientras hacía una mueca. El archivo que estaba abierto en Photoshop inundaba la pantalla, blanco y vacío.

—Perdona, se me ha ido el santo al cielo un momento.

Empecé a arrastrar el texto y nuestro logo a la superficie blanca.

—Se te va bastante desde el sábado —observó ella, sin

hacer ademán de volver a su mesa—. Y debo decir, sinceramente, que no me gusta mucho.

La miré con cara de sorpresa.

—¿Qué?

Tras ciertos titubeos, mi amiga al final se encogió de hombros.

—Ese tío no te traerá nada bueno. Solo tienes que pensar lo mal que lo hemos pasado estas últimas semanas con lo que ocurrió. En realidad deberías alegrarte de que los chicos estén de gira y nosotras nos podamos concentrar en otras cosas.

Arrugué la frente. ¿A qué venía ahora ese cambio de opinión? No hacía tanto todavía bromeaba con el hecho de que hubiese estado a solas con Beast en un almacén.

—¿Qué quieres decir con que no me traerá nada bueno? —inquirí.

Ahora volvió con la silla a su mesa y de pronto se puso a teclear como una loca.

—Yo solo digo que ahí están todos esos titulares sobre las que ha liado estos últimos años. Beast es famoso por perder los papeles.

No era verdad. Sí, durante los últimos años los chicos se habían permitido alguna que otra metedura de pata, pero el único escándalo había sido que habían dejado a su mánager y a su discográfica para firmar con una compañía mucho menos grande.

—¿Por qué dices eso de repente?

Kayla se encogió de hombros de nuevo.

—Creía que habíamos dejado atrás ese capítulo después de la fiesta para volver a mirar hacia delante de una vez y centrarnos en los próximos meses. Tenemos cosas que hacer.

Abrí la boca para responder, pero ella se me adelantó.

—Ahora mismo la demanda ha aumentado a lo bestia. Mira por dónde el incidente también tuvo algo bueno: más gente se ha fijado en nosotras. Quizá valga la pena plantearnos buscar una cadena que nos contrate. Tengo algunos contactos.

El comentario me escamó.

—¿Una cadena?

Kayla levantó los hombros como sopesando la respuesta.

—Sí. Por nuestra cuenta no tenemos los medios que nos podría ofrecer una emisora grande, como personal, un estudio de mayor tamaño, un equipo técnico más profesional. Y de ese modo yo tendría más tiempo para dedicarme a la producción.

En el estómago se me formó un nudo que ni yo misma entendía bien. El Rosie Hart Show era famoso por ser indie: de fans y para fans. Conocía algunos programas de radio online que habían dejado de autoproducirse para formar parte de una cadena y que se habían visto obligados a cambiar por completo para llegar a un mayor número de personas. Ahora mismo íbamos por muy buen camino, un camino que no me quería cerrar con algo que ejerciera una presión innecesaria sobre nosotras.

—Me lo pensaré —dije despacio, ya que no quería decepcionarla.

Kayla lanzó un suspiro profundo.

—Vale. Pero al menos deja que cojamos a alguien en prácticas. No doy abasto contestando correos. Sencillamente las dimensiones ahora son otras.

El brusco cambio de tema casi me dio vértigo, pero asentí a pesar de todo.

—Claro, eso sí que podemos hacerlo. Si quieres, pongo luego un anuncio.

—Sería genial.

Después no hablamos mucho. Cada una se concentró de nuevo en lo suyo.

Yo estuve trabajando en los gráficos e incorporé la fotografía de prensa de Velvet Trouble, nuestros próximos invitados. Eran el grupo de chicas británico de más éxito en la actualidad y la semana siguiente acudirían al estudio, lo cual me hacía mucha ilusión. Aunque ya había empezado a prepararme, todavía tenía una larga lista de entrevistas con ellas que deseaba ver. Quería volver a la normalidad y me proponía firmemente mantener una gran conversación con las chicas. Y es que en ese sentido no podía estar más de acuerdo con Kayla: quería mirar hacia delante y olvidar de una vez por todas el incidente de los condones.

No tardé mucho en acabar los gráficos. Después entré en la herramienta con la que subíamos las contribuciones. En el *dashboard* me saltaron algunos comentarios y mensajes nuevos. De un tiempo a esa parte, Kayla era la responsable del perfil, porque yo no soportaba leer todo lo que ponían, la verdad. Pero ahora también me llamaron la atención algunas fotografías en las que estábamos etiquetadas con el perfil del Rosie Hart Show.

> Ashley Cruz vista en la fiesta de lanzamiento de Scarlet Luck.
> *#scarletluck #loganbuckley*
> *#adamsinclair #jasperthorn*
> *#cillianhunt #ashleycruz*

Mi mano se crispó alrededor del ratón mientras observaba la fotografía. Era una imagen muy borrosa, que se había tomado a la izquierda del pequeño escenario. En ella se veía a Ashley mirando al escenario con cara de felicidad. Justo al lado estábamos Kayla y yo, igual de encantadas o más.

Bajé por los comentarios.

Ashley está de miedo, vaya

imaginaos que empieza a salir con uno de los chicos... omg *#powercouple*

Thorn y Ash tendrían los hijos más guapos del mundo. ¡A FAVOR!

a ver, después de la que lio con su ex, sería mejor que se mantuviera alejada de ellos. ashley cruz: ¡¡problemas!!

¡¿Podríamos comentar lo de que Rosie Hart esté sentada al lado de Ashley?!

Debajo del último comentario había veintitrés contestaciones. El corazón se me subió a la garganta al verlos.

Esa garrapata asquerosa.

¿Es que no le da vergüenza? Siempre se hace la maja con sus invitados solo para pegarse a ellos y meter la cabeza en el mundillo.

Superevidente lo que busca.

¿No podéis parar de una vez? Después de todos los comentarios que Rosie ha recibido por esa entrevista, podemos darnos con un canto en los dientes de que las siga haciendo. Dejad de dar el coñazo, solo sabéis criticar; ¿es que no tenéis nada mejor que hacer?

Mirad lo que lleva puesto, lol. Esa no llegará nunca a nada, por mucho que lo intente. Eso no se arregla ni operándose.

Cerré el navegador. Las manos me temblaban, así que apreté los puños sobre la mesa. Sentí un escozor en los ojos que reprimí con todas mis fuerzas. Me mordí la mejilla por dentro cuando algo oscuro me subió por el cuerpo y me atenazó la garganta.

Mis ojos volvieron a los comentarios. Intenté distanciarme de ellos, pero por desgracia no funcionó. Aunque en uno de ellos me defendían, las ofensivas palabras me daban vueltas en la cabeza. Y allí se quedaron, echando unas raíces que se hundieron en mí lenta y dolorosamente, incluso mucho después de que apagara el ordenador.

Ya en casa pasé la tarde sola. Kayla había quedado, así que tenía la casa entera para mí. Por desgracia, no sabía muy bien qué hacer. Después de leer los comentarios era como si tuviese una piedra pesada en el estómago que se empeñaba en no irse de allí, y se volvió más pesada aún cuando recibí un mensaje de un número desconocido.

Era de Eden.

La nueva novia de mi padre.

Número desconocido: Mi querida Rosie: Siento de veras que nos conociéramos así, no era eso lo que quería, de verdad. Me alegraría mucho que pudiéramos conocernos como Dios manda. Nosotras dos solas, si quieres. Significaría mucho para mí. Espero verte muy pronto. Eden

Apreté los dientes y resistí el impulso de borrar el mensaje en el acto. Pero la rabia no duró mucho. Llameó un instante dentro de mí y me di cuenta de que no iba dirigida a Eden, sino a mi padre. No solo porque me hubiese ocultado su relación durante tanto tiempo, sino sobre todo porque a pesar de que había tenido un montón de oportunidades —al fin y al cabo su nueva novia vivía en la misma ciudad que yo—, apenas nos habíamos visto. No había aprovechado ninguna de esas ocasiones para verme, y eso era algo que me cabreaba y me entristecía a la vez, porque me demostraba lo poco que le importaba nuestra relación. Y una vez más me pregunté a qué se debía eso. De estar mi madre, nunca le habría consentido que se portara así, y le habría echado la bronca.

Pensar en mi madre fue como si me clavaran un cuchillo al rojo vivo, y apreté los dientes para espantar el dolor. Durante un instante deseé poder contarle a mi madre lo enfadada que estaba con mi padre. Sabía que ella habría reaccionado como lo había hecho yo. Pero la idea se desvaneció tan deprisa como había nacido cuando fui consciente, con amargura, de que no era posible.

Antes siempre éramos un equipo, una FAMILIA. Una

familia en la que a veces se opinaba de manera distinta, como por ejemplo en lo relativo a mi futuro profesional. Una familia que de vez en cuando se tiraba los trastos a la cabeza. Pero también una familia que organizaba sesiones de cine con montones de palomitas y en la que se podía hablar de todo. Una familia que a la hora de la verdad permanecía unida. Ahora yo tenía la sensación de que mi padre y yo casi éramos dos desconocidos que se veían obligados a mantener el contacto. Y me dolía. Pero también era consciente de que la novia de mi padre tenía muy poca culpa de que él se comportara así. El único responsable era él.

Había reaccionado de manera infantil al irme como me había ido del restaurante, me di cuenta después. Pero me había visto en una situación en la que no sabía qué hacer. Me sentía desbordada, la rabia y la decepción no me dejaban pensar con claridad. Ahora, sin embargo, podía controlarme y al menos intentar abordar la situación con la mayor seriedad posible.

Releí el mensaje antes de contestar, con ciertas dudas, que accedía a quedar con ella, esta vez sin mi padre. Tuve que hacer un esfuerzo, pero por lo menos logré dar a «Enviar», y acto seguido decidí que me merecía una recompensa por ello. Tras los crueles comentarios y el mensaje de Eden, había llegado el momento de mimarme un poco.

Pedí una pizza de cuatro quesos y me arrellané con ella en el sofá con el portátil conectado al televisor. Estuve un rato viendo los últimos vídeos en mi Abobox, con lo que conseguí tranquilizarme un poco y dejar de pensar un rato en los maliciosos comentarios y en mi padre y su nueva novia. En la página de inicio me aparecieron infinidad de vídeos del concierto que había dado Scarlet Luck en Viena, y a juzgar por el montón de grabaciones movidas fue un éxito absoluto. A la gente le encantaba el álbum, que para entonces ya era número uno en las listas de éxitos de más de veinte países. Yo sabía que los chicos confiaban en llegar a lo más alto de la lista Billboard 200. Hasta el momento se habían quedado siempre a las puertas, pero, después de escuchar el álbum unas cien veces, estaba prácticamente segura de que esta vez lo conseguirían. Me resultaba casi imposible establecer un ranking de mis álbumes preferidos de Scarlet Luck, pero todo el que escuchaba *Hollow* sabía que ese disco era muy especial.

Abrí mi lista de reproducción y la reproduje en el televisor. Después cogí un trozo de pizza y eché un vistazo al móvil, que descansaba en uno de los cojines del sofá. Me moría de ganas de agarrarlo y abrir Instagram. No porque fuese masoquista y quisiera leer más mierda sobre mí misma, sino porque sentía la necesidad de escribir a Beast.

«Cuanto más hablamos, más me intereso por ti y por tus motivaciones.»

A mí me pasaba lo mismo. En realidad quería encontrar el momento perfecto para escribirle, pero ahora me daba cuenta de que eso era una ilusión. Sería una estupidez esperar a que llegaran al top de Billboard para enviarle un mensaje ceremonioso, que parecería ensayado. No, le escribiría ahora. Puesto que tenía la casa para mí sola, no debería enfrentarme a las miradas curiosas de Kayla. Y pasaría por alto las demás notificaciones para no deprimirme más.

Cogí el móvil y abrí la aplicación. En una mano sostenía la porción de pizza y con la otra escribí el nombre de Beast en el cuadro de búsqueda. Su perfil fue la primera sugerencia que apareció, antes incluso de que terminara de teclear el nombre. Abrí el chat y escribí en el pequeño rectángulo.

rosiehart: ¡Hola, colega!
¿Qué tal por Viena?

Envié el mensaje. No era muy probable que me contestara, a fin de cuentas en Viena ahora eran las tres de la madrugada. Pese a todo dejé cerca el móvil mientras caía en un agujero de vídeos curiosos de YouTube del que tardé un buen rato en salir. Estaba a punto de abrir uno en el que troceaban jabón cuando la pantalla se iluminó.

Me senté recta deprisa y lo desbloqueé.

beast: colega?

Lo imaginé mirando el mensaje con cara de sorpresa, sin saber qué pensar. Confiaba en que entendiera mi humor. Respondí deprisa.

rosiehart: Tío. *Bro*. Como prefieras.

Abajo aparecieron los tres puntos. Me contestó.

Al igual que la vez anterior, un escalofrío de alegría me recorrió el cuerpo. Pegué las rodillas al pecho mientras esperaba a que me llegara su respuesta. De pronto la tarde prometía.

beast: siendo así me quedo
con colega

rosiehart: Pues eso :)

rosiehart: Por cierto, no has
contestado la pregunta.

Beast tardó un poco en responder.

beast: viena es guay

rosiehart: Me gustaría ir algún día.
Nunca he estado en Europa.

beast: pues deberías

rosiehart: Ocupa uno de los primeros
puestos de mi lista.

rosiehart: ¿Qué tal el concierto?
Las fotos y los vídeos que he visto
eran muy chulos.

beast: el estadio estaba lleno, el
público muy por la labor. tocar las
canciones en directo fue increíble

Cuando hablaba de música era como si el amor que Beast sentía por ella le saliera sin cortapisas, a raudales. Quería más emociones como esa, así que escogí con cuidado mis siguientes palabras.

rosiehart: Creo que ya habré escuchado el álbum unas cien veces, y tengo una canción preferida.

beast: cuál?

rosiehart: «Cruel Midnight».

beast: quién lo iba a decir

rosiehart: Las influencias industriales, la letra, las armonías... La escucho en bucle. Me gusta que hayáis experimentado tanto en ella.

beast: me alegro. durante la fase creativa estuve escuchando mucha música industrial y *darkwave*, experimentamos mucho y desechamos algunas cosas, pero en «cruel midnight» se ven esas influencias

rosiehart: Se nota. Me encanta la mezcla entre los sonidos potentes y el aire melancólico de la canción. ¡Es preciosa! (Y no lo digo para hacerte la pelota.)

beast: eso es exactamente lo que diría un pelota

rosiehart: ¡Oye!

beast: es coña

rosiehart: Está bien saberlo.

rosiehart: ¿Qué haces despierto a estas horas?

beast: cuando vamos de gira estamos demasiado revolucionados después de los conciertos y vemos lo que tiene que ofrecer la vida nocturna de la ciudad que toque

rosiehart: ¿Significa eso que ahora mismo estás en un club de moda de Viena?

beast: en un club que nos reservó leah en el que la pista de baile está en el sótano. thorn está bailando agarrado a una barra de *pole dance*

rosiehart: Lo que daría por unas fotos...

Beast tardó un poco en escribir.
Y después...

beast: *Foto*

Hice clic en la imagen y primero tuve que hacerme una idea general de todo lo que se veía.

La foto estaba un poco borrosa y bastante oscura. Una pista de baile alargada iluminada por fluorescentes titilantes color turquesa y violeta bajo los que bailaba una multitud que parecía extasiada. Y en un lateral, en una tarima, Jasper Thorn colgaba cabeza abajo de una barra de *pole dance*. Sus piernas formaban un ángulo extraño, su cara estaba roja como un tomate y aquello no tenía mucho de erótico.

Solté una carcajada y me puse a escribir.

rosiehart: Jajajaja. Procura que no se rompa nada, anda.

beast: preferiría hacer más fotos comprometedoras

rosiehart: ¿Para chantajearlo?

beast: si tú supieras la de perrerías que nos ha hecho thorn

rosiehart: ¿Por ejemplo...?

beast: una vez nos preparó una tarta. tendría que haberme olido algo, pero tampoco me paré a pensar mucho. resulta que le había echado una buena cantidad de satan's blood, que es una de las salsas más picantes del mundo

rosiehart: Es coña, ¿no?

beast: no, y mientras nosotros
llorábamos a lágrima viva y bebíamos
leche a lo bestia, él se puso a hacer
fotos y vídeos y se los mandó a todo
el que se le pasó por la cabeza. incluso
a mi madre. hoy en día sigue
tomándome el pelo con eso

rosiehart: Lo siento, pero la verdad es
que a mí también me hace gracia.

beast: ya veo lo deprisa que
cambias de chaqueta

rosiehart: Que no, que no. Que sigo
estando de tu parte.

De nuevo tardó un poco en contestar, y yo cogí otro trozo de pizza. Cuando llegó su siguiente mensaje, ya me la había comido toda.

beast: bueno, ahora me tengo que ir

rosiehart: Pasadlo bien.

beast: que descanses

Después dejé el móvil a un lado y me recosté en el sofá hasta quedarme mirando al techo. La cabeza me daba vueltas y al mismo tiempo casi era como si mi cuerpo fuese ingrávido.

Aunque hacía tres días Beast había dicho que no sabía hablar con la gente, esa noche yo había aprendido algo de él: cuando no tenía a alguien sentado justo enfrente, era perfectamente capaz de mantener una conversación. Había hablado conmigo con una naturalidad que no me esperaba. Y yo tenía intención de mantener más conversaciones así con él. Para demostrarle que tenía todo el sentido del mundo lo que estábamos haciendo.

20

Beast

Era la primera vez desde hacía más de dos años que salíamos de gira, y las entradas se habían agotado en pocos minutos. Aunque confiábamos en que todo iría bien, lo cierto era que algo de miedo había.

¿Y si nadie se enteraba de que habíamos sacado un disco nuevo?

¿Y si ese era el final de nuestra carrera?

Hasta el momento ninguno de esos temores se había confirmado. Más bien al revés. *Hollow* era el primer álbum que habíamos grabado con nuestro nuevo sello y con el que habíamos celebrado un lanzamiento sorpresa, y sin embargo los primeros días todo había ido de maravilla. Incluso Leah, cuyas expectativas siempre eran mayores que las del resto, estaba satisfecha.

Ahora estábamos realizando una prueba de sonido en Budapest. Era media tarde y al llegar ya habíamos visto a fans fuera, que probablemente estuviesen esperando desde ese día temprano o desde el anterior por la noche. En cierto modo me había acostumbrado a que eso fuera así, pero a veces ni siquiera después de tantos años me podía creer que hicieran eso por nosotros. Me parecía de lo más irreal. Y aunque era como si la oscuridad se hubiese apoderado de todo mi ser, en esos breves instantes me invadía un sentimiento de gratitud abrumador.

Cerré los ojos y dejé que las baquetas volaran sobre la batería para que pudieran ajustar bien el sonido. Tenía algunos puntos de referencia a los que me atenía, pero por lo demás tocaba a mi gusto. Aunque cada músculo de mi cuerpo estaba tenso hasta casi desgarrarse, yo me sentía relajado, como si flotara en una nube. No había nada que me hiciese tanto bien como la música. Cuando podía tocar lo que quería, cuando estaba con los chicos en ese escenario, era como tener todas las cosas buenas de la vida reunidas en una hora y media de un set que resultaba agotador pero al mismo tiempo me llenaba. Disfrutaba, sin más, y procuraba transmitir esa sensación al tocar.

—¡Beast! —oí que decía Thorn como desde lejos, y ordené a mis manos que se detuvieran sobre la batería y lo miré.

Se estaba quitando la guitarra y, tras dejarla apoyada en el suelo, señaló con la cabeza hacia un lateral del escenario.

Leah se acercaba a nosotros con un móvil en la mano. Parecía estar envuelta en un auténtico torrente de energía, a juzgar por cómo se movía, los labios apretados con fuerza, como si no quisiera que su cara dejase traslucir nada.

Me levanté y di la vuelta despacio a la batería.

Nos reunimos alrededor de nuestra mánager, que nos miró un instante a los ojos a cada uno.

—Leah, habla de una vez, que me va a dar algo —espetó Logan.

En el rostro de nuestra mánager empezó a extenderse una sonrisa.

—Lo habéis conseguido, chicos: *Hollow* ha saltado directamente al puesto número uno en el Billboard 200.

Me quedé sin aire. Primero clavé la vista en Leah y después en el resto. Logan tenía los ojos como platos; Hunt, la boca ligeramente abierta; y Thorn se había llevado las dos manos a la cara. Estaba seguro de que todos sentíamos lo mismo. No paraba de oír las palabras de Leah en mi cabeza, pero a pesar de todo no terminaba de creérmelas.

—El puesto número uno, chicos. Estoy tan orgullosa de vosotros... —aseguró.

Thorn se quitó las manos de la cara. En sus ojos había un brillo extraño. Cuando me quise dar cuenta de lo que estaba sucediendo, Thorn había abierto los brazos y nos había estrechado a todos. Logan me pasó un brazo por los hombros, yo hice lo mismo con Hunt y formamos un pequeño círculo, con las cabezas unidas, para asimilar el momento.

Unos años antes todos pensábamos que lo que hacíamos era un pequeño experimento. Habíamos empezado con la música por diversión, y a medida que aumentó nuestro éxito también aumentaron los problemas con los que teníamos que enfrentarnos. Pero todo eso había pasado a un segundo plano. Ahora lo único que contaba era ese instante en el que estábamos abrazados y sentíamos claramente que todo el puñetero trabajo que habíamos hecho merecía la pena. A lo largo de los últimos años se habían ido al traste muchas cosas, pero eso nunca. Ni nuestra unión, ni nosotros cuatro; eso nunca. Y aunque más tarde fuera a putear a Thorn por lloriquear como un niño, en ese momento yo sentía lo mismo que él.

Después de dar el concierto en Budapest fuimos a celebrarlo a un club que habíamos reservado para nosotros y un puñado de invitados. Estábamos todos como cubas y hechos polvo cuando Caleb y nuestro chófer nos llevaron de vuelta al Four Seasons. Al llegar, la fiesta siguió en la habitación de Thorn. Tenía la suite más grande y estaba tirado en la cama, mientras que Hunt se había quedado con la butaca de terciopelo. Logan y yo tuvimos que conformarnos con la *chaise longue*. Yo estaba apoyado en el respaldo y Logan sentado con las piernas cruzadas en el extremo, con los auriculares puestos y mirando el móvil.

—¿Os acordáis del señor Walsh, que nos prohibió jugar al fútbol porque decía que lo único que haríamos sería liarla? —preguntó Thorn mientras se tumbaba bocabajo. Apoyado en los brazos, nos buscaba con la mirada.

—El señor Walsh era un capullo —opinó Hunt.

—Sí —convine yo. Tenía fresca en la memoria la vez que nuestro profesor había querido mandarme a casa porque me había teñido el pelo de verde.

—Razón no le faltaba. Es verdad que solo la liábamos —comentó Logan con sequedad, sin apartar la vista del teléfono.

Thorn saltó de la cama y, tras quitarle el gorro a Logan, se puso a hacerlo girar en un dedo como si fuera una pelota de baloncesto.

Logan levantó la cabeza como a cámara lenta.

—Dámelo. Ahora mismo —pidió con una voz inquietantemente baja.

—Ven a buscarlo —lo desafió Thorn.

Logan hizo como si volviera a centrarse en el móvil, pero cuando Thorn se sentó de nuevo en la cama y se puso cómodo, Logan pegó un salto y se abalanzó sobre él, y este profirió un gemido de dolor.

—Que me lo des —gruñó Logan mientras sostenía una almohada en alto como si fuese un arma.

—Ni de coña.

Acto seguido se oyó un jadeo, porque los dos empezaron a pelearse.

—De verdad, a veces no sé si tenéis trece años en vez de veintitrés —musitó Hunt.

Solté una carcajada y estiré las piernas en la *chaise longue*, ahora que la tenía para mí solo. Después saqué el móvil y lo desbloqueé. Pasé por alto todos los mensajes menos el de mi madre.

Mamá: Ya falta menos para que estés con nosotros, cariño mío <3 ¡¡Qué ganas tenemos!!

Sentí una opresión en la garganta que hacía escasos segundos no tenía. A finales de julio estaríamos en Dublín. La gira estaba planeada de forma que todos pudiéramos pasar el resto del mes con la familia.

Respondí en el acto.

Adam: yo también, mamá

Mamá: ¡Yo más!

Adam: cómo es que estás despierta a estas horas?

Mamá: Un presentimiento
me ha dicho que te escribiera.

Mamá: Saludos de tu padre. Y de
Chubby también, por cierto. Tienen
muchas ganas de verte, como yo.

Adam: diles que lo celebraremos
dentro de nada

Mamá: Celebrar ¿qué? LOL,
¿¿¿cómo va el álbum???

Mi madre pensaba que «LOL» era algo parecido a «OMG». Lo cierto es que para ella todas esas siglas eran iguales. Aunque eso siempre solía hacerme gracia, ahora me causó una breve punzada de dolor. No veía a mis padres desde Navidad, y aunque la mayoría de las veces tenía la sensación de que el tiempo pasaba volando, cuando se trataba de estar con mi familia era justo al revés. La echaba de menos.

Adam: hemos llegado al número 1

Mamá: ¡¡¡LOL!!! ¡Solo era cuestión de
tiempo! ¡¡¡Estamos orgullosos de ti,
Adam!!! ¡¡¡¡¡Da un abrazo fuerte
a los chicos de nuestra parte!!!!!!

Esbocé una ancha sonrisa al ver la cantidad de exclamaciones y emojis que había al final del mensaje. Contesté con un «Ahora mismo se lo doy» y, cuando me iba a guardar el móvil, dudé al acordarme de la otra persona cuyos mensajes solía responder.

No había vuelto a chatear con Rosie desde Viena, y de eso ya hacía unos cuantos días. No sabía por qué, pero me resultaba más fácil hablar con ella cuando no me miraba con sus grandes ojos azules. Ahora que era consciente de que se hallaba a miles de kilómetros de distancia, no sentía tanta opresión en el pecho. El peligroso zumbido que oía desaparecía cuando no la tenía sentada delante en vivo y en directo, y me pregunté si tendría razón en lo que había dicho. Si valdría la pena plantearme lo de ser amigos. Nuestra última conversación me había divertido, y no había sentido opresión ni miedo en ningún momento.

Le daba vueltas en la mano al teléfono. Mientras Logan y Thorn seguían pegándose en la cama, abrí Instagram y empecé a escribir un mensaje. Al final añadí un emoji, pero torcí el gesto porque no me parecía natural. Para mi madre quizá lo fuese, pero a mí se me hacía raro. Así que lo borré y mandé el mensaje sin él.

beast: hay novedades

Poco después el móvil me vibró en la mano.

rosiehart: CUENTA

Estaba en línea; y yo, una vez más, borracho y relajado, y quería hablar con ella porque la idea no me horrorizaba. Más bien al revés.

beast: el álbum ha conseguido
llegar al número 1

Estaba seguro de que tardaría en contestarme, pero me equivoqué.

rosiehart: KDBOSBSIUBIS
^iuodbahsudasapsbdw1!

beast: te has dado con la cabeza
contra el teclado?

rosiehart: Podría. Ostras, ¡es la mejor
noticia del día! ¡Qué guayyyyy!

rosiehart: Enhorabuena. Os lo merecéis.
Espero que lo celebréis por todo lo alto
y que os vaya muy muy bien.

beast: ya lo hemos celebrado

beast: ahora estamos en la
habitación de thorn, que le ha cogido
el gorro a logan y se está pegando
con él por eso

rosiehart: Los gorros no se mangan.
Es una ley no escrita.

Levanté la vista cuando Logan se puso de pie en la cama y, lanzando un berrido, volvió a abalanzarse sobre Thorn. Estaban los dos como una puñetera cabra.

beast: verás como al final le rompe a
thorn una costilla, o varias

rosiehart: Verás como al final
te toca meterte en medio.

beast: bueno, no sería la primera vez

beast: qué has hecho estos días?

rosiehart: Cerrar entrevistas para el programa, preparar las últimas preguntas para la entrevista con Velvet Trouble y comprar el regalo para las chicas.

rosiehart: Ah, y ayer Kayla y yo nos reunimos con una cadena que creo que nos quiere ofrecer un contrato.

Fruncí el ceño. Yo pensaba que el programa de Rosie era independiente. O al menos eso nos había dicho Leah antes de que fuéramos a la entrevista con ella. Además, el estudio era enano y la presencia de Rosie en internet también daba la impresión de que detrás no había una gran productora.

beast: cuéntame más

rosiehart: Pues hay un tipo que trabaja en una cadena importante. El programa le encanta y le gustaría contar con nosotras en una idea nueva para que todo crezca un poco.

beast: no sé, pensaba que te iba lo alternativo

rosiehart: Y me gusta. Si quieres que te diga la verdad, la reunión no me hizo mucha gracia. Me sentí rara.

beast: rara?

rosiehart: Bueno, ya sabes. En este mundillo hay gente... un poco egocéntrica.

beast: qué hizo el tipo?

rosiehart: Tiene una idea del futuro completamente distinta de la mía. A mí me gustan las cosas tal y como están ahora. A ver, es verdad que podríamos tener más visitas, y sería genial conseguir unos cuantos patrocinadores más, pero... llevo con este programa desde que tenía quince años. Para mí lo es todo.

beast: vaya, eso es mucho tiempo

rosiehart: Empecé en mi habitación de cuando era pequeña, con un portátil que era una mierda y un *stream* en el que hablaba todos los días de las novedades musicales.

beast: eso me suena. nosotros empezamos en el garaje de mis padres, también con una mierda de equipo

rosiehart: Me acuerdo. Los vídeos de entonces eran tan monos...

Reprimí el impulso de hacer una mueca y cambié de tema.

beast: y sí, yo también he conocido a algunas personas egocéntricas en este sector. si vuestra primera reunión ya ha ido así, te garantizo que en el futuro todo será aún peor

rosiehart: Es probable que tengas razón. Y la verdad es que no me veo vendiendo el programa a una cadena cuya visión no tiene nada que ver con la mía.

beast: pues no lo hagas

rosiehart: Es que Kayla se volcó de lleno en concertar esa reunión. No quiero decepcionarla.

beast: pero es como tú dices: es tu programa, rosie. nadie puede hacer con él nada que no te guste. y menos tu asistente de producción

Rosie tardó unos minutos en contestar.

Al levantar los ojos vi que Hunt se había quedado dormido en la butaca. Para entonces Thorn y Logan también se habían tranquilizado y estaban en la cama, tarareando; al parecer Thorn había ganado la pelea por el gorro.

El móvil me vibró de nuevo.

rosiehart: Es verdad. Es solo que no
me gusta decepcionar a la gente.

beast: no pasa nada por decepcionar
a otros. lo más importante es no
decepcionarte a ti misma

rosiehart: Qué bien hablas.

beast: solo por la noche y solo cuando
me he emborrachado con *pálinka*

rosiehart: Gracias, Beast.

No escribí más. Por una parte, porque tenía la sensación de haberlo hecho todo bien hasta ese momento y temía cagarla de repente. Por otra, porque se me empezaban a cerrar los ojos. Con el móvil en la mano, me tumbé y cerré los ojos. Y acto seguido vi de nuevo la cara de Rosie. Estaba demasiado cansado para luchar contra su cálida sonrisa.

21

Rosie

—Hola y bienvenidos al Rosie Hart Show. —Sonreí mirando primero a la cámara y después a mis invitadas, acomodadas en el sofá. Antes de que empezara la entrevista había comprobado un centenar de veces que no había nada entre los cojines. En ese sentido el incidente con Scarlet Luck me había dejado completamente traumatizada—. Hoy tenemos con nosotros a unas invitadas muy especiales. En mi sofá están sentadas Chloe, Ariel, Gabriella y Liz: hoy, en nuestro estudio, ¡Velvet Trouble!

Kayla y yo aplaudimos y de fondo se sumó a nosotras el equipo de las chicas. Habían llegado acompañadas de un séquito de quince personas: estilistas, asesores, relaciones públicas; la cuadrilla al completo. Por desgracia no teníamos tantas sillas, así que algunos de ellos habían tenido que sentarse en el suelo. No parecía importarles mucho, y el ambiente en general no podía ser mejor.

Volví la cabeza hacia las cuatro integrantes del grupo de chicas británico, pero resistí el impulso de quedarme mirándolas demasiado tiempo. Aunque su aspecto era muy distinto, sus *outfits* conformaban una imagen armoniosa, perfecta. Chloe, a la izquierda del todo, llevaba un vestido de seda azul petróleo con aberturas en la parte superior de los brazos, el pelo rubio recogido en una coleta lisa y baja. A su lado se encontraba Ariel, cuyo cabello negro y brillante le caía por la oscura piel de los hombros, y que lucía una falda de talle alto con estampado de serpientes y un corpiño negro rematado con encaje. Gabriella había apostado por un traje rosa con hombreras que resultaba de lo más favorecedor con su piel bronceada y que combinaba con zapatos de tacón de aguja con pulsera fina al tobillo. Su cabello color avellana y ondulado le llegaba por los hombros. Junto a ella, Liz, la más menuda del grupo, de origen coreano, vestía una falda pata de gallo blanca y negra y una blusa negra que dejaba el vientre al descubierto y de la que colgaban varias cadenas plateadas.

Aunque ya había contado con algunas estrellas entre mis invitados, la concentración de *girl power* que tenía delante me infundía cierto respeto. Procuré no hacer caso del aleteo nervioso que sentía en el estómago. Sobre todo porque era mi primera entrevista desde la pausa que habíamos hecho y, al igual que antes, en mí acechaba la vaga sensación de miedo de que todo se podía torcer en cualquier momento. Sin embargo, la reprimí con todas mis fuerzas. Me había preparado a fondo para esa entrevista, había visto durante semanas infinidad de actuaciones de Velvet Trouble y numerosas entrevistas, y conocía al dedillo sus álbumes. Me había informado sobre cada una de las integrantes del grupo, los temas que no les iban y los proyectos que les interesaban. Para mí era importante realizar un buen trabajo y encargarme de que la gente se sintiera cómoda conmigo. Y ahora había llegado mi oportunidad de demostrarme a mí misma y al resto del mundo que aún era capaz de hacerlo. Enfrentándome a cualquier duda que pudiera abrigar. Enfrentándome a los insultos que seguían atormentándome.

Respiré hondo una vez. Después me enderecé los auriculares en la cabeza y carraspeé.

—Gracias por estar hoy con nosotros. Es para mí un gran placer que hayáis hecho un viaje tan largo para estar aquí.

Chloe se acercó el micro.

—Doce horas desde Londres. Pero me alegro de que estemos aquí, tu sofá es muy cómodo.

—Opino lo mismo —coincidió Ariel, y las otras dos asintieron.

—Así es fácil llevar el *jet lag* —terció Liz.

Sonreí.

—Solemos añadir taburetes cuando nuestros invitados son un grupo, pero vosotras habéis insistido en sentaros las cuatro en el sofá.

—Porque nos queremos mucho —adujo Gabriella risueña, y acto seguido Liz se arrimó a ella. Gabriella pegó la mejilla a la cabeza de Liz, y la estampa fue tan tierna que el corazón se me derritió un poquito.

Eché una ojeada a mis notas.

—Como ganadoras de *The Star Talent*, a lo largo de los últimos años habéis vendido más de veinte millones de discos. Vuestros fans os adoran por lo unidas que estáis. Parecéis amigas de verdad, y ver eso es precioso.

Ariel sonrió.

—También nos podemos pelear a lo bestia, pero es lo que hacen de vez en cuando las hermanas. Creo que es de lo más normal.

Las demás chicas mostraron su conformidad y se dirigieron miradas de profundo afecto.

—Rara vez he visto a un grupo de personas tan bien avenido como vosotras. Y creo que no es algo que haya que dar por sentado.

Esta vez fue Gabriella la que respondió. Se recogió el pelo detrás de las orejas.

—Tenemos mucha suerte. No sé si fue cosa de Dios o del destino o de algún otro poder superior, pero estamos muy agradecidas por haber acabado juntas.

—Ya que lo dices, hay algo que me gustaría abordar de manera directa: una de las preguntas que más plantean vuestros fans es si son ciertos los rumores que corren sobre vuestra separación. Viéndoos así, soy incapaz de imaginar que hagan honor a la verdad.

Chloe resopló mientras el resto negaba con la cabeza.

—No son ciertos, pero tengo la sensación de que todos los años circula un rumor así al menos una vez. Pasamos por completo y seguimos haciendo música.

Asentí y miré mis preguntas.

—Ya que estamos: vuestro nuevo *single*, «Sunshine Honey», está subiendo a lo más alto de las listas. ¿Qué palabra utilizaríais para describir la canción? —Miré a Chloe, que clavó la vista en el techo y se paró a pensar un instante.

—*Diversión* —respondió al cabo.

Ariel hizo un gesto afirmativo y se inclinó ligeramente hacia el micro.

—*Sexy*.

Enarqué las cejas:

—Uuuh.

Gabriella sonrió y se apartó un mechón de pelo de la cara.

—*Verano.*

Liz fue la última en contestar:

—Yo diría que *bailar* es una buena palabra. Con «Sunshine Honey» queríamos hacer una canción con la que la gente baile junto a una piscina con un cóctel en la mano y se lo pase bien.

—Eso es algo que se nota cuando se escucha la canción. ¿Habéis visto la cantidad de desafíos de «intenta no bailar» que han subido a internet con «Sunshine Honey»? —inquirí.

Las cuatro se miraron y negaron con la cabeza.

—La verdad es que no —afirmó Chloe.

Señalé el televisor que habíamos colocado en un soporte exprofeso para la entrevista y en cuya pantalla ahora se veía una breve selección de clips en los que la gente intentaba en vano resistir el impulso de bailar al ritmo del nuevo sencillo del grupo de chicas.

—Por favor, ¡qué monas! —exclamó Gabriella mientras apuntaba risueña a la pantalla, donde en ese momento unas niñas de unos doce años acababan de perder el desafío porque se habían levantado de un salto de la silla que ocupaban para ponerse a bailotear por la cocina.

Al final las chicas aplaudieron y sonrieron radiantes de felicidad.

—Por el vídeo de «Sunshine Honey» recibisteis muchas críticas por enseñar mucha piel. ¿Es algo que ya lleváis tiempo oyendo?

Las chicas se miraron entre sí y Ariel se inclinó hacia delante.

—Hagamos lo que hagamos y grabemos los vídeos que grabemos para nuestros sencillos, siempre hay críticas. Si llevamos mucha ropa encima, somos mojigatas; si enseñamos mucho, somos chicas fáciles. Creo que se debe a que somos un grupo de chicas.

—Lo único que queremos transmitir con nuestra música es diversión. Nos gusta bailar, cantar, chillar. Y el que va a nuestros conciertos o ve nuestros vídeos tiene que contar con que nuestra actitud no va a ser precisamente reservada. Aunque contra eso, dicho sea de paso, no hay nada que objetar —añadió Liz.

Chloe asintió.

—Eso es verdad, pero también hubo una época en la que ninguna tenía nada de seguridad en sí misma. Eso es algo que ha ido cambiando con los años y creo que, más que criticarnos por ello, habría que celebrarlo. Tengo celulitis y estrías, ¿y qué? No quiero que se retoque nada.

Gabriella se inclinó sobre Ariel para sonreír a Chloe.

—Y eso hace que todas estemos muy orgullosas de ti, cariño. Además, hay que normalizarlo; al fin y al cabo, prácticamente todas tenemos celulitis y marcas. Por eso nos parece tan importante que se vea en el vídeo.

Chloe, risueña, se miró los pies.

Gabriella se echó hacia delante.

—Lo de la seguridad en una misma no es fácil cuando no se habla de esas cosas a menudo. Así es como se impone un ideal de belleza que influye mucho sobre todo en las personas jóvenes. Justo en internet se difunden con frecuencia comentarios que te hacen ser más dura de lo necesario contigo misma.

No pude evitar pensar de manera fugaz en algunos de

los atroces comentarios en los que decían lo fea y detestable que yo era, pero los deseché deprisa. No era el momento adecuado para volver a ponerme triste. Al mismo tiempo sentí que ese era un punto que nos unía.

—Probablemente debería aplicarme el cuento. Todavía tengo mucho que aprender en lo que respecta al amor propio.

—Pues te voy a dar un consejo —aseguró Ariel.

—Soy toda oídos.

—Desnúdate en casa, ponte buena música y baila. No te imaginas lo liberador que es que te importe una mierda lo que opinen los demás y ponerte a bailar sin ropa.

Noté que las mejillas se me acaloraban, pero no pude evitar reír.

—Eso haré... la próxima vez que tenga la casa para mí sola.

Ariel aplaudió y exclamó con suavidad:

—¡Sí!

Respiré hondo y lo anoté en mi interior. Nada me gustaría más que liberarme de las maldades que circulaban por internet. Quizá la sugerencia de Ariel me ayudara.

Los veinte minutos siguientes de la entrevista fueron de maravilla, y cuando las cámaras se apagaron sentí un alivio inmenso, como si me quitara un peso de encima. Me levanté y sacudí las manos, que tenía agarrotadas de la fuerza con que, debido a los nervios, había estado sujetando las tarjetas con mis notas. Mientras los estilistas retocaban de nuevo a las chicas para la foto final, mis hombros empezaron a destensarse.

Kayla vino conmigo y chocamos los cinco.

—Bien hecho, Rosie.

Antes de que pudiera decir nada, uno de los relaciones públicas de Velvet Trouble chasqueó los dedos para indicar que me acercase.

Cogí de mi mesa la cesta de regalo y fui con el grupo.

—Gracias a todas —dije con una sonrisa radiante. Sudaba y tenía las mejillas ardiendo, pero en ese momento me daba absolutamente lo mismo, porque estaba como loca de contenta con lo bien que había salido la entrevista—. Esto es para vosotras. Dentro hay más o menos todo lo necesario para una noche de chicas.

Liz cogió la cesta mientras las demás, picadas por la curiosidad, intentaban ver algo a través del film transparente.

—Veo un montón de snacks —dijo Ariel risueña—. Justo lo que me gusta.

—Y mascarillas faciales. Rosie, es todo un detalle por tu parte, de veras —observó Gabriella. Y pegó su cabeza a la mía.

—De verdad que me alegro mucho de que hayáis venido al programa. Cuando publiquéis el siguiente álbum podemos repetir, si os apetece —propuse, confiando en no parecer demasiado pesada.

—Dalo por hecho. —Chloe me sonrió.

Uno de los relaciones públicas se acercó y echó mano de la cesta con los regalos. Después las chicas se pusieron en fila, dejándome sitio en el medio.

Me coloqué bien la sudadera y me pasé las manos por el pelo. Luego me volví hacia Ariel, que estaba a mi derecha:

—¿Cómo posamos? Me gustaría que me contagiarais un poco de ese *girl power*.

—Ponte así —propuso Ariel mientras doblaba el brazo

y apoyaba la mano en la cadera, enderezaba la espalda y lanzaba una mirada provocativa—. Que Gabriella se coloque de perfil y se eche la americana por el hombro. Chloe, sujétate un brazo con la mano contraria, y yo me pongo ligeramente de lado, como Liz. Y *voilà*.

Lo dijo todo tan deprisa que me costó seguirla, pero las demás eran profesionales y siguieron sus indicaciones de inmediato. Aunque me sentí un poco ridícula, hice obedientemente lo que me había dicho Ariel.

Kayla y alguien del equipo de Velvet Trouble sacaron un montón de fotos. Después las chicas se dirigieron de nuevo a mí:

—Gracias por una conversación tan buena —dijo Chloe.

Luego las acompañamos a ellas y a su equipo a la puerta y nos despedimos.

Cuando se hubieron ido, exhalé un suspiro de alivio y me volví hacia Kayla con una sonrisa radiante en los labios.

—Ha estado genial. Madre mía, cuánto me alegro.

Ella sonrió a su vez.

—Y ahora agárrate: más de cien mil personas han visto el programa por internet.

Me quedé boquiabierta. Tardé unos segundos en recuperar el habla.

—¿Cien mil? Es el doble de gente que en la entrevista a Scarlet Luck.

—Todo ese drama nos ha venido de perlas. Quizá deberíamos repetirlo —dijo guiñándome un ojo.

Si hacía un momento acababa de tener la sensación de volver a estar en mi elemento por primera vez desde hacía semanas, las palabras de Kayla hicieron mil pedazos ese sentimiento.

—Espero que lo hayas dicho de broma, porque no quiero tener que pasar por algo así nunca más.

Kayla dio media vuelta y empezó a desmontar los focos, pero no contestó.

Arrugué la frente y fui a ayudarla a desmontar. Mientras lo hacía se me pasaron por la cabeza las palabras de Beast, lo de que no debía permitir que nadie me obligase a nada. Seguramente él no sabía cuánto significaba eso para mí y hasta qué punto me ayudaba a seguir mi instinto, pero hasta entonces había rechazado todas las solicitudes de la cadena de reunirnos de nuevo. Sin embargo, era cuestión de tiempo que Kayla volviese a intentar convencerme.

No sabía cómo decirle que quería seguir como hasta ahora con el programa. Y ese no parecía el momento adecuado. Al mismo tiempo sentía que entre nosotras el ambiente poco a poco se iba tensando. Y temía el día que esa tensión se descargase.

22

Beast

Estábamos de gira desde hacía algo menos de dos semanas. Viena, Budapest, Praga y ahora Hamburgo. El concierto tenía lugar en un gran parque que se hallaba en el centro de la ciudad. No había tanto público como en un estadio, pero a cambio cuando aparecimos nos encontramos un ambiente literalmente de festival. La gente sostenía en alto letreros enormes con nuestros nombres, llevaba infinidad de cadenas con nuestro logo y lucía tréboles fosforitos en los brazos. Algunos habían inflado enormes globos de colores que el público lanzaba de un lado al otro, haciendo que describiesen altos arcos por el aire. Yo mantenía la vista clavada en ellos mientras tocaba *beat* tras *beat* y me abandonaba a la melodía de «Hollow», que dio paso con fluidez a la de «Golden Circle», y la multitud se volvió loca. Era una auténtica pasada. Y yo absorbía cada segundo del concierto.

Cuando todo hubo terminado no fuimos directos al hotel, sino que nuestro chófer cruzó media ciudad para llevarnos a una playa. Para entonces el sol ya estaba bastante bajo y bañaba el agua en un brillo anaranjado. Había personas disfrutando del sol vespertino, algunas bailando.

Nosotros buscamos un sitio para relajarnos, no muy cerca del agua. Caleb se abrió la camisa y se la remangó al tiempo que escudriñaba el lugar con aire vigilante. Algunas de las personas se volvieron hacia nosotros, pero no dio la impresión de que se interesaran mucho. En cambio, un tipo que hacía equilibrio con un bolo sobre la nariz captaba mucho más la atención.

Me puse cómodo para disfrutar de la vista. A cierta distancia se veían buques portacontenedores y grúas, y unas gaviotas sobrevolaban el agua justo delante de nosotros. El telón de fondo del puerto mientras el sol se ponía parecía una imagen de postal. Me gustaba el ambiente fresco y distendido y respiré hondo.

—Ha estado bien hoy —comentó Hunt, y se dejó caer en la arena a mi lado. Me ofreció un botellín de cerveza que había comprado en un pequeño puesto.

Brindé con él e hice como si bebiera un trago.

—Pues sí.

—¿Creéis que me puedo bañar? —preguntó Thorn.

—Yo creo que sí —respondí señalando con la cabeza a algunas personas en bañador que estaban tumbadas en toallas de playa.

—Quizá sea un poco tarde. Y no tienes toalla —objetó Buck.

—Menuda chorrada. —Thorn se quitó la camiseta y yo negué con la cabeza risueño—. ¿Quién se viene conmigo? ¿Caleb?

Nuestro guardaespaldas hizo un gesto negativo.

—No, gracias.

—Venga, pues entonces tú. —Thorn me señaló mientras se desataba las botas de piel negras.

Me paré a pensar al tiempo que oteaba mi alrededor. Unas chicas que estaban cerca habían unido las cabezas y cuchicheaban. Observaban el torso desnudo de Thorn con creciente interés. Algo se contrajo en el acto con fuerza en mi estómago. Antes no habría dudado ni un segundo; ahora, sí. Miré a Thorn y volví a negar con la cabeza.

—Lo siento, tío.

—Hunt, te vienes conmigo. Ahora mismo. —Thorn lo cogió por el brazo.

Aunque protestó débilmente, Hunt se terminó la cerveza de un trago y dejó el botellín en la arena, a mis pies. Después empezó a desvestirse y Thorn, victorioso, levantó el puño.

Cuando los dos se quedaron en bóxeres, contaron hasta tres y salieron corriendo hacia el agua.

Yo dejé mi botellín aún lleno junto al de Hunt, me eché hacia atrás y me apoyé en los codos. Luego le di a Logan con la punta de la bota en la pierna. Perplejo, este levantó la vista y se quitó un auricular inalámbrico del oído. Señalé con el mentón el agua, en cuya superficie acababa de aparecer Thorn jadeante.

—Esto es bonito, ¿no?

Mi amigo gruñó en señal de aprobación, pero después miró de nuevo la pantalla del móvil.

Me incliné hacia él y resoplé al ver lo que tanto le interesaba: una entrevista con Ashley Cruz. Cómo no.

—¿Se puede saber qué hay entre vosotros?

Logan se limitó a encogerse de hombros.

—Nada.

Recordé la promesa que le había hecho a Leah y me

pregunté, una vez más, qué habría pasado aquella noche entre Ashley y él.

—Pues no lo parece —comenté con sequedad.

—Pues es así. Como quizá hayas notado, no quiere tener nada conmigo. En la fiesta de lanzamiento no tardó en marcharse, solo acudió por educación.

—¿Me puedes decir qué hay exactamente entre vosotros?

—No.

Idiota.

Logan siguió viendo el vídeo.

Solo entonces fui consciente de qué era lo que estaba viendo. En el móvil apareció la cara de Rosie y yo me quedé mirando un poco más de la cuenta mientras le formulaba a Ashley la siguiente pregunta al tiempo que le sonreía. Me saqué el móvil del bolsillo, abrí la cámara e hice una foto de la puesta de sol. Después entré en Instagram. Lo primero que me apareció fue una foto nueva de Rosie. Por lo visto la entrevista con Velvet Trouble ya había terminado. En la foto estaba ella con dos chicas del grupo a cada lado. Llevaba unos *leggings* de piel con una sudadera blanca enorme y la mitad del pelo recogida en un moño alto. Con la pose que tenía encajaba a la perfección con la imagen del grupo. Casi era como si formase parte de él. Fui bajando para ver la leyenda de la foto.

> Ojalá ser una integrante de @velvettrouble... El *girl power* que se respiraba en el estudio casi se podía palpar, ha sido una entrevista estupenda. Podéis encontrar el enlace en mi bío y fragmentos en @rosiehartshow.

Hice clic en el enlace del perfil oficial de su programa y allí en el primer clip que aparecía.

Primero se veía al grupo de chicas. Las conocía fugazmente de distintas entregas de premios, seguro que habíamos coincidido. Estaban conversando, sentadas muy juntas en el sofá, que parecía demasiado pequeño.

La chica de la izquierda del todo se echó hacia delante. «Lo de la seguridad en una misma no es fácil cuando no se habla de esas cosas a menudo. Así es como se impone un ideal de belleza que influye mucho sobre todo en las personas jóvenes. Precisamente en internet se difunden con frecuencia comentarios que te hacen ser más dura de lo necesario contigo misma.»

Después había un corte y se veía a Rosie. Llevaba puestos los enormes auriculares y delante de la boca tenía el micrófono suspendido del techo. A sus ojos asomó algo sombrío, pero el momento no duró mucho. «Probablemente debería aplicarme el cuento. Todavía tengo mucho que aprender en lo que respecta al amor propio.»

«Pues te voy a dar un consejo», dijo la segunda chica empezando por la izquierda.

Rosie se echó hacia delante: «Soy toda oídos».

Me llamó la atención lo relajada que hablaba con el grupo, lo segura que parecía. Al verla tenías la sensación de que se encontraba en su elemento. Ese era su estudio y allí ella tenía todo y a todos bajo control. Nada que ver con la breve conversación que había mantenido con nosotros.

«Desnúdate en casa, ponte buena música y baila. No te imaginas lo liberador que es que te importe una mierda lo que opinen los demás y ponerte a bailar sin ropa.»

Esbocé una sonrisilla cuando Rosie se puso roja como

un tomate y soltó una risita. «Eso haré... la próxima vez que tenga la casa para mí sola.»

La segunda chica empezando por la izquierda aplaudió y exclamó: «¡Sí!».

Después el clip comenzó a reproducirse de nuevo mientras yo intentaba no imaginarme a Rosie bailando, y menos aún desnuda. Me enderecé el cuello de la camisa y me abrí el primer botón, ya que durante un instante tuve la sensación de que no podía respirar.

—Tanto interrogarme a mí y luego él no se separa del móvil —oí a mi lado la voz de Logan, y me asusté.

Bloqueé la pantalla deprisa y miré otra vez a Thorn y Hunt, que seguían nadando.

—Ya me preguntaba yo cómo es que últimamente estabas tan pendiente del teléfono. Creía que echabas de menos a mamá, pero que andes a la caza de la presentadora... Madre mía, como se entere Thorn... —añadió.

Volví la cabeza despacio hacia él y le dirigí una mirada sombría, sin decir nada.

Al parecer la mirada surtió efecto, ya que Logan levantó las manos en señal de rendición.

—Solo era una broma, Beast. Pero estaría bien que tuvieras a alguien con quien hablar. Ya sabes. De lo que pasó...

—Para —lo corté.

De pronto era como si el cuello de la camisa me quitara más aún el aire, aunque ya lo había abierto. En la playa había viento, pero el aire se negaba a entrar debidamente en mis pulmones. Me asaltó el pánico. Un pánico al acecho, oscuro e incesante. Me desabroché el segundo botón, pero tampoco sirvió de nada.

Los chicos no sabían lo que me había pasado. Yo no se lo había contado a nadie. Ni a una sola persona. Solo sabían que había sucedido algo que me había hecho caer en un agujero oscuro del que no había vuelto a salir del todo.

Conté mentalmente e intenté exhalar más despacio de lo que inhalaba. Me concentré en el murmullo del agua, en la arena en la que hundía las manos.

«Cinco cosas que veo.»

El agua; a Hunt y a Thorn; una toalla de playa; los buques con los contenedores; la puesta de sol.

«Cuatro cosas que puedo tocar.»

Enterré más los dedos en la arena. Los pasé por el borde de una pequeña concha. La agarré tan fuerte que se rompió y los trocitos se me clavaron en la palma de la mano.

Casi era suficiente. Mi respiración se calmó.

Después evoqué imágenes del concierto de ese día para reprimir los recuerdos de aquella noche hacía tres años. No me podía permitir perder el rumbo y que ahora la deriva me llevase hasta allí.

—Lo siento —se disculpó Logan en voz baja a mi lado.

Abrí los ojos y me obligué a sonreír, una sonrisa que era probable que fuese más una mueca. Luego le di unas palmaditas en la espalda.

—No pasa nada. —Logan sonrió hasta que yo le apreté el hombro y se lo estrujé literalmente—. Ni una sola palabra a Thorn, ¿entendido?

Logan asintió deprisa.

Solo entonces le solté el hombro, me eché hacia atrás e intenté no volver a aquel lugar oscuro que hacía que bebiese demasiado con regularidad. Pero, por mucho que me resistí, perdí la batalla. Mis dedos se movían nerviosos, sentía las piernas inquietas. Me puse de nuevo a contar cosas, pero no sirvió para calmar la agitación que tenía dentro. Acabé echando mano del botellín que me había dado Hunt y me lo llevé a los labios hasta que el líquido enjuagó el desagradable sabor que tenía en la boca.

Rosie

rosiehart: Dime, ¿cómo es Hamburgo?

beast: así

beast: *Foto*

Abrí la imagen para verla.

En mi pantalla se extendió una preciosa puesta de sol que se reflejaba en el agua. Se veían las botas de Beast, con los talones clavados en la arena, y en el agua, más al fondo, dos personas que nadaban. No pude distinguir si eran miembros del grupo o desconocidos. En cualquier caso, la imagen era tan bonita que hice una captura de pantalla solo para mí.

rosiehart: Las puestas de sol tienen algo extrañamente apacible, ¿no crees?

beast: total

rosiehart: Bueno, pues ahora Hamburgo ha pasado a engrosar la lista de ciudades que me gustaría ver sí o sí. ¿Qué tal el concierto?

beast: el mejor hasta ahora, ha sido casi como un festival, porque era al aire libre en un parque

rosiehart: Suena muy bien.

beast: me habría gustado tener un día más, pero vamos camino de copenhague. ya estamos en el autocar de la gira

beast: qué tal la entrevista?

rosiehart: ¡Superbién! Me salió genial. Y la vieron cien mil personas en directo, casi me caigo de culo cuando me enteré. La entrevista ya lleva más de medio millón de visitas.

beast: vaya, muy bien

rosiehart: Hablando de lo cual..., todavía no le he dicho nada a Kayla.

beast: por qué no?

rosiehart: Aún no he encontrado el momento perfecto. Después de la entrevista me parecía raro, y ahora, pues no sé, como que hemos pasado al orden del día.

beast: por eso estás despierta
a las dos de la madrugada?

rosiehart: ¿Qué pasa, que solo tú puedes tener una vida nocturna emocionante? ¿Y si estoy en un superfiestón y me lo estoy pasando en grande?

beast: si fuera así, por qué ibas a escribirme?

rosiehart: Porque me gusta hablar contigo, Beast.

rosiehart: Pero sí, no puedo dormir por eso. Estoy en el sofá con una copa de vino viendo *Chicas buenas*.

beast: vaya con la fiestera

rosiehart: Esa soy yo. La más fiestera de todos.

beast: y yo que pensaba que la próxima vez que tuvieras la casa para ti sola te pondrías a bailar desnuda como una loca

Me detuve a medio escribir y leí el mensaje varias veces, hasta que caí en la cuenta de que era una alusión a la entrevista con Velvet Trouble. Después esbocé una ancha sonrisa y respondí deprisa.

rosiehart: ¡Has visto la entrevista!

beast: el clip en Instagram

rosiehart: Así suelen ser las cosas cuando tengo invitados. Las conversaciones son agradables y después los artistas se van del estudio felices y contentos en lugar de traumatizados. Solo quería mencionarlo de pasada.

beast: pero si ya te he perdonado por la bromita de los condones

rosiehart: ¡¡No fue una broma!!

beast: es coña, rosie

rosiehart: A veces cuesta darse cuenta cuando no hay emojis o GIF de por medio. Tú y tu fobia a las mayúsculas.

beast: thorn lo llama «rasgo de estilo»

rosiehart: Jajaja.

rosiehart: ¿Es que tu móvil no tiene autocorrector?

beast: lo quité. no te puedes fiar del autocorrector cuando siempre hace de un «jaja» un «JAJAJA». hay cosas que no tienen tanta gracia

rosiehart: Esa es una diferencia de peso, ahí te doy la razón. Se ve que he tocado un punto delicado, porque pareces un vejete cascarrabias.

beast: GIF

Lo abrí y solté una carcajada al ver al anciano que me hacía una peineta despacio. Acto seguido busqué un GIF con el que responder y le envié uno en el que un público que aplaudía se levantaba de su asiento.

rosiehart: ¿Lo ves? Los GIF lo relajan todo un poco, es así de fácil.

beast: muchas gracias por la clase de etiqueta en los chats

Los ojos se me empezaban a cerrar. Dejé la copa de vino en la mesa del salón, me recosté en el sofá y sostuve el móvil en alto delante de la cara.

rosiehart: Creo que debería ir pensando en acostarme. No quiero que el móvil se me caiga en la cara.

beast: vale

rosiehart: Pásatelo bien en Copenhague. Me haría mucha ilusión que me mandaras más fotos.

beast: pues claro

rosiehart: ¡Yuju! Buenas noches :)

beast: rosie?

rosiehart: ¿Sí?

beast: a mí también me gusta hablar contigo

23

Rosie

Sobre la *boutique* ponía Garden Eden. Yo estaba allí desde hacía cinco minutos, bebiendo mi café solo con hielo. Tomándomelo con calma. Estaba retrasando todo lo posible el encuentro con mi «madrastra», y eso que me resistía con todas mis fuerzas a llamarla así.

Desde la discusión en el restaurante no había vuelto a hablar con mi padre. De momento no tenía mucho que decirle. Me había dejado bien claro cuánto (es decir, qué poco) le importaba nuestra relación. No solo al no visitarme prácticamente nunca, sino también al ocultarme durante más de un año la relación que mantenía con una mujer veinticinco años menor que él.

Con esa chica nueva a su lado y la fotografía de su flamante coche de dos plazas que había puesto en su perfil, mi padre era como un cliché con patas. Cosa que no podía decir de Eden. La primera vez que la vi había pensado que sería una modelo o actriz en ciernes que, como tantas otras, quería llegar a lo más alto en Los Ángeles. Ahora me reprendía por haber pensado algo tan absurdo y me recordaba que, una vez más, la culpa de que mi padre se pusiera tan poco en contacto conmigo era única y exclusivamente de él. A juzgar por cómo había reaccionado Eden en el restaurante y por lo que me había dicho en su mensaje, para ella también había sido una sorpresa que yo no supiera nada de su relación.

Por eso estaba yo, desde hacía una eternidad, delante de la tienda de vestidos de novia que al parecer pertenecía a Eden, debatiéndome conmigo misma.

Justo cuando estaba apurando el café, la puerta del establecimiento se abrió desde dentro.

—Hola, Rosie —me saludó ella con una sonrisa mientras me invitaba a entrar con un movimiento de cabeza—. Pasa, por favor. Puedes entrar con el café.

Sintiendo que me había pillado, bajé el vaso desechable y lo tiré en la papelera más cercana. Después acepté la invitación y accedí al interior del local.

—Esta es mi tienda —dijo volviendo la cabeza.

Eché un vistazo y me quedé asombrada. El lugar tenía dos amplios escaparates. El techo lo recorrían vigas de madera de las que pendían grandes lámparas de un gris acerado. Las paredes junto a la entrada y del lado derecho eran de ladrillo rojo visto con aspecto antiguo. La parte izquierda la recorría un papel pintado verde oscuro con enormes peonías blancas. Delante, en unas barras largas, colgaba un sinfín de vestidos. Encaje, tul y gasa transparente hasta donde alcanzaba la vista. Resistí el impulso de pasar la mano por ellos. Más atrás había un conjunto de asientos color champán sobre una alfombra de pelo. En la mesa de cristal de delante descansaban algunas revistas de novias en papel satinado; y junto a ellas, copas de champán. Ante los asientos se alzaba una pequeña tarima y toda una hilera de espejos con las esquinas redondeadas y el marco dorado, en los que uno se podía ver desde todos los ángulos. En el otro lado del establecimiento había más barras con vestidos que se prolongaban hasta una zona de probadores. En el medio destacaba un maniquí que lucía un vestido de encaje con escote palabra de honor y un cinturón de delicadas hojas plateadas. Era precioso.

—Este sitio es increíble —afirmé, y lo dije de corazón. Lo cierto era que me aterraba ese encuentro, pero la tienda irradiaba un encanto tan acogedor, con los toques bohemios que incorporaba, que poco a poco mi miedo se fue desvaneciendo.

—Gracias. Es muy amable por tu parte —contestó Eden mientras me llevaba hasta los asientos. Ella continuó andando y desapareció un instante en una habitación que se hallaba detrás de una puerta. Poco después regresó con una jarra transparente en la que flotaban cubitos de hielo y rodajas de lima—. Abrí la tienda hace dos años.

—A ver, yo también soy autónoma, pero un negocio así es otra cosa —señalé cuando la veía llenar dos vasos con la limonada casera.

Uno de ellos lo dejó en un posavasos verde oscuro que me deslizó por la mesa de cristal.

—La verdad es que los principios no fueron fáciles, pero quería abrir una *boutique* desde que era pequeña. No había forma de quitármelo de la cabeza. Y cuando se quedó libre este local... supe que debía de ser cosa del destino.

—¿Creciste en Los Ángeles? —pregunté al beber un sorbo de limonada. Tenía un dulzor agradable y me refrescó la garganta, que notaba seca de los nervios. Tal vez no debería haber tomado café antes.

Eden asintió.

—En Calabasas.

Calabasas, en el valle de San Fernando, al oeste, era conocido por ser el sitio en el que vivían los ricos y famosos.

—Mi madre era cirujana plástica, murió. Y mi padre trabajaba de productor antes de enfermar. Tiene demencia y está en una residencia —añadió.

Me dio pena, y me pregunté por qué me contaba eso. Carraspeé.

—Lo siento.

Ella levantó deprisa las manos.

—No quería... Bueno, quería quedar contigo para que me conocieras un poco mejor. Pensé que sería justo, teniendo en cuenta todas las cosas que me ha contado tu padre de ti.

Hablando así con ella casi olvidé que salía con mi padre.

—Espero que te haya ahorrado fotos embarazosas de cuando era pequeña —musité.

Eden se rio y se recogió un mechón de pelo rubio detrás de la oreja.

—Fotos solo he visto unas pocas, pero me ha contado muchas cosas de ti y de tu programa, que después me puse a escuchar de inmediato. Y no deja de repetir lo orgulloso que está de ti.

Enarqué las cejas sorprendida. El hombre del que hablaba no se parecía en nada a mi padre. En el estómago se me formó una pelota caliente de ira y decepción al saber lo mucho que al parecer mi padre hablaba DE MÍ con esa mujer y lo poco que hablaba CONMIGO. Al mismo tiempo me resultó conmovedor que le hubiese contado que estaba orgulloso de mí. A mí, sin embargo, era algo que no me había dicho hasta la fecha.

—¿He metido la pata? —inquirió Eden mientras se removía en su asiento. Parecía compungida.

—No, no. Es solo... Desde hace unos años mi padre y yo no hablamos mucho. No le hizo ninguna gracia que me viniera a vivir aquí, y el programa tampoco es que le mate de alegría. Para él fue una gran decepción que no fuese a la universidad.

Ella frunció un poco el ceño.

—Puede que fuera así al principio, pero ahora piensa de otra manera. De verdad, Rosie. Tu padre te quiere mucho, es algo que me hace saber continuamente. Es un hombre que sostiene con firmeza sus puntos de vista, pero también es capaz de cambiar de opinión y de crecer. Lo he visto una y otra vez a lo largo de los últimos meses. Dicho sea de paso, yo tampoco fui a la universidad y, como puedes ver, no me va nada mal.

El nudo caliente que tenía en el estómago se fue deshaciendo despacio. Bebí otro sorbo de limonada mientras digería sus palabras.

—¿Cómo os conocisteis? —pregunté finalmente, con aire vacilante, ya que no estaba segura de si de verdad quería oír la respuesta.

—Por internet, en una aplicación de citas. No tardamos mucho en quedar. Y desde entonces... —Se encogió de hombros y un suave rubor se extendió por sus mejillas—. Tiene muy buen corazón, y lo quiero mucho.

No sabía si me daba asco o me parecía mono que hablara así de mi padre. Era una mezcla de ambas cosas.

—Supongo que a ti te resultará un poco raro, pero a

pesar de todo espero que podamos encontrar la manera de llevarnos bien —afirmó al cabo.

Intenté no juzgar la situación. Y quién sabía, quizá eso incluso nos ayudara a mi padre y a mí a tender un puente sobre el abismo que se había abierto entre nosotros. De modo que asentí.

—Me encantaría.

Eden exhaló un suspiro de alivio. Tan ruidoso que pareció como si hubiese estado aguantando la respiración todo ese tiempo.

—Cuánto me alegro. A mí también me gustaría.

Entonces se oyó una sonora melodía en la tienda.

Eden volvió la cabeza y me miró de nuevo.

—Tranquila, ve. Yo te espero aquí.

—Ahora mismo vuelvo —dijo ella mientras se alisaba la parte inferior del vestido antes de ir corriendo a la zona de atrás, donde probablemente tuviera el despacho.

Cuando ella hablaba por teléfono, yo eché una ojeada a la tienda. Era bonita de verdad. Me gustaba sobre todo el papel con las peonías, que eran mis flores preferidas. Saqué el móvil e hice una foto. Ni siquiera hacía falta añadirle un filtro, porque los colores ya eran bastante vivos. Después abrí Instagram y fui al chat que teníamos Beast y yo.

Los chicos habían viajado de Hamburgo a Copenhague y de allí a Oslo. A lo largo de la semana anterior Beast había accedido a mi deseo y me había mandado algunas fotos. Mientras yo le enviaba fotos de cosas aburridas, como por ejemplo mi panini preferido, las suyas eran de edificios coloridos, paisajes preciosos y escenas de la gira. Nuestros mensajes eran lo que más me alegraba el día, y eso que a veces también hablábamos de cosas de lo más irrelevante, como la mejor pizza (para mí, la de salami, sin duda; él prefería la sencillez de la margarita) o la bebida más asquerosa (todo lo que llevara en el nombre «Pumpkin Spice», esa mezcla de especias que solía utilizarse en la tarta de calabaza, en eso estábamos de acuerdo). Pero esas frases cortas suyas que me iban llegando a lo largo del día siempre conseguían arrancarme una sonrisa. Confiaba en que a él le pasara lo mismo, y le mandé la foto del precioso papel pintado y los vestidos de novia.

rosiehart: *Foto*

beast: no sabía que te ibas a casar

rosiehart: Porque no voy a hacer tal cosa.

beast: entonces qué haces en una tienda de vestidos de novia?

rosiehart: En realidad solo quería enseñarte lo bonito que es el papel pintado. Me estoy planteando ponerlo en casa y convertir el piso en una jungla de peonías.

rosiehart: Pero a decir verdad he quedado aquí con la nueva novia de mi padre. La tienda es suya.

beast: uf, y es maja?

rosiehart: Mucho. Casi demasiado.

beast: pareces entusiasmada de verdad

rosiehart: Lo cierto es que no quería que me cayera bien. Por principios, ya sabes. Pero, por desgracia, ahora me parece encantadora. Pff.

beast: y qué opina tu madre?

Sentí una punzada de dolor en el pecho.

Genial.

Yo que quería mantener con él una conversación inocente para distraerme un poco... Pero ahora ese dolor espantoso me golpeaba con toda su furia. Aunque con los años se había calmado bastante, cada vez que tenía que contarle a alguien que mi madre había muerto volvía a avivarse. La oleada de dolor que me arrolló hizo que mi respuesta fuese lenta y vacilante.

rosiehart: Mi madre murió hace unos años. De cáncer.

beast: Joder.

beast: Lo siento mucho, Rosie. De veras.

rosiehart: ¿En serio? ¿Te estabas reservando las mayúsculas para esta ocasión?

beast: Claramente esta es una situación en la que es oportuno utilizar mayúsculas, ¿no?

rosiehart: Anda, déjalo. O me meto el móvil en el bolsillo.

beast: vale

beast: pero que sepas que lo siento

rosiehart: Prefiero que me cuentes qué estáis haciendo.

beast: esta tarde actuamos en un festival, mañana estaremos de promo. con entrevistas de la mañana a la tarde por toda la ciudad

rosiehart: Imagino que será agotador.

beast: no me apetece una mierda, pero por otra parte pienso que si mi padre se deja los cuernos en el taller y mi madre va a diario a la oficina, que no es algo que les haga especial ilusión, yo también me puedo pasar unas horas sentado hablando de música

rosiehart: Pese a todo, tienes mi permiso para que no te apetezca una mierda. Que otras personas tengan un trabajo agotador no significa que en tu profesión no pueda haber cosas que no te gusten.

beast: qué bien hablas

rosiehart: Solo cuando tengo delante un papel pintado bonito y estoy borracha de limonada.

beast: jajajaja

Cuando volvió Eden me metí deprisa el móvil en el bolsillo.

Ella me miró y ladeó la cabeza. A continuación esbozó una sonrisilla.

—¿Me lo quieres contar?

—¿Cómo? —pregunté desconcertada.

—Por la cara que pones, es como si te hubiera pillado haciendo algo.

—Solo estaba escribiendo a un amigo —contesté.

Se sentó de nuevo a mi lado y cruzó las piernas.

—Yo cuando escribo a un amigo no me suelo poner como un tomate.

Resistí el impulso de tirarle algo. Tenía razón: me notaba las mejillas calientes, pero eso se debía a la franqueza con la que Eden había abordado el tema, no a los mensajes de Beast. Cuando habíamos hablado después de la fiesta de lanzamiento, Beast me había dicho clara y sinceramente a lo que tenía que atenerme con él, y yo decía en serio lo que le había propuesto: quería que fuésemos amigos. Había visto algo en él que me resultaba conocido y todavía estaba indagando en esa faceta suya. No había más que decir.

—No sé de qué me hablas.

Eden sonrió.

—Claro.

Como me seguía mirando con cara expectante, sentí que debía contarle más. Pero no porque me viese obligada a hacerlo, sino porque quería. No sabía por qué era así, pero allí, en su tienda, rodeada de los vestidos y en ese ambiente tan agradable, casi me sentía como dentro de una crisálida protectora.

—No somos amigos desde hace mucho —empecé—. Es bastante cerrado, pero poco a poco se va abriendo. Y a mí... —Me encogí de hombros—. A mí me gusta.

—¿Te gusta o te gusta-gusta?

—¿Me gusta-gusta? —repetí, y solté una carcajada. Pero como Eden me miraba aún con expresión inquisitiva, me paré a pensar en serio en la pregunta.

Sí, me gustaba Beast. Sí, bastaba con ver fotos suyas a la batería para que mi temperatura corporal aumentase algunos grados. Pero no era eso lo que había entre nosotros. Y nunca lo habría. Daba lo mismo lo que me susurrara la vocecita en mi cabeza.

—Somos amigos. Punto —repuse con voz más firme.

—En ese caso espero que no te acabe rompiendo el corazón —contestó Eden.

—Tengo el corazón flexible. Es muy elástico y no se rompe así como así.

—De lo contrario, como madrastra tuya que soy, mi obligación será darle una patada en el culo.

Hice una mueca de asco.

—¿Y si acordamos que no volverás a utilizar esa palabra que empieza por eme?

Ella se tapó la boca con la mano y reprimió una risotada.

—Vale, tienes razón. Solo quería ver cómo me sentía al pronunciarla.

Cuando bajó la mano no pude evitar sonreír. Decía en serio lo que le había escrito a Beast. En realidad no me entusiasmaba la idea de quedar con Eden, pero ahora debía admitir que era maja. Y que incluso me podía imaginar quedando con ella otra vez.

Me propuse dejar de sentir rencor contra mi padre. No quería aferrarme al dolor, ya que de esa manera solo conseguiría que con el tiempo ese dolor aumentase. Prefería intentar abrirme a esa nueva relación. Estaba segura de que es lo que le habría gustado a mi madre que hiciese.

—Gracias por invitarme a venir hoy a tu tienda, Eden —dije, aunque al pronunciar las palabras un dolor agudo y melancólico se me extendió por el estómago.

Ella suspiró aliviada y sus hombros se destensaron un poco.

—De nada, Rosie. Aquí siempre serás bienvenida.

24

Beast

A veces cuando estás de gira te olvidas de dónde te encuentras en ese momento. Eso fue lo que pasó cuando llegamos a Colonia.

Pedí a Caleb y al resto del equipo de seguridad que me llevaran a una droguería. El único que me acompañó fue Logan, porque necesitaba un pintaúñas.

El rótulo de la tienda alemana me confundió un poco, sobre todo porque en Estados Unidos todo era de mayor tamaño y los pasillos eran más amplios, pero, dentro de lo que cabía, la droguería me recordó a las de Irlanda, lo que a su vez me recordó que al cabo de pocas semanas volvería a ver a mis padres. La idea hizo que me invadiese una sensación de melancolía. Cuando la vida pasa tan deprisa no te das cuenta de lo mucho que echas de menos a alguien. Pero cuando te acuerdas de esa persona es como recibir una descarga eléctrica.

Traté de pasar por alto el sentimiento y me concentré en lo que tenía que hacer. Me recorrí la droguería estante por estante hasta dar con lo que había ido a buscar: tintes para el cabello.

A esas alturas el violeta estaba tan desvaído que era como si hubiesen intentado teñir de rosa, en vano, el indefinible color natural de mi pelo. Aunque también lo había llevado rosa, con lo poco homogéneo que lo tenía en ese momento se distinguía a primera vista que el color no era intencionado.

Por lo general me gustaba teñirme el pelo yo mismo. En el armario del cuarto de baño de mi casa de Malibú había toda una colección de los colores más diversos. Era una especie de distracción que a esas alturas llevaba practicando tanto tiempo que mi color natural casi me parecía falso. Cada vez que me ponía un color nuevo (y dejaba el cuarto de baño hecho una porquería y me cargaba todas las toallas), me sentía como si me despojara de una parte de mí y me pusiera una nueva y más fresca. Aunque sonara raro, le iba bien a mi espíritu. Y Leah siempre nos estaba sermoneando con lo importante que era el cuidado personal.

Escudriñé lo que tenía delante, pasando por alto los numerosos tonos castaños y rubios y centrándome en los colores vivos. No había mucho donde elegir, sobre todo porque había descartado el violeta, ya que nunca llevaba el mismo color de pelo dos veces seguidas. De manera que la elección estaba entre el rojo cereza, el naranja fluorescente, el rosa chicle y el azul cielo.

Al ver el cereza, en mi cabeza apareció sin querer la foto de Rosie en Instagram. Esa en la que yo le había dado al corazón y en la que Rosie tenía las puntas del pelo bañadas en un rojo luminoso. Me pregunté también sin querer si a esas alturas ya tendría el pelo como el mío y cuál sería el siguiente color que escogería. A juzgar por su perfil de Instagram, en lo que se refería a cambiar de color era igual que yo.

Saqué un momento el móvil, abrí la cámara e hice una foto de los cuatro colores entre los que podía elegir. Luego me metí en nuestro chat y se la mandé a Rosie.

beast: *Foto*

beast: ¿algún favorito?

Donde nosotros estábamos era después de comer, lo que significaba que Rosie quizá estuviera despierta ya.

Al parecer tuve suerte. Estaba a punto de ir a ver champús específicos para quitarme del pelo lo poco que quedaba de violeta cuando mi móvil vibró.

rosiehart: ¡¡Azul, sin duda!!

beast: me falta un argumento que justifique esa elección

rosiehart: *Foto*

Abrí la fotografía y me quedé perplejo. En ella se veía un aplicador de tinte de pelo azul celeste.

Resoplé y le respondí.

beast: pero así iríamos los dos iguales

rosiehart: ¿Sería raro?

beast: no. azul y no hay más que hablar

rosiehart: ¡Vaya! ¿Te lo vas a teñir hoy?

beast: eso pensaba, por...?

rosiehart: Podríamos hacerlo juntos :) En realidad iba a ponerme ya, pero puedo esperarte.

beast: por videollamada, dices, o cómo?

rosiehart: Solo si quieres. Pero no te sientas obligado, por favor. Solo ha sido una idea espontánea.

Mis dedos se detuvieron sobre el teclado. No sabía cómo sería hablar con ella por videollamada. A esas alturas escribir ya no era ningún problema, a lo largo de las últimas semanas me había acostumbrado de sobra. E incluso me divertía. Me gustaban las fotos que me enviaba, las curiosas conversaciones que manteníamos se habían convertido en un elemento fijo de mi día a día. Era una pequeña ancla durante la gira. Si hablábamos por videollamada no cambiaría nada. Yo estaría en la habitación de mi hotel y Rosie en Los Ángeles, en la otra punta del mundo. Así que no había ningún motivo de preocupación.

—¿Lo tienes todo? —De repente se oyó la voz de Logan

justo detrás de mí y me llevé tal susto que casi se me cayó el móvil.

Giré sobre los talones.

—La próxima vez ¿te importaría no acercarte con tanto sigilo?

Logan arqueó una ceja y dirigió la vista a mi teléfono. Al mirarme de nuevo una sonrisa bastante diabólica se extendió en su boca.

—Tienes la misma cara que Hunt cuando lo pillé viendo porno.

—Menuda chorrada —refunfuñé, y me volví otra vez hacia el estante.

Después miré el móvil, donde el último mensaje de Rosie seguía iluminado. Al final cogí la caja de tinte azul, me la metí debajo del brazo y contesté:

beast: venga, pues lo hacemos ahora

Bloqueé el teléfono y fui hacia la caja con Logan.

Mientras él dejaba en la cinta los diez pintaúñas de distintos tonos grises y negros y yo añadía el tinte y el champú, pensé en que al cabo de un momento vería a Rosie. Escuché mi cuerpo para intentar averiguar si lo que sentía era la habitual opresión en el pecho que me provocaba el pánico o alguna otra cosa.

Rosie

Normalmente cuando me teñía el pelo siempre me ponía una camiseta vieja y muy usada, que para entonces tenía tantas manchas de tinte en los hombros y tantos descosidos en las costuras que no me la podía poner si Beast me iba a ver por videollamada. Así que rebusqué en el armario una de la que pudiera separarme con gran dolor de mi corazón. Al final encontré una gris marengo enorme, viejísima, que en realidad ya solo llevaba con *leggings*. Como esta vez no podía teñirme sin pantalón, cogí también uno y después me miré en el espejo.

¿En qué demonios estaría pensando al preguntarle si queríamos teñirnos juntos? Había sido una idea de bombero y no sabía a santo de qué había venido. Casi me estaba arrepintiendo, porque el estómago entero se me contrajo solo de pensar que en un momento tendría delante a Beast, aunque solo fuese a través de la pantalla de un móvil. Por otro lado tenía ganas de verlo. Todavía sentía la necesidad de demostrarle que no era una idiota integral, y eso que de la entrevista frustrada ya hacía tiempo. Los comentarios me seguían atormentando, y de algún modo en mí había arraigado el deseo de hacerle ver que podía ser una gran amiga.

Después de desvestirme, me preparé un sándwich del que solo comí la mitad, ya que constaté que, de puros nervios, no me entraba más.

Kayla, que me había oído hacer ruido en el cuarto de baño, asomó la cabeza por la puerta, que estaba entreabierta.

—¿Todo bien? —preguntó mientras yo intentaba sacar deprisa del cuarto de baño la ropa sucia y todo lo que pudiera ser mínimamente embarazoso.

—Sí, solo me estoy volviendo un poco loca —contesté.

Mi amiga se apoyó en el marco de la puerta con los brazos cruzados.

—Creía que ibas a teñirte el pelo.

—Y eso voy a hacer, pero no sola. —Paré un momento y volví la cabeza hacia ella mientras trataba de meter la ropa en el cesto de la ropa sucia. Estaba demasiado lleno, y traté de comprimirla con todas mis fuerzas para que cupiese toda.

—No me lo puedo creer, ¿tienes una cita? —inquirió Kayla, mirándome como si acabara de decirle que le iba a regalar una tableta de chocolate. Di por frustrado el intento de la ropa y me erguí.

—Voy a hacer una videollamada con Beast.

Mi compañera de piso arqueó las cejas.

—¿Ahora? ¿En serio?

Asentí.

—Sí. Y estoy como un puñetero flan.

Durante un momento Kayla no supo qué decir. Después miró el tinte de pelo, que ya estaba listo en el borde del lavabo.

—Y... ¿de verdad quieres teñirte el pelo delante de él?

Hice un gesto afirmativo.

—Él también se va a teñir el suyo.

Ahora las cejas bajaron y entre ellas se formó una arruga crítica.

—Pero ¿es una especie de cita o qué?

Negué con la cabeza con vehemencia. La mirada acusadora de Kayla no hizo sino aumentar mi nerviosismo.

—Solo vamos a hacer algo juntos como amigos.

Kayla profirió un sonoro suspiro.

—Yaaa —contestó alargando mucho la palabra—. Oye, también quería preguntarte: ¿le has echado un vistazo al porfolio de Michael Seymour que te reenvié?

Dejé de hacer lo que estaba haciendo. Ya estaba Kayla otra vez con lo de la cadena, aunque yo pensaba que el asunto ya estaba zanjado. Que había caído tácitamente en el olvido, por así decirlo. Michael Seymour era un pez gordo de la MCT, una cadena que se había mostrado interesada en nuestro programa y estaba decidida a no dejarnos escapar.

—No, todavía no.

—Después de la primera reunión volví a hablar por teléfono con él. Quiere que firmemos sí o sí con la MCT y nos ha enviado un listado de programas que ha comprado y ha hecho crecer a lo bestia. Creo que no estaría de más que quedáramos para tomar algo.

Le dirigí una sonrisa apaciguadora.

—Lo miro luego.

Ella me dedicó una sonrisa radiante.

—Genial. Bueno, pues me voy al estudio, que tengo que ponerme con las solicitudes. Pásatelo bien tiñéndote. —Dicho eso, salió del cuarto de baño y cerró sin hacer ruido. Poco después oí la puerta de la calle.

Respiré hondo una vez. De nuevo Kayla me hacía dudar. Yo sabía que había cadenas que compraban programas de éxito porque veían que podían sacar provecho. Y también era consciente de que un equipo grande me supondría una considerable descarga de trabajo. Estaba segura de que en la presentación de la MCT darían mucho bombo precisamente a eso. Pero algo me refrenaba. Mi instinto se rebelaba tan solo con plantearme renunciar a seguir siendo un programa pequeño e independiente. Me propuse poner por escrito más tarde todos los motivos por los que no quería irme con una cadena y cambiar la visión que yo tenía del programa. Solo entonces, centrada y tras haber tomado en consideración estos argumentos, vería la presentación de Michael Seymour. Pero ahora, por de pronto, me concentraría en lo que iba a hacer a continuación.

Eché mano del móvil, que había puesto a cargar un poco más la hora anterior por si acaso, y abrí el chat que tenía con Beast.

beast: vale, estoy listo

rosiehart: ¡Genial! Espera un momento, que mire a ver cómo va la videollamada.

Era la primera vez que lo hacía y por eso no sabía cómo funcionaba. Tuve que buscar un poco hasta dar con el simbolito de la videollamada en Instagram. Después respiré hondo una vez más, intenté relajar los hombros y, por si las moscas, volví la cabeza de nuevo para asegurarme de que había quitado de en medio cualquier cosa que pudiera ser mínimamente embarazosa. Entonces pulsé el icono.

Primero vi mi cara en la pantalla, y al cabo de un rato la imagen se dividió por la mitad y en la parte superior apareció la de Beast.

Contuve la respiración al verlo. En las últimas semanas había cogido color. Tenía el pelo revuelto y un poco más largo que la última vez que lo había visto, además de mojado y ligeramente ondulado en las puntas. Siempre solía engominárselo hacia atrás o hacia un lado. Casi no lo reconocía sin traje y sin camisa, esa fachada perfecta que solo se alteraba a la batería. Sin embargo, ese día llevaba —al igual que yo— una camiseta vieja y descolorida que ya tenía algunas manchas en los hombros. De esa guisa y con el pelo recién lavado no parecía mucho una estrella internacional. Más bien parecía... alguien normal. Como si hiciera una videollamada con una amiga.

La imagen se movió un instante y después Beast colocó el móvil en alguna parte y dio un paso atrás. Esbozó una media sonrisilla cuando miró directo a la cámara.

—Hola —grazné.

No sabía por qué estaba tan nerviosa. Ya llevábamos hablando varias semanas y por lo general las conversaciones eran muy naturales. Pero aquello era algo completamente nuevo. Y las cosas nuevas no solían dárseme muy bien. Menos aún cuando la persona a la que admiraba desde hacía años y que incluso sin tanta producción estaba como un tren se encontraba al otro extremo de la línea.

—Hola. —Su voz era grave y agradable, justo como la recordaba. Pero se notaba que tenía la agenda a reventar, porque sonaba un poco ronco.

—¿Qué tal? —pregunté, y me arrepentí al momento, ya que parecía una conversación forzada.

—De momento todo bien. El concierto en Colonia es mañana, así que esta tarde la tenemos libre.

«Pasa su tarde libre conmigo», me dije. Intenté no conceder demasiada importancia al calor que me invadió al pensarlo, pero me costó lo mío.

Me concentré en la imagen que en aquel momento tenía en la pantalla del móvil. Detrás de Beast se veía un rociador de ducha con efecto lluvia enorme, tanto que debajo cabrían varias personas. En los estantes empotrados en la pared distinguí algunas toallas blancas enrolladas y apiladas pulcramente.

—Te vas a cargar todas esas toallas —comenté mientras las señalaba con la cabeza.

Beast se volvió un poco, lo cual me permitió verle mejor el tatuaje del cuello: era un pájaro cuyas alas extendidas se abrían hacia los laterales de su cuello.

—Lo que no sé es por qué las toallas de los hoteles siempre tienen que ser blancas. Siempre me da un poco de pena. Por eso en casa solo las tengo negras, así no se ven tanto las manchas.

Como si obedeciera una orden, saqué mi toalla, que era negra.

—Eso me suena.

De nuevo una sonrisilla.

Quería hacerlo sonreír de verdad, con una sonrisa que le iluminase la cara. Y eso fue lo que me propuse en esa conversación: arrancarle por lo menos una sonrisa. Una en condiciones, no un amago.

—¿Por qué te has lavado antes el pelo? —quise saber.

Beast cogió un bote de champú verde y lo sostuvo en alto.

—Para quitarme los restos del otro color.

—Ah —contesté mientras me miraba las desvaídas puntas. Hacía tanto que no me las teñía que, sin necesidad de champú, ya no quedaba ni rastro de violeta. Eché mano del tinte y lo levanté—. Me apetece. Nunca he probado el azul.

—Yo sí, pero era azul marino, no uno tan claro.

Me callé el «lo sé», porque tenía miedo de asustarlo.

Pero por desgracia era así. Conocía prácticamente todos los colores que había utilizado Beast, empezando por el verde del primer vídeo de Scarlet Luck.

Aparté el recuerdo y me concentré en el aquí y ahora.

—Espero parecer una sirena —bromeé para distender un tanto la situación.

Los ojos le brillaron.

—¿Era ese el objetivo? ¿Convertirme en una sirena?

Comencé a verter el color en un pequeño recipiente.

—A ver, ¿quién no querría ser una sirena? Sería mi primera elección si tuviera que escoger una criatura mitológica. ¿O se te ocurre alguna mejor?

Beast se paró a pensar un momento mientras abría el tinte.

—Los fénix molan.

Me pregunté si el tatuaje del cuello era un fénix y qué significado tendría para él, porque yo solo conocía uno.

—Eso también es verdad. El fénix que renace de las cenizas.

—Y los elfos.

—¿Los de *El señor de los anillos*?

Él asintió.

—Los vampiros tampoco están mal.

Enarqué las cejas con cara de interrogación.

—¿Los vampiros? Tendrías que estar toda la vida bebiendo sangre y no te podría dar el sol.

—Eso solo es un mito. En todas las películas y las series los vampiros encuentran la manera de poder aguantar fuera de día.

Dejé de hacer lo que estaba haciendo un instante.

—No pensé que te gustaran las películas de vampiros.

—Yo prefiero *El señor de los anillos*. Thorn y Logan en cambio... —Negó con la cabeza.

—¿Son fans acérrimos de la saga *Crepúsculo*?

Beast asintió, y el pelo le cayó por la frente. Sacudió la cabeza y se lo apartó deprisa de la cara.

—Están los dos locos por ella. Incluso después de tantos años, en el autocar de la gira seguimos escuchando enterita las bandas sonoras de todas las películas. Y son bastante buenas, por cierto —apuntó.

—Lo sé. Me encantan las bandas sonoras de la saga. Siempre digo de coña que son las responsables de mi gusto musical, pero en realidad nunca es broma: ¿Paramore, Muse y Iron & Wine en un mismo CD? No hay nada mejor.

—Opino igual.

Sonreí para mis adentros mientras removía el tinte con una brocha. Entretanto Beast agitaba el tubito de plástico en el que lo había mezclado todo, y al hacerlo se le volvió a caer el pelo por la frente. Me costaba mucho no quedarme mirándolo y a la vez no podía olvidar que casi era como si estuviésemos en la misma habitación, aunque nos encontráramos cada uno en un extremo del mundo.

Cuando hubo terminado de agitar, cogió un tarro que poco después identifiqué como vaselina y empezó a untarse con ella el nacimiento del pelo, el cuello y las orejas.

Intenté, en vano, reprimir una sonrisa.

—¿Qué te hace tanta gracia? —preguntó él, mirando de nuevo a la pantalla del móvil.

—Pues no lo sé —contesté—. Se ve que tienes mucha práctica en esto. Me resulta curioso verte hacer algo tan normal.

—Hago cosas normales todo el tiempo.

Hice como si me llevara una gran sorpresa.

—No te creo. ¿Por ejemplo...?

Beast se lavó las manos y se las secó con una de las impecables toallas blancas.

—Comer, beber, escuchar música, teñirme el pelo, correr.

Arrugué la nariz.

—Las personas que salen a correr por voluntad propia me resultan muy sospechosas.

Beast me miró con cara de sorpresa.

—¿Y eso?

—Mmm, no lo sé. Puede que tenga que ver con el hecho de que después de correr unos minutos tengo la sensación de que los pulmones me van a colapsar.

Él hizo un sonido que se podría haber confundido con una risa.

—Eso va a menos con el tiempo. Solo hay que perseverar.

—Ya, pero no. Lo mío es más el yoga, tranquilo y fluido.

Ahora fue él quien arrugó la nariz.

—Quiero sentir mis músculos cuando hago deporte.

—Créeme, yo los siento. Después de hacer algunas secuencias tengo tales agujetas que apenas puedo subir escaleras durante varios días.

—¡Ay!

—Que sí, de verdad. Ay. —Cogí el pasador que utilizaba para separar e hice un moño con la mitad superior del pelo que sujeté con él. Después eché mano del cepillo y me lo pasé por la parte inferior del pelo para asegurarme de que no había ningún nudo.

Al mirar el móvil constaté que Beast ya se estaba distribuyendo el tinte por la cabeza. Imaginaba perfectamente cómo le quedaría el azul cielo. Seguro que marcaba un contraste perfecto con esos ojos castaños claros que casi parecían dorados.

—¿Qué es lo que más te gusta cuando salís de gira? —inquirí mientras cogía la brocha y empezaba a extender el tinte por las puntas, prestando atención para aplicarlo solo en los mechones decolorados y no en mi color natural.

Beast lanzó un suspiro reflexivo y se paró a pensar un momento.

—Me encanta tocar las canciones en las que hemos estado trabajando meses o incluso años, pero lo que más me gusta es que no tengo que... pensar. No sé si tiene sentido.

—Si me dieras más detalles, seguro que lo entendería un poco mejor —contesté con cautela, ya que no acababa de entenderlo.

Él miró a la pantalla y después a la imagen que le devolvía el espejo mientras embadurnaba de tinte el siguiente mechón.

—Cuando vuelvo a la calma tengo en todo momento la sensación de que debería emplear el tiempo en hacer algo mucho más productivo. Entonces el cerebro me empieza a ir a mil y rara vez para. Solo me libro de esa sensación al hacer música. Y cuando estamos de gira ni siquiera tengo ocasión de pensar o de preocuparme. Solo estamos los chicos, yo y la música que tocamos para miles de personas que se sienten unidas de un modo determinado a través de las canciones.

Me detuve un instante de la atención con que lo había estado escuchando. Cuando me miró de nuevo me apresuré a coger el siguiente mechón.

—Me parece lógico, sobre todo lo del cerebro a mil. —Eché hacia atrás los mechones terminados y sentí el frío en la espalda a través de la tela de la camiseta—. Yo a veces no puedo dormir de lo nerviosa que me pongo antes de un programa. O porque de repente se me ocurre en plena noche algo que quizá debería haber formulado de otra manera o que hice mal en una entrevista.

—A eso me refiero. Abrir los ojos a las tres de la madrugada y ponerse a pensar en alguna cagada.

Asentí enérgicamente.

—Ya, es espantoso. Y cuanto más tratas de seguir durmiendo, más empeora la situación y más despierto estás.

—Y yo que pensaba que no era un fenómeno muy extendido.

—Bueno, a mí por lo menos me pasa.

Beast siguió aplicándose tinte, y ya no daba la impresión de que fuese especialmente preciso.

—¿Y tú qué haces cuando no puedes volver a conciliar el sueño?

Me encogí de hombros.

—La mayoría de las veces me pongo a ver alguna serie cuyos capítulos me sé de memoria. Se trata de sentirte bien viendo algo que te dé sensación de hogar. —Lo miré y sonreí—. Podrías ver *Crepúsculo*. O *El señor de los anillos*. Aunque no sé yo si con eso me podría quedar dormida.

—Vale, pero ¿tú qué ves para quedarte dormida otra vez?

—*Twisted Rose* —respondí de inmediato, y al hacerlo me salpicó un poco de tinte de la brocha a la camiseta y solté un taco en voz baja—. Uy.

—No la conozco.

—Es una serie de misterio. Tienes que verla. Se acaba

de anunciar la segunda temporada, y la primera termina con un suspense brutal.

—Eso es lo peor. Casi sería mejor que me esperase hasta que saliera la segunda temporada.

—Lo suyo es que sufras como los demás, si no es injusto. Además, todas esas personas que prefieren esperar a que salga la segunda temporada para ver la primera son las culpables de que muchas series no tengan más temporadas. Hay que verla al momento y abandonarse al sufrimiento, si no sería hacer trampa —contesté con resolución.

Nuevamente Beast profirió ese resoplido que estaba a medio camino de una risa.

Me pregunté cómo sonaría su risa de verdad. Sonora y distendida, como en los vídeos de antes. Por lo visto de ese Beast no quedaba mucho, pero al mismo tiempo el que tenía al otro extremo de la línea tiñéndose el pelo conmigo casi me gustaba un poco más.

—¿Se puede ver en *streaming*? Igual veo un capítulo.

Le dije dónde podía encontrar la serie y él asintió. Después agitó por última vez el tubo para echarse en las manos lo que quedaba de tinte. A continuación se embadurnó con él la cabeza y lo extendió hacia atrás. Luego se quitó los guantes y desapareció un instante de la pantalla; yo creí oír que abría una papelera. Poco más tarde apareció de nuevo ante la cámara y levantó el móvil.

—Eres muy lenta, Rosie —observó con sequedad, la vista clavada en mi pelo.

—¡Oye! A diferencia de ti yo solo me puedo dar el tinte en la parte que ya está aclarada. Y además tengo el pelo mucho más largo que tú.

—Sí, claro.

De pronto parecía un desafío mucho mayor seguir aplicando con precisión el tinte, ahora que él sostenía el teléfono en la mano y me observaba sin ninguna distracción. Notaba clavada en mí su mirada penetrante y me pregunté en qué estaría pensando para haberle propuesto lo que estábamos haciendo.

Mientras me ponía con los mechones de la parte posterior, Beast fue del cuarto de baño al salón de la habitación de su hotel; yo me di prisa para terminar y, de ese modo, poder contemplarlo como él a mí. Durante un breve instante me dejé llevar y disfruté del subir y bajar de sus hombros. La camiseta, que ahora tenía algún resto que otro de azul, parecía acentuar su ancha espalda, y yo noté un curioso aleteo en el pecho. Me pregunté qué se sentiría estando entre sus brazos. Probablemente me perdería en ellos.

Ay, no. No, pensar en eso no era muy buena idea.

Me miré deprisa las manos y me concentré de nuevo en el pelo.

—¿Es bonita la habitación? —me apresuré a preguntar mientras teñía con meticulosidad los mechones de delante.

—El hotel es algo antiguo, pero muy chulo. Mira. —Le dio la vuelta al móvil para que yo pudiera ver las vistas desde las amplias ventanas. La habitación debía de estar en una planta alta, a juzgar por lo pequeños que parecían los numerosos edificios. El sol ya estaba bajo en el cielo y no tardaría en ponerse. Vi media ciudad; a cierta distancia descollaban dos torres de una construcción gótica antigua. Beast las señaló con el dedo—. Es la catedral de Colonia. Uno de los edificios más emblemáticos de la ciudad.

—Es preciosa. Me da mucha envidia cuando me mandas fotos. Una envidia sana, ya sabes.

Beast giró de nuevo la cámara y vi su cara de interrogación.

—No sabía que la envidia podía ser sana.

Levanté una mano con tino.

—A veces sí. Depende. En cualquier caso, cuando yo te lo digo es algo así como: «Vaya, cuánto me alegro por él, algún día yo también veré la catedral de Colonia», no en plan: «Menudo capullo, yo me merezco más ver la catedral de Colonia».

Entonces sucedió: sus labios dibujaron una sonrisa pequeña, sincera, dejando a la vista los hoyuelos de ambos lados de la cara. El corazón me dio un vuelco y empezó a latir más deprisa en el acto. Qué bonita era esa sonrisa.

—Tienes razón, claramente hay una diferencia —afirmó con su voz ronca.

Al iniciar la conversación me había propuesto hacerlo sonreír, pero ahora me preguntaba si no habría sido un error. Y es que al ver cómo se suavizaban sus rasgos y lo abierta que era su mirada, me dio la impresión de que me acercaba demasiado al borde de un precipicio. Y no quería caer.

—Bueno, pues yo diría que la misión «teñirse el pelo» casi ha terminado —dije deprisa para romper el momento. La voz me salió un poco aguda, pero confié en que él no se diera cuenta.

Beast se señaló la cabeza, que seguía teniendo llena de tinte.

—No del todo, pero la mayor parte está liquidada, sí.

Resistí el impulso de frotarme el pecho allí donde de

repente tenía la sensación de que no había bastante sitio para lo que estaba creciendo en él.

—Tengo que recoger un poco mientras esto actúa —aseguré al tiempo que señalaba el caos del lavabo—. Y después ir al estudio.

A Beast pareció no sorprenderle el brusco cambio de tema. Se limitó a asentir y dijo:

—Claro.

Levanté un dedo y lo apunté con él.

—Espero una foto del resultado. A fin de cuentas, te he ayudado a elegir.

—La tendrás —aseguró Beast, y se dejó caer en un sillón delante de la ventana—. Que te vaya bien en el estudio.

Me obligué a sonreír.

—Gracias. Que pases una buena tarde.

—Gracias. —Durante un instante dio la impresión de que Beast iba a decir algo más, pero antes de que llegara a hacerlo apretó los labios y miró hacia un punto que estaba fuera del plano.

—¿Beast? —pregunté con voz tomada, y carraspeé acto seguido.

Él levantó la vista y me miró con cara inquisitiva.

Me costó bastante, pero conseguí decir lo que quería.

—Repetimos pronto, ¿te parece?

Volví a ver esa sonrisa minúscula que revelaba sus hoyuelos.

—Claro.

Mi corazón seguía latiendo desbocado. Ni siquiera dejó de hacerlo cuando pusimos fin a la videollamada.

25

20 de junio

rosiehart: *Foto*

beast: ariel ya puede ir haciendo las maletas

rosiehart: ¡Te toca! ¡Quiero ver el resultado!

beast: *Foto*

rosiehart: OMG, es genial. ¡Los dos de sirena!

beast: la próxima vez elijo yo el color

rosiehart: Trato hecho :)

21 de junio

beast: he empezado a ver la serie de la que me hablaste

rosiehart: *¿¿Twisted Rose??*

beast: sí

rosiehart: Es buena, ¿eh?

beast: *#justice4hannah*

rosiehart: Jajaja. Su muerte que fue genial.

beast: veo que puedes ser muy macabra

rosiehart: ¡Eso es justo lo que necesita una serie!

beast: que corra la sangre?

rosiehart: Personajes complejos cuyo destino sea relevante. Escenas de acción trepidantes. Una historia de amor conmovedora, con la que te emociones. Y, sí, algún asesinato que te deje devanándote los sesos.

beast: el asesino es nathan

rosiehart: Menuda chorrada, él nunca le haría eso a Sadie.

beast: voy por el capítulo cinco. te apuesto lo que quieras a que fue él

rosiehart: ... espera y verás.

22 de junio

beast: he terminado la serie... en qué momento me la recomendaste

rosiehart: ¡Jajaja!

beast: es, con diferencia, el final con más suspense de todos los tiempos

rosiehart: Ya te lo dije. Y ahora vas a tener que sufrir como los demás hasta que salga la siguiente temporada. Muajaja.

beast: según google aún tardará cinco meses. eres una villana, rosie hart

rosiehart: ¿Cómo es ese dicho tan bueno? Mal de muchos, consuelo de tontos.

beast: es bastante egoísta
que te consueles así

rosiehart: Perdóname, anda.

beast: puede que dentro de cinco
meses, si me gusta la segunda
temporada

rosiehart: Teniendo en cuenta que te
has tragado la temporada entera en
veinticuatro horas...

beast: ... es que es muy adictiva

beast: thorn acabó viéndola conmigo.
y también se ha quedado muy
frustrado con ese final

rosiehart: Siento haberos
fastidiado la noche.

beast: no lo sientes en absoluto,
solo lo dices por decir

rosiehart: ¡Muajaja!

beast: :P

23 de junio

rosiehart: *Buongiorno, Roma!*
Cómete un plato de pasta
por mí, porfa.

beast: *Foto*

rosiehart: Es tu venganza por cómo
te has quedado después de ese final
lleno de suspense, ¿no?

beast: exactamente

rosiehart: Qué buena pinta tiene eso.
Yo también quiero. Cómo se
desparrama la burrata...

beast: pediré otro plato
y me lo comeré por ti

rosiehart: ¿Ya habéis ido a ver el
Coliseo? ¿O la Fontana di Trevi?

beast: sí y sí, y casi me atropella
una vespa

rosiehart: Vaya. Espero que no
te haya pasado nada.

beast: el accidente fallido le ha dado a logan la idea de alquilar unas vespas para recorrer la ciudad. deséame suerte para que salga vivo de esta y no me parta la crisma

rosiehart: Te deseo suerte y espero que os lo paséis muy bien :)

beast: tú también, con lo que quiera que vayas a hacer hoy

24 de junio

rosiehart: ¿Has sobrevivido?

beast: *Foto*

rosiehart: ¿Son esos... Thorn y Hunt en una Vespa?

beast: sip. por desgracia no tenían bastantes para alquilar, porque leah también cogió una, y los de seguridad también, así que a ellos dos les tocó compartir

rosiehart: Me imagino que será muy raro estar siempre rodeado de personal de seguridad.

beast: pues sí, te acabas acostumbrando, pero aun así es extraño. a veces me quedo mirando el equipo de personas que velan por nuestra seguridad y pienso: pero qué coño es esto? cómo he acabado así?

rosiehart: Como si te fuera ajena tu propia realidad, ¿no?

beast: exacto. es difícil describirlo

beast: pero también hay días que pienso: vaya, qué guay que podamos hacer todo esto en serio. estoy aquí haciendo lo que más me gusta y soy capaz de conseguir que la gente se entusiasme con ello

rosiehart: Son muchas las personas a las que entusiasmáis. Y les dais la sensación de no estar solas con sus problemas :) Por lo menos eso es lo que he sentido yo siempre.

beast: eres lo más
beast: y también muy pelota

rosiehart: ¡Oye!

beast: es broma

rosiehart: Lo sé. Me gusta cuando bromeas.

beast: a mí también

25 de junio

rosiehart: Rellena los espacios:

rosiehart: Siempre que ___ estoy ___

beast: siempre que madrugo estoy insoportable

rosiehart: ¿Significa eso que te gusta trasnochar?

beast: sí. y a ti?

rosiehart: Adivínalo.

beast: yo diría que, con toda esa energía que tienes, eres más de mañanas

rosiehart: Cien puntos para ti.

beast: qué menos que eso

rosiehart: Por la mañana aún tienes el día por delante, es cuando se tiene más energía, todavía no ha salido nada mal y todo es genial.

beast: en mi caso más bien es que por la mañana me duele la cabeza, no me apetece levantarme y solo quiero seguir durmiendo

rosiehart: Formamos un equipo estupendo, ¿no crees?

beast: jaja

beast: ahora rellena tú los espacios

rosiehart: Siempre que preparo entrevistas estoy contenta pero también nerviosa.

beast: quién es el siguiente invitado?

rosiehart: Un grupo indie llamado Eat the Compass. Todavía no son muy conocidos, pero su música es increíble.

beast: conozco algunas canciones.
me parecen muy buenas

beast: siempre te comes tanto la cabeza antes de una entrevista?

rosiehart: Sí. Es muy difícil dar con el tono adecuado. Quiero que mis invitados se sientan a gusto. No me gusta hacer las mismas preguntas que hacen los demás. Siempre procuro que tengan la sensación de que los escucho y de que me los tomo en serio.

rosiehart: Algún día os haré todas las preguntas que os quise hacer en su momento.

beast: olvida lo que pasó, rosie

rosiehart: No creo que pueda.

beast: en serio. haces un buen trabajo. yo mismo lo he visto y me doy cuenta de ello cada vez que hablamos. no tienes que demostrarme nada

rosiehart: A veces me siguen llegando comentarios maliciosos, y entonces pienso que en realidad no me merezco seguir como hasta ahora.

beast: eso es una chorrada

rosiehart: A veces yo también lo veo así, pero otras no puedo evitar que esos puñeteros pensamientos sean especialmente ruidosos.

beast: la próxima vez que te pase, me lo dices y buscamos juntos otros pensamientos

rosiehart: Suena bien.

26 de junio

beast: *Foto*

rosiehart: No sabía que en Zúrich había tanta agua. Vaya, es muy bonito.

beast: es la primera vez que venimos a esta ciudad. me parece la hostia. el hotel tiene vistas al agua, y tenemos un día de descanso

rosiehart: Pues aprovecha para relajarte.

beast: leah siempre nos concierta citas con masajistas y quiroprácticos para que el cuerpo no tire la toalla

rosiehart: OMG, no hace mucho vi un vídeo de un quiropráctico en acción. A la pobre mujer le crujía la espalda entera, casi dolía verlo.

beast: siempre es como si se me partieran los huesos, pero después la mayoría de las veces me siento mejor. me apetece

rosiehart: Uf. Se me pone la piel de gallina.

beast: si fueras al quiropráctico, seguro que te encontraría alguna vértebra y algún hueso que no están en su sitio. unos crujiditos y listo

rosiehart: Mmm... No, gracias.

beast: la verdad es que te cruje todo

rosiehart: Puaj.

rosiehart: En otro orden de cosas: me he dejado convencer por Kayla para que nos volvamos a reunir con la cadena. Esta tarde.

beast: ... rosie

rosiehart: Lo sé, lo sé. No debo hacer nada que me haga infeliz a largo plazo.

beast: entonces por qué lo haces?

rosiehart: Porque no sé decir que no.

beast: pues tendremos que practicar.
repite conmigo: no

rosiehart: ¿No?

beast: sin interrogaciones. sin pensarlo mucho. simplemente no, punto

rosiehart: Cuando lo dices tú parece tan fácil...

beast: porque lo es

rosiehart: He pensado en escuchar de nuevo y con atención lo que tengan que decir, compararlo con lo que yo he apuntado y después rehusar educadamente.

beast: según mi experiencia, no te servirá de nada. la cadena te quiere comprar, tú quieres seguir siendo independiente. de esa forma lo único que conseguís es perder el tiempo ambas partes, no crees?

rosiehart: ¿Cómo es que siempre tienes razón en estas cosas?

beast: porque soy estupendo

rosiehart: Es verdad.

beast: y tengo visión de conjunto

rosiehart: Eso también.

rosiehart: Bueno, ahora me tengo que preparar.

beast: suerte. ya me contarás qué tal te ha ido

26 de junio

beast: y bien?

27 de junio

beast: estás bien?

28 de junio

beast: rosie?

26

Rosie

Kayla y el señor Seymour habían concertado la reunión en The Spare Room, un bar de moda que estaba en Hollywood Boulevard.

Kayla y yo llegamos al local y entramos.

Toda la seguridad que había sentido cuando hablaba con Beast se había desvanecido a lo largo de las últimas horas. Era asombrosa la rapidez con la que había vuelto mi inseguridad. Y eso que sabía cuáles eran las ventajas que nos proporcionaría un trato así. Intenté mantener una actitud abierta a lo que me esperaba.

—Ya verás, Rosie, va a ser genial. Esta vez nos explicará de manera más detallada y con algunas cifras todo lo que podemos esperar si nos decidimos a firmar con él —afirmó Kayla a mi lado, y me dio un golpecito con el hombro mientras a mis oídos llegaba música de los años veinte.

Deseé que se me pegara de algún modo su seguridad, pero por desgracia no sentía la misma euforia. Lo que me sentía era incómoda con el traje que mi amiga me había prestado. El cuello de la blusa me picaba, me notaba las axilas sudorosas y la falda lápiz me apretaba en el estómago y me pellizcaba la piel.

Al ver la cara de interrogación de Kayla, me obligué a sonreír.

—Vale, estaré abierta a todo.

Con una sonrisa radiante, me cogió del brazo. Fuimos hacia una camarera y Kayla le preguntó por la reserva mientras yo echaba un vistazo al lugar.

El suelo era de parqué en espiga oscuro y el techo estaba revestido de artesones cuadrados de madera de ébano con focos encastrados en el centro. El bar ocupaba varias plantas; en la primera vi algunas lámparas de araña que desprendían una luz suave. Cuando la camarera nos acompañó a nuestra mesa, pasamos por delante de un espacio presidido por un piano y también de algunas mesas en las que los clientes jugaban a distintos juegos de tablero que parecían de otra época.

Nuestra mesa se hallaba medio oculta tras una pared. Alrededor de una mesita había un sofá circular de piel marrón claro con cojines de terciopelo malva.

El señor Seymour ya estaba allí. Cuando nos acercamos se levantó y extendió los brazos para saludarnos con una ancha sonrisa. Se había peinado con la raya al lado, tenía la tez bronceada y su sonrisa era de un blanco radiante y probablemente postiza.

—Kayla, Rosie.

—Gracias por la invitación, señor Seymour —dije con educación mientras le daba un firme apretón de manos.

—Me alegro de que hayáis podido venir. Por favor, sentaos —nos ofreció, y señaló el ancho sofá, en el que habrían cabido cinco personas.

Kayla y yo nos acomodamos en un lado y él en el opuesto.

El señor Seymour se echó hacia delante y apoyó los brazos en las piernas.

—¿Qué queréis tomar? —Señaló la carta—. Los cócteles son estupendos, y también hay algunos vinos excelentes si os gustan.

—Yo tomaré un Glitter Freeze —dijo Kayla, aunque no había mirado la carta ni diez segundos, lo que hizo que me preguntara si ya había estado en ese sitio. De ser así, no lo había mencionado.

—Yo un refresco de cola.

Kayla me miró sorprendida.

—Vamos, Rosie. No me irás a dejar beber sola —musitó con vehemencia.

Reprimí el impulso de fruncir el ceño. Que Kayla dijera algo así en una reunión de trabajo no podía ser menos profesional. Al mismo tiempo noté que el señor Seymour y ella me observaban con tal intensidad que me sentí literalmente abrumada.

—Está bien, tomaré un Tuxedo Moon. —El nombre me recordaba a una mezcla de Sailor Moon y Tuxedo Mask, y me pareció que tenía mucha gracia. Después dejé la carta en la mesa.

—Para mí un Daddy Cool, por favor —pidió el señor Seymour mientras devolvía la carta a la camarera, que lo había apuntado todo en una libreta. Cuando la chica se hubo ido, él se puso cómodo, cruzó las piernas y apoyó el brazo derecho en el respaldo del sofá—. Como ya dije en nuestra primera reunión y os repito ahora: el programa es brutal.

—Muchas gracias —contesté.

—Gracias —dijo también Kayla.

—Es estupendo ver que se le ponga tanto amor a algo. Desde luego lo que tenéis es una especie de diamante en bruto. Puliéndolo un poco podría llegar a ser algo muy grande.

Seguro que lo decía con buena intención, pero había algo en su forma de hablar de mi programa que me molestaba. Como si fuese una novata que solo porque estaba en un estudio pequeño no tenía ni idea de lo que hacía. Y eso que ya llevaba años haciéndolo, disponía de una red de contactos y no solo había adquirido conocimientos técnicos sino también estudiado mucho sobre labores periodísticas. De no haber sido así, no habría podido hacer que el programa funcionase.

Gracias a Dios trajeron los cócteles en tiempo récord. Brindamos y el señor Seymour dijo:

—Por el principio de algo nuevo.

Mientras tomábamos el primer cóctel, el señor Seymour estuvo hablando sin parar un buen rato de lo mucho que le gustaba el programa y de todo lo que se podía hacer con él.

—Una intro como es debida, publicidad con marcas grandes y de renombre. Un *branding* más profesional, para abarcar a todo el público objetivo, no solo a un público joven en su mayor parte —enumeró—. Un espacio en televisión. El alcance que tenéis ahora al final no será suficiente, os lo digo por experiencia. Las plataformas van y vienen y no querremos estar en el barco que se hunde cuando llegue ese día.

—No estoy muy segura de que todo eso sea posible sin

debilitar lo que hace que el programa sea lo que es —objeté, y di un sorbo al cóctel. Estaba muy rico, afrutado y con una nota ligeramente amarga, y bebí un poco más mientras el señor Seymour se inclinaba hacia delante.

—De ninguna manera queremos eso. De ninguna manera. El encanto del programa ha de mantenerse, al igual que el contacto estrecho con los invitados. Ahí es donde hay que seguir fijando la atención. Pero se puede pensar más a lo grande. —Levantó una mano e hizo un gesto amplio—. Imaginaos: vallas publicitarias en Sunset Boulevard. Si la producción se adapta y se aumenta, se podría llegar a millones de personas. Y más audiencia es sinónimo de más dinero y de más invitados de renombre.

Antes de que yo pudiera hacer alguna objeción o formular alguna pregunta, él siguió hablando. Sin parar. Nos presentó de nuevo todas las ideas que tenía con mayor detalle y sacó una carpeta en la que había algunas hojas con tablas y ejemplos positivos de programas que habían adquirido y optimizado. Las cifras eran impresionantes.

Mientras el señor Seymour seguía hablando, sirvieron la segunda ronda de unos cócteles que no habíamos pedido, aunque en el fondo me alegré de que los trajeran. Durante la última media hora se me había secado la garganta y a esas alturas tenía la cabeza saturada con semejante bombardeo de información.

—Ya he hablado con algunos productores a los que les gustaría organizar algo grande con vosotras —prosiguió el señor Seymour, mirándonos con gravedad a Kayla y a mí—. Estoy hablando de todo un equipo: gestor de redes sociales, productor, productor ejecutivo, montador, asistente de producción, periodistas que se encargarán de preparar las preguntas para que vosotras solo tengáis que formularlas. El equipo asumiría todo lo que no tenga que ver con la comunicación. Os supondría una enorme descarga de trabajo.

—¿Cómo que «para que vosotras solo tengáis que formularlas»? —pregunté desconcertada.

El señor Seymour se llevó a la boca los dedos, cuyas yemas se unían formando una pirámide.

—El concepto que hemos elaborado sería completamente distinto. Nos gustaría que el Rosie Hart Show se convirtiera en el Rosie & Kayla Show.

En mis oídos cesaron de repente las ideas que hacía unos instantes revoloteaban. Ahora en ellos no se oía más que un silencio descorazonador. Lo único que oía era mi propio pulso ruidoso y acelerado.

—Lo que la gente espera de vosotras es que seáis un dúo dinámico. Eso haría que las entrevistas fuesen menos estáticas, que tuviesen más vida. Y, seamos sinceros, Kayla tiene una cara preciosa. Sería una pena desaprovecharla detrás de la cámara —añadió, e hizo un gesto que englobaba a Kayla entera.

Reprimí el impulso de hacer una mueca de asco y miré a mi amiga con la esperanza de que ella sintiera lo mismo. Sin embargo, Kayla escuchaba embelesada las palabras del señor Seymour, y los ojos le brillaban con expresión soñadora.

—Has hecho un trabajo excelente, Rosie. Antes de la iniciativa de Scarlet Luck, vuestro alcance era una mínima parte de lo que reflejan las cifras actuales. Fue una jugada inteligente lo que hicisteis con ese grupo.

Con sus palabras el señor Seymour hizo que me volviera de nuevo hacia él.

—No fue algo planeado —afirmé con rigidez.

Kayla me puso una mano en la pierna y apretó con fuerza como para hacerme callar.

—Naturalmente que no. —El señor Seymour me guiñó un ojo. Después se colocó otra vez el maletín negro en el regazo y sacó una carpeta en la que había más papeles aún, que deslizó por la mesa en nuestra dirección—. Esta es la oferta de la cadena. Tiene una validez de veinticuatro horas. Entre nosotros..., yo en vuestro lugar firmaría deprisa.

No era capaz de descifrar lo que ponía en el papel que tenía delante. Las líneas negras se desdibujaban hasta volverse un borrón gris impreciso. El vello de la nuca se me erizó y las palmas de las manos se me humedecieron. El pánico me arrolló de repente y sin que pudiera detenerlo.

Tenía un plan. Me había preparado. Pero eso de ahí... se alejaba tanto del modo en que me veía a mí, en que veía mi programa y el futuro que me esperaba, que en ese segundo me quedé sin palabras. Tenía que salir de ese sitio y recomponerme.

Haciendo un gran esfuerzo logré carraspear.

—Necesito ir al lavabo un momento.

Dicho eso, me levanté y fui en dirección a los baños. Allí me lavé las manos con energía dos veces seguidas y también me eché un poco de agua fría en las muñecas y en la nuca para refrescarme. Por desgracia no sirvió de nada. La espantosa sensación de que algo estaba yendo tremendamente mal se negaba a desaparecer.

Recordé el ejercicio y empecé a enumerar cosas que veía en el cuarto de baño.

Jabón.

Grifo.

Toallitas de papel.

Clavé la vista en el espejo. Tenía las mejillas enrojecidas y las rodillas flojas del alcohol.

«Sin interrogaciones.»

«Sin pensarlo mucho.»

«Simplemente no, punto.»

Las palabras de Beast resonaron en mi cabeza.

Si lo visualizaba repitiéndome esa palabra, de pronto no me parecía tan difícil. Cerré los ojos y a la memoria me vino el sonido de su voz grave. Hablándome mientras los dos nos teñíamos el pelo. Escribiéndome a diario días después.

Me agarré al borde del lavabo y repetí varias veces sus palabras.

No tenía por qué estar en ese sitio si no quería.

No tenía por qué sentirme obligada a hacer algo que me haría infeliz.

Pondría fin a esa reunión de inmediato. Y después me iría a casa y mantendría una seria conversación con Kayla, porque lo de convencerme una y otra vez para que asistiera a esas reuniones tenía que terminar ya mismo. No podíamos seguir así. Esa búsqueda constante de algo mejor, hacer contactos con personas que no entendían lo que realmente era el programa, la presión a la que me sometía, a pesar de que yo era su jefa...

Me sequé las manos y salí del aseo. Aún me flaqueaban las rodillas y sentía la cabeza como envuelta en algodón, pero había tomado una decisión firme.

Justo cuando iba a dar la vuelta a la esquina para unirme a ellos oí la voz del señor Seymour, que ya no parecía tan entusiasmada y solícita como escasos minutos antes, y frené en seco.

—Me aseguraste que estaría de acuerdo, Kayla —decía.

—Y lo estará. Dale uno o dos cócteles más y será más fácil convencerla —respondió mi amiga.

—Ya no sé qué más le puedo prometer. Es una oferta estupenda. El que la rechace no está bien de la cabeza, que al parecer es lo que le pasa a Rosie Hart.

—Deja que yo me ocupe de eso. En cuanto el programa funcione y todo sea más profesional, nos quedaremos con los fans cuando cambiemos el formato y podremos prescindir de ella.

—Sabes que estoy al cien por cien, pero primero la tenemos que convencer de que nos ceda los derechos. El alcance de los perfiles existentes tiene un gran valor para el posterior desarrollo.

Dentro de mí se rompió algo. Era como si las piernas me fueran a fallar de un momento a otro. Me tuve que apoyar en la pared para no perder el equilibrio, la traición no podía dolerme más. No me podía creer lo que acababan de decir. Lo que acababa de decir KAYLA.

Mi amiga, a la que había confiado mis miedos y mis preocupaciones.

Mi compañera de piso, con la que había pasado infinidad de noches riendo en el sofá.

Mi colega, con la que había compartido un proyecto que era mi vida.

Conté en mi interior mientras inhalaba y exhalaba. Intenté agarrarme a algo para no perder por completo el equilibrio. Pero no sirvió de nada. La revelación arraigó en mis entrañas, abrasándolas dolorosamente, hasta que la necesidad de hacerme un ovillo allí mismo fue aplastante.

Kayla me había hecho ir hasta ese sitio para emborracharme y, una vez en ese estado, convencerme para que aceptase un trato que sabía que se oponía a mi visión. Había estado hablando con el señor Seymour a mis espaldas y le había hecho promesas confiando en que le resultara más fácil persuadirme para que firmase un contrato si antes me alcoholizaba.

Apreté los dientes cuando al inmenso dolor se sumó la ira sorda. Me debatía entre el deseo de echarme a llorar allí mismo y la necesidad de plantarme frente a ellos y romper el documento delante de las narices de Kayla y del señor Seymour.

No haría ninguna de esas dos cosas. Derrumbarme era algo que no me podía permitir, y esos dos tampoco serían blanco de mi ira. No se lo merecían. No se merecían absolutamente nada más de mí, ni siquiera un minuto de mi tiempo.

Me recompuse y respiré hondo otra vez. Después enderecé la espalda y me dirigí hacia ellos. Sin sentarme miré al señor Seymour.

—Muchas gracias por la generosa oferta, señor Seymour, pero me temo que debo rechazarla —dije con voz ronca.

Kayla se levantó de un salto.

—Rosie, por favor, al menos léelo todo bien. Vale la pena pensarlo. Creo que deberíamos...

—De «deberíamos», nada.

Kayla pestañeó.

—¿Perdona?

Carraspeé para contener el nudo que tenía en la garganta y volví a recordar lo que me había escrito Beast. Era MI programa. Nadie podía hacer con él nada que yo no quisiera. Y desde luego no permitiría que Kayla me obligase a nada después de haber actuado de un modo tan traicionero. Pero también quería intentar guardar las apariencias, por imposible que pareciese en ese momento.

—Ya lo he pensado, y no creo que esa sea la dirección en la que quiero ir con el programa —afirmé con un tono marcadamente neutro.

Kayla soltó una carcajada y miró al suelo mientras negaba con la cabeza.

—No me lo puedo creer.

—Siendo así, no tengo necesidad de seguir perdiendo el tiempo aquí —terció el señor Seymour al tiempo que se levantaba. Se alisó la corbata, se abrochó la chaqueta y se despidió haciendo un gesto sucinto con la cabeza.

—Michael, espera, me...

Él levantó la mano para hacer callar a Kayla.

—No es esto lo que se me prometió. Mi tiempo es demasiado valioso para chiquilladas, Kayla.

Tras pronunciar esas palabras, dio media vuelta y cruzó el bar.

Kayla lo siguió con la mirada hasta que dejó de verlo y entonces me espetó:

—¡¿Se puede saber qué coño te pasa?!

No me podía creer que de verdad me estuviera gritando. ELLA. La que acababa de echarme a los lobos.

—Eso precisamente quería preguntarte yo a ti —contesté. Me ardían los ojos. Cómo podía haber confiado en ella. Cómo podía haberla dejado entrar en mi vida hasta el punto de que ya no me imaginaba sin ella—. ¿En serio tenías intención de quitarme el programa?

Kayla resopló.

—Quería lo contrario, Rosie. Veo a diario el potencial que tiene el programa y el partido que se le podría sacar. Eso era lo único que quería.

—Aún harán falta unos años, pero a pesar de todo creo que se podrá llegar a algo grande sin la ayuda de una cadena importante. Y sin una copresentadora que no he pedido.

Kayla me miró entornando los ojos.

—En ese caso eres más ingenua de lo que pensaba.

Durante un momento creí que había oído mal.

—¿Por qué dices eso?

—Porque es un puñetero hecho, Rosie. Porque este mundillo no funciona así. Cuando a alguien le hacen una oferta así tiene que aceptarla. Si no lo hace, desaparece del mapa, posiblemente para siempre. ¿Sabes lo que les contará Michael a sus colegas? Que somos dos niñatas con las que nadie debería hacer negocios. Nos pondrá a parir.

—¿A mí qué me importa lo que vaya contando de mí un tío cualquiera que se da tantos aires? A fin de cuentas era él quien quería algo de mí y no al revés —exclamé furiosa—. El programa es mío, joder, y me gusta mucho tal y como está.

—¡Pero a mí no! —Kayla tenía los ojos encendidos de ira—. ¿Tú has visto dónde trabajamos? Ese estudio es una mierda en comparación con lo que Michael y su gente nos podrían ofrecer. Yo solo quería crecer, y una cadena es sinónimo de crecimiento, lo que a su vez significa más invitados y más pasta.

No me podía creer que me hubiera equivocado tanto con ella.

—Pero no es eso lo que yo quiero para el programa, Kayla.

Ella puso los ojos en blanco.

—No, claro. Porque al fin y al cabo aquí lo único que importa eres tú y lo que tú quieres.

Me pregunté desde cuándo pensaba así. A lo largo de los últimos años no me había dado la impresión ni una sola vez de que estuviera insatisfecha. Me costó trabajo soltar lo siguiente que dije, pero logré hacerlo.

—Lo que importa es lo que yo quiero porque es MI programa, Kayla.

—¿Tu programa? ¿TU programa? —Soltó una risotada—. Sin mí no habrías conseguido llegar ni de coña hasta donde estás ahora. De no haber hecho lo que hice con Scarlet Luck seguiríamos tratando con grupos indies de segunda fila que se creen los nuevos Rolling Stones aunque su música sea mediocre. Es...

—¿Qué acabas de decir? —la interrumpí.

Kayla puso cara de sorpresa y luego apretó los labios.

En ese momento caí.

En cómo me había apretado la pierna Kayla cuando le había dicho al señor Seymour que lo que había pasado en la entrevista a Scarlet Luck había sido un accidente.

En cómo había reaccionado Kayla cuando la entrevista con Velvet Trouble tuvo tantos clics.

«Todo ese drama nos ha venido de perlas. Quizá deberíamos repetirlo.» Sus palabras resonaron en mi cabeza.

—Dejaste... dejaste los condones en el sofá a propósito —musité.

Durante un instante ella guardó silencio. Después respiró hondo y supe que lo que escucharía a continuación haría tambalear los cimientos de mi mundo.

—Tal y como llevas el programa es imposible tener el alcance que yo deseaba. Quería hacer algo bueno para el programa... y esa fue mi manera de conseguirlo.

Sus palabras se repetían en mi cabeza. Una y otra vez. Y cuanto más lo hacían, tanto más se agigantaban, hasta que perdí por completo el control de mis emociones.

Kayla había sido la causante de que la entrevista se hiciera viral, y lo había hecho de forma intencionada.

Aquello era demasiado. No pude seguir conteniendo las lágrimas, aunque me había propuesto firmemente no llorar. Todos los comentarios sobre mí que había tenido que soportar las últimas semanas. Todos los insultos, las humillaciones que me había visto obligada a tragar. Todas las lágrimas que había derramado por culpa de ese incidente. Me habían dicho que ojalá estuviese muerta, joder. Me habían llamado puta, zorra fea, cerda. Kayla había sufrido conmigo esos momentos. Había estado a mi lado, me había consolado y había intentado animarme... cuando ella había sido la responsable. Había asumido mi caída para promocionarse y promocionar el programa. Para tener alcance y de ese modo quizá conseguir un espacio en una cadena de renombre. Había estado a mi lado mientras había faltado poco para que me hundiera, mientras ella trabajaba en la sombra para echarme de mi propio programa. No me lo podía creer.

—No tengo palabras —grazné.

—Le vino bien al programa —repuso ella—. Y, oye, encima ahora tienes algo con una estrella del rock.

El dolor y la ira se impusieron a la pena. Por primera vez en mi vida deseé hacerle daño a alguien. Apreté las dos manos y al mismo tiempo por dentro luchaba contra las ganas de vengarme, pero no pude hacer nada para combatir los funestos pensamientos. La necesidad de hacerle el mismo daño que me había hecho ella a mí era incontenible. Logré refrenarme con las fuerzas que me quedaban.

—Estás despedida. Desde este mismo instante —dije a duras penas—. No quiero que vuelvas a poner un pie en mi estudio.

Kayla se estremeció, y a su mirada asomó algo sombrío. El momento fue fugaz, pero vi que mis palabras le dolían. Sin embargo, tras ese breve instante no permitió que se le notara. Se cruzó de brazos y su expresión se tornó dura y hermética.

—Muy bien. Si es lo que quieres, por mí perfecto —afirmó con voz serena—. Ya puedes ir dejando la habitación, el contrato del piso está a mi nombre. Puedes volver a por tus cosas, pero después no quiero verte nunca más.

Antes de que yo pudiera decir nada cogió su bolso, dio media vuelta y desapareció, sus pasos resonando en el parqué.

Yo me quedé donde estaba, con los puños apretados, y al verme completamente sola di rienda suelta a las lágrimas.

27

Beast

—¿Qué os parece? —preguntó Thorn mientras entraba por la puerta que comunicaba su habitación con la mía. Tenía los brazos abiertos y nos enseñaba a Logan, Hunt y a mí lo que se había comprado.

—Parece que llevas puestas las cortinas que tiene mi abuela en el salón —repuso Logan mientras levantaba la vista un instante de la consola.

—Opino lo mismo —convino Hunt.

Reprimí una risilla porque no les faltaba razón. El estampado de la camisa de Thorn era de pájaros y flores de colores y, en efecto, recordaba un poco a las cortinas de la abuela de Logan, que aún estaban frescas en mi memoria.

—Pásame los nachos —le pidió Logan a Thorn, que satisfizo su deseo tras cogerlos de la mesa del salón.

Después salió por donde había entrado, sin duda para ponerse otra cosa para enseñárnosla.

—¿Podrías dejar de comer siempre en mi cama? —rezongué yo apretando los dientes.

—Tal y como has formulado la pregunta, te podría contestar con un «no»; lo sabes, ¿verdad?

Resistí la tentación de clavarle el bolígrafo en la cara o en otros sitios en los que seguro que le dolería. También traté de pasar por alto que lo que había dicho me había recordado a Rosie, de la que no sabía nada desde hacía días. Me extrañaba que no me hubiese vuelto a escribir después de estar en contacto casi a diario desde que empezamos la gira. Al mismo tiempo intentaba pasar por alto el hecho de que me había acostumbrado tanto a su compañía virtual que su silencio dejaba un vacío en mi vida cotidiana.

—¿Qué tal esto? —quiso saber Thorn cuando entró de nuevo en mi habitación, esta vez luciendo una camisa de seda rosa con un pantalón vaquero negro.

—Precioso —repliqué con sequedad.

—Único —añadió Buck.

—Una camisa de ensueño —remató Hunt.

Thorn esbozó una ancha sonrisa. Acto seguido cogió carrerilla y se tiró en la cama, haciendo que algunos nachos volaran por los aires describiendo un alto arco.

Seguro que esa noche, cuando me diera la vuelta en la cama, no pararían de crujir. Genial. Sencillamente genial.

Thorn apoyó la cabeza en mi muslo y se puso a ver Instagram.

Yo me centré de nuevo en mi libreta, donde estaba escribiendo nuevas letras de canciones. Aunque en realidad tachaba más de lo que escribía.

—Oye, ¿has visto esto? —preguntó de pronto Thorn mientras me enseñaba su móvil.

Vi un post gráfico, con algo escrito:

Nos tomamos un respiro, en breve estaremos otra vez con vosotros con nuevos invitados. ¡Hasta pronto!

El equipo del Rosie Hart Show

Intenté que no se me notara, pero me invadió la preocupación. Con todo lo que sabía de ella a esas alturas, tenía claro que Rosie jamás anunciaría un descanso tan de repente. Debía de tener algo que ver con la reunión de la que me había hablado y tras la que no me había vuelto a escribir.

Me pregunté maquinalmente si habría aceptado la oferta de la cadena. Quizá ese fuese el motivo de que tuviera que hacer un parón, de cara a una restructuración. Pero ni siquiera esa explicación me parecía propia de ella. Hacía escasos días me había estado hablando de su próxima entrevista. No tenía ningún sentido, lo mirara por donde lo mirase. Estaba seguro de que tenía que haber pasado algo. Pese a todo, no quería mostrar ninguna reacción delante de Thorn.

Le devolví el móvil.

—¿Por qué me enseñas esto?

Tras lanzar una breve mirada a Logan, Thorn se dirigió de nuevo a mí.

—Bueno, pensaba que podría interesarte.

Entonces lo supe.

Buckley, el muy bocazas.

Le di un puñetazo en el hombro, con fuerza.

Él pegó un respingo y lanzó un chillido.

—¿Se puede saber a qué leches ha venido eso?

—Piensa un poco y lo sabrás.

Logan miró a Thorn y después bajó la vista a su móvil, que seguía abierto con la imagen del programa de Rosie. Ni siquiera se molestó en disimular una sonrisa.

—Ah, ya.

Para que luego hablasen de privacidad.

—Me pregunto qué le pasará —observó Thorn con aire pensativo—. ¿Tú no?

Pues sí, claro que me lo preguntaba. Pero ni de coña se lo diría.

—Ah, ¿es la presentadora? —inquirió Hunt mientras también cogía su móvil.

—Sí —confirmó Logan—. La que chatea con Beast desde hace semanas.

—Habló el que bebe los vientos por Ashley Cruz como si fuera un adolescente encoñado —comentó Thorn, tras lo cual Logan le lanzó un nacho que le dio en un ojo.

Thorn pegó un grito, giró la cabeza y se me quitó de encima al tiempo que yo intentaba coger deprisa el nacho de la colcha antes de que alguien lo espachurrara, en vano.

Mientras los demás empezaban a pelearse, yo volví a pensar en Rosie. Ciertamente no era nada propio de ella tomarse un respiro de golpe y porrazo. Después de todas las cosas que me había contado, yo era más que consciente de que ese programa era la niña de sus ojos. Igual que la música lo era para mí. Y sabía que Rosie no tenía ganas de asistir a esa reunión. ¿Qué podría haber pasado que la hubiera empujado a desaparecer del mapa de repente?

Cuantas más vueltas le daba, más preguntas se acumulaban en mi cabeza y más intranquilo me sentía. Era como si por la piel me corriesen hormigas, y al final no pude seguir sentado.

Metí la libreta en la mesilla de noche, bajé las piernas y me levanté.

Thorn, Hunt y Logan dejaron de pelearse en el acto y me miraron.

—¿Adónde vas? —preguntó Logan con interés.

Resistí el impulso de poner los ojos en blanco.

—A ver a Leah.

—¿Para qué? —inquirió Thorn.

—No es asunto vuestro. Y ahora largo de mi habitación.

Dicho eso, los dejé en mi suite y enfilé el pasillo hasta el final. Nuestro equipo había alquilado toda la planta durante los dos próximos días y la habitación de Leah era la última de la izquierda. Levanté la mano con aire vacilante y la cerré. Entonces llamé dos veces.

—Un momento —se oyó al otro lado de la puerta, que poco después se abrió. Al ver que era yo, Leah se quedó boquiabierta un instante. Sin embargo, recobró la circunspección en un abrir y cerrar de ojos y se puso la habitual máscara de profesionalidad y distancia—. Pasa —me invitó mientras se hacía a un lado.

La saludé con la cabeza y entré en su habitación, que estaba unas cien veces más limpia y ordenada que la mía. Sus trajes de distintos colores colgaban en un armario de madera abierto, y debajo de ellos se alineaban con esmero los zapatos. En la mesa, que parecía demasiado pequeña, tenía un ordenador portátil abierto, una tablet y varios móviles. Todo ello daba la impresión de que Leah solo necesitaba esa habitación y unos cuantos dispositivos para dominar el mundo en unas pocas horas.

—¿Qué te preocupa? —me preguntó, y señaló una de las dos butacas que flanqueaban una mesa baja.

Me senté y lancé una mirada a la puerta. Confiaba en que los otros no se enterasen, porque si lo hacían no tendría un solo minuto de tranquilidad.

—Me gustaría pedirte un favor.

Leah echó mano de la tablet y la sostuvo en alto, con una expresión de resolución en los ojos.

—Mientras no sea algo ilegal, estoy dispuesta a hacer lo que sea, ya lo sabes.

Me moví inquieto en la butaca. Ahora llegaba la parte desagradable.

—Primero me tienes que prometer que no harás preguntas. Y que no les contarás nada a los demás.

Leah se sentó más recta y de pronto pareció un tanto alarmada. Como si esperase que fuera a dejar caer una enorme bomba de caos y se preparara para arreglar el follón.

—¿De qué se trata? —preguntó, el timbre un poco más agudo que de costumbre.

Levanté una mano para tranquilizarla.

—En realidad solo quiero que me des un número de móvil.

Ella arqueó las cejas. Nunca le había pedido algo así, y que esa petición se la hiciese precisamente yo a todas luces la sorprendió. Pero se recuperó deprisa.

—Claro. ¿Y de quién estamos hablando?

Inspiré hondo. Aquello me resultaba más desagradable de lo que había pensado.

—De Rosie Hart.

Leah abrió la boca, pero al parecer recordó que no podía formular preguntas. De manera que cogió uno de sus tres móviles, se puso a teclear algo y finalmente asintió.

—Lo tengo aquí. Te paso el contacto.

—Gracias.

En ese momento le sonó uno de los otros smartphones y Leah se volvió tan deprisa que casi salió volando del asiento. Después me miró con cara inquisitiva.

Me levanté.

—Tranquila, cógelo. Yo ya me voy.

Leah profirió un suspiro de alivio y cogió el móvil.

—Hola, cariño —dijo, con más calidez de lo que le había oído nunca—. Estaba deseando que me llamaras.

Me dio la impresión de que era una llamada personal, así que me apresuré a salir de su habitación para volver a la mía. Ya podía estar tranquilo, los demás se habían marchado.

Miré el móvil: me había llegado el mensaje de Leah. Abrí el contacto que me había enviado y vacilé. Luego aparqué todas mis dudas y marqué el número de Rosie.

Rosie

Lo cierto es que yo siempre había pensado que con el sofá les hacía un favor a mis invitados, pero después de tres noches durmiendo en el estudio, podía decir sin temor a equivocarme que no era así. Tenía el cuello rígido y era como si un elefante se me hubiese sentado en la espalda. Me dolía el cuerpo entero. Pese a todo, seguía tumbada allí aunque ya eran más de las nueve.

Mi mirada se desvió sin querer hacia las cajas que había amontonado contra la pared de enfrente. A lo largo de los tres últimos años había acumulado algunas cosas. Cuando en su día me mudé a Los Ángeles, solo me llevé lo que era importante para mí: Mr. Sleepy, álbumes de fotos de cuando era pequeña, algo de ropa y algunos recuerdos de mi familia, como por ejemplo la manta de *patchwork* que había confeccionado mi madre con sus sudaderas y las de mi padre de su época universitaria y con telas de mis abuelos, en la que llevaba envuelta tres días. Para entonces yo ya olía igual que la manta y echaba de menos los tiempos en los que todavía no tenía problemas tan serios. Los tiempos en los que mi vida no era un desastre, aunque en aquel momento no supiera apreciarlo bien.

De esa despreocupación ya no quedaba nada. Por mucho que olisquease la manta y por mucho que ansiara poder dar marcha atrás al reloj, volver a cuando mi mundo aún estaba intacto; a cuando mi madre seguía viva y mi padre no era un ser carente de emociones. De haberme visto entonces en la situación en la que me encontraba ahora, mis padres habrían sido los primeros a los que habría recurrido. En cambio, eso hoy era impensable.

Iba a tumbarme de lado para volver a cerrar los ojos, ya que dormir era mejor que cualquier otra alternativa, cuando me sonó el móvil.

Lancé un suspiro. No sentía ninguna necesidad de hablar con nadie. Y si era algo de trabajo, no tenía interés alguno en dar más explicaciones. Eso ya lo había hecho más que de sobra a lo largo de los últimos días, aunque en realidad lo que tenía eran ganas de llorar.

Por desgracia, quien llamaba era insistente. A diferencia de casi todos los demás, no se dio por vencido cuando saltó el buzón de voz, sino que llamó otra vez. Y otra.

Me volví y cogí el móvil, que estaba en el suelo, junto al sofá. En la pantalla me salía un número desconocido. Como no tenía capacidad alguna para hablar de nada en ese momento, colgué. Pero no sirvió de nada, porque llamaron de nuevo. Enervada, exhalé un suspiro. Por lo visto no iba a desistir. Y, quién sabía, quizá fuese algún asunto profesional que me resultara de ayuda. No podía dejar de lado completamente el programa solo porque estuviese triste.

—¿Sí? —La voz me sonaba rasposa, indicaba con claridad que apenas había hablado desde hacía días.

—¿Rosie?

—¿En qué puedo ayudarlo? —pregunté mientras me pasaba la mano libre por la cara.

—Soy yo..., Beast.

El corazón me dio un vuelco. Durante un instante creí que alguien me estaba gastando una broma. Pero entonces él continuó.

—Le he pedido tu número a Leah. Espero que no te importe.

Era su voz. Grave y ronca y tan serena como la recordaba.

—Hola —musité, porque no sabía qué otra cosa decir.

Durante un momento se hizo el silencio en el otro extremo de la línea. Solo se oía un leve crepitar, que probablemente se debiese a que era una llamada internacional.

—He visto lo que has subido y quería saber si estabas bien.

Guardé silencio. Por una parte, porque me había pillado del todo desprevenida; por otra, porque no sabía qué contestar. No le podía decir que mi vida era un desastre y que no tenía ni idea de cómo seguir adelante. Como tampoco le podía decir que Kayla había sido la responsable de lo que había pasado en la entrevista.

Había leído los mensajes que me había escrito Beast, pero no me había atrevido a responderle. No era capaz. No ahora que era consciente de que yo tenía parte de la culpa de que le hubieran causado dolor intencionadamente a él. Tenía la sensación de haber perdido el derecho a ser su amiga. Y eso era algo que, como todo lo demás, me dolía.

—Al leer lo del descanso me he preocupado —continuó él despacio—. Estoy aquí. Por si necesitas a alguien con quien... hablar.

No supe por qué lo hice. Por el hecho de que Beast se hubiese molestado en averiguar cuál era mi número porque estaba preocupado por mí. Por su voz, que sonaba tan compasiva y suave. O tal vez porque era la única persona de mi ámbito personal que me había llamado después de subir que iba a tomarme un respiro. Pero, al oír sus palabras, rompí a llorar. No quería hacerlo, pero un sollozo salió de mi garganta antes de que pudiera contenerlo. Aunque Beast no me podía ver, me tapé la cara con el brazo que tenía libre.

En el otro extremo de la línea oí que Beast cogía aire con fuerza.

—Rosie...

—Lo siento. —Sorbí por la nariz—. Lo siento, no quiero llorar más, de verdad.

Él carraspeó, como si no supiera cómo lidiar con la situación.

—¿Me cuentas lo que ha pasado?

Negué con la cabeza automáticamente, pero al mismo tiempo sentía que no podía más. No tenía a nadie a quien acudir: ni mi padre ni mucho menos las pocas personas a las que había conocido, sobre todo a través de Kayla. Lo cierto era que en ese momento necesitaba de verdad a un amigo, aunque tuviese claro que no merecía su amistad. Sin embargo, sabía que tenía que contarle la verdad; se lo debía. Así que respiré hondo.

—Fui a la reunión que te comenté, con Kayla —empecé. Y después le conté todo lo que había pasado: la oferta concreta que me había hecho la cadena, su idea de reorganizar el programa, la traición de Kayla. Y también que había sido ella la que había escondido los condones aposta en el sofá. Porque quería que el incidente se hiciese viral... a mi costa. Y a la del grupo, aunque ella sabía a la perfección lo importante que era para mí esa entrevista.

Beast soltó algún que otro taco en voz baja, pero no me interrumpió. Me escuchó pacientemente hasta el final.

Cuando hubo terminado volvió la ira incontenible, que puso fin a las lágrimas. Me enjugué los ojos.

—Lo siento mucho. De veras. No sabía que lo había planeado ella —aseguré con un tono áspero.

—¿Te acabas de disculpar? —preguntó él con voz apagada.

—Sí, porque..., Dios, si lo hubiera sabido no habría permitido que se hiciera la entrevista. Y tú te enfadaste tanto y...

—No fue culpa tuya. Fue tu compañera la que lo planeó, no tú. A estas alturas sé cómo eres, Rosie, así que no tienes por qué volver a disculparte conmigo.

No me podía creer lo que estaba diciendo.

—Entonces ¿no estás enfadado conmigo?

—¿Por qué iba a estarlo? Es a ti a quien engañaron.

Estaba segura de que se pondría hecho una furia. De que la verdad acabaría con lo que había nacido entre nosotros a lo largo de las últimas semanas. Sin embargo, ahora Beast me demostraba lo contrario. El peso que se me quitó de encima fue algo indescriptible. Se me saltaron las lágrimas de alivio.

—¿Cómo han quedado las cosas entre vosotras? —quiso saber.

Carraspeé para aclararme la voz.

—La despedí en el acto, y ella se tomó la revancha echándome.

—¿Echándote? —repitió Beast.

—Del piso que compartíamos. El contrato está a su nombre, ella ya vivía allí antes.

—Joder —exclamó entre dientes.

—Ya, «joder» describe bastante bien toda la situación.

—No me puedo creer que te haya hecho eso.

Me sentó bien oírselo decir.

—Yo tampoco. Creía que era mi amiga.

—Alguien que te emborracha para que firmes un contrato, te manipula emocionalmente, te presiona y te quiere robar el programa no es un amigo, Rosie.

Cogí aire ruidosamente.

—Lo siento. Lo que quería decir es que... es igual que por lo menos mil personas más a las que yo he conocido. Y esas personas no tienen amigos de verdad. Tienen conocidos a los que utilizan hasta que por el camino se les cruza algo mejor a lo que poder agarrarse.

—Es probable que tengas razón —admití.

Los ojos aún me escocían, pero por lo menos ya no sollozaba. Ya ni siquiera tenía fuerzas para avergonzarme de haber llorado delante de él. Pero a la vez recordé la noche en la que me había encontrado en el almacén. Beast ya me había visto en un estado igual de lamentable y no había salido corriendo. Al contrario, se quedó conmigo hasta que me sentí mejor. Como ahora.

—¿Dónde estás viviendo?

—En el estudio —musité.

—¿Y ahí tienes todo lo que necesitas?

No quería darle detalles de la situación en la que me hallaba en ese momento. Por otra parte, tampoco había ningún motivo para ocultarle nada: se lo había contado todo y había llorado a moco tendido, así que ¿qué más daba que también supiese el resto?

—En realidad no. Por ahora voy a ducharme al gimnasio. Pero estoy segura de que no tardaré en encontrar un piso por aquí cerca a un precio razonable.

De nuevo Beast permaneció callado un rato y después farfulló un taco que intentó reprimir.

—Encontraré algo —le aseguré, aunque ni yo misma me lo creía, teniendo en cuenta cómo estaba la vivienda en Los Ángeles.

—Puedes quedarte en mi casa.

Abrí los ojos como platos y durante un momento creí haber oído mal.

—¿Perdona?

—Aún estaremos fuera algún tiempo. Además, tengo una casita de invitados que solo utilizo de vez en cuando. Te puedes quedar ahí hasta que encuentres algo.

Negué con la cabeza como si estuviese teledirigida.

—No puedo hacer eso.

—¿Por qué no? —preguntó, y parecía seriamente desconcertado.

—Hay un montón de motivos por los que no es buena idea.

No dijo nada durante un rato, y al cabo carraspeó.

—Te has quedado sin casa porque tu amiga y compañera de piso y de trabajo ha resultado ser una lagarta traicionera. Yo tengo una casa en la que no hay nadie y que podrías tener para ti sola mientras yo esté de gira. Más que un problema, yo lo que veo es una solución perfecta.

Apreté los labios, pero se me escapó una risita contenida.

—«Lagarta traicionera.» Creo que pasará a formar parte de mi vocabulario.

—Estás cambiando de tema, Rosie.

—Porque es demasiado —repliqué—. No me sentiría a gusto viviendo a tu costa.

—Bueno, pues entonces págame un alquiler.

—Me temo que el alquiler normal que pagaría por tu casa se me iría bastante del presupuesto.

—Dame lo que pagabas antes de alquiler y listo.

No me podía creer lo que me estaba proponiendo. Cuando me llamó me daba pánico que al contarle la verdad lo que teníamos se terminara, pero me había demostrado que no era así. Más bien me tendía una mano para ayudarme a levantarme.

—No sé qué decir —grazné.

—Solo tienes que decir que sí, Rosie. Y me pongo a organizarlo.

Oí un crujido de fondo y después pasos.

Me paré a pensar febrilmente. La oferta desde luego era mejor que todas las demás alternativas. Sin embargo, me asaltó la incertidumbre. No sabía lo que significaría eso en un futuro para la amistad que había entre Adam y yo. No quería acabar en otro callejón sin salida. Pero, por otra parte, solo sería algo temporal. Y podría aprovechar ese tiempo para buscar piso.

Tomé una decisión.

—De acuerdo —musité.

Durante un momento se hizo el silencio en el otro extremo de la línea.

—¿En serio?

—Sí.

—Vale —dijo él—. En ese caso haré unas llamadas para que preparen la casa de invitados. Puede que tarde un poco. Enviaré a alguien a buscarte, ¿te parece?

Un calor inundó mi estómago y me subió a las mejillas, tanto que me dio la sensación de que me ardían.

—No me puedo creer que uno de los mayores problemas que tenía acabe de desaparecer.

—¿Sabes lo que dice siempre Leah cuando pensamos así?

—¿Qué?

—Que a veces también se puede tener suerte. Y que no pasa nada por que las cosas sean fáciles.

Me costaba imaginar que la dura y fría Leah pudiera decir tamañas verdades.

Me froté los ojos de nuevo. Lo que me estaba pasando casi me parecía un sueño. Jamás habría contado con que Beast fuera a llamarme. Y menos aún con que me ayudara a arreglar el desastre que era mi vida en ese momento. A lo largo de los días anteriores me había sentido tremendamente sola. ¿Y ahora? Ahora sabía que al otro lado del mundo había alguien que pensaba en mí y se preocupaba por mi bienestar. Quería que Beast entendiese lo mucho que eso significaba para mí.

—¿Adam? —musité, y el pulso se me aceleró al pronunciar su nombre real. Decidí que a partir de entonces solo lo llamaría así. Antes no me sentía cómoda haciéndolo, pero en ese instante, en cambio, cualquier otra cosa me habría parecido rara.

—¿Sí?

—Gracias. De corazón.

28

Rosie

En cuestión de veinticuatro horas Adam lo organizó todo y un chófer me fue a buscar.

Adam vivía en una urbanización privada en Malibú, a una hora y media aproximadamente de donde yo vivía antes y a una hora del estudio. Aunque es probable que con el tráfico matutino hubiese que contar con una hora más. Sin embargo, en cuanto me fueron confiadas las llaves de la casa eso me dio lo mismo.

La oscura fachada de madera de cedro posiblemente me habría intimidado en cualquier otra situación, pero al contemplar la casa y escuchar el murmullo del mar solo pude pensar en que al cabo de un momento entraría en el reino personal de Adam Sinclair.

El chófer, que me acompañó hasta la puerta, ya se había vuelto a subir al coche. Antes de darme las llaves me había explicado por encima dónde estaba todo y que, por deseo de Adam, me habían preparado la casa de invitados. Ahora que subía por la escalera de madera del lateral de la casa tirando de la maleta y veía delante la imponente puerta, intenté controlarme y acallar las dudas que tenía, así como la sensación de ser una intrusa.

Tras un pequeño titubeo nervioso conseguí abrir la puerta y entré en casa de Adam.

Me quedé boquiabierta. Ya a primera vista la casa era preciosa por dentro.

Mis dedos se escurrieron de la maleta y permanecieron suspendidos en el aire un instante.

A mi izquierda había armarios empotrados del suelo al techo y a la derecha, algunas estanterías, pero mis ojos se sintieron atraídos por el agua como por arte de magia. En toda la planta baja de la casa había enormes ventanales que ofrecían una vista increíble del océano. Durante un momento no fui capaz de apartar la mirada. Cuando por fin lo logré, avancé por el parqué de madera de roble y eché un vistazo al lugar con aire vacilante. Estaba prácticamente segura de que aquello era obra de un interiorista, porque todos los elementos encajaban a la perfección.

El mobiliario era cómodo y minimalista, con una paleta de colores neutros y muebles en su mayor parte de madera maciza. En el salón, un sofá enorme de color crema se extendía delante de los ventanales y se prolongaba en la pared contigua, para poder ver la playa. Del conjunto también formaba parte una butaca de mimbre tapizada con piel sintética de pelo largo, colocada de cara al mar.

En el comedor, sobre una alfombra estampada, había una mesa alargada con diez sillas. Detrás se veían varios estantes de la misma madera con premios y fotografías de los chicos, y en la pared de más atrás algunos discos de oro y de platino enmarcados.

Una de las fotos despertó mi interés, y me acerqué más para verla mejor.

Adam estaba en el centro, y supuse que la señora y el señor que tenía a ambos lados eran sus padres. A su madre le sacaba más de una cabeza, mientras que su padre era igual de alto y ancho de espaldas que él. Los dos dirigían una sonrisa radiante a la cámara, y también en la cara de Adam se dibujaba una sonrisa pequeña pero feliz, que me costó dejar de mirar. Levanté la mano para tocarla y noté un cosquilleo en el estómago.

Todavía no me podía creer que eso fuera real. Durante los días que había pasado tendida en el sofá llorando había creído firmemente que Adam no querría volver a dirigirme la palabra cuando supiera la verdad sobre la traición de Kayla. Pero que me sacase del aprieto en una situación tan apurada..., jamás habría contado con eso. Y en cierto modo me sentía rara. Era independiente desde hacía tanto tiempo que me resultaba de lo más extraño aceptar semejante ayuda.

Continué con mi ronda y entré en un espacio separado en el salón donde se veía una pared negra con un televisor, montones de libros y discos viejos. Delante del televisor había un sofá gris marengo que parecía igual de cómodo que el de los ventanales. Más a la derecha reparé en una gran chimenea, a ambos lados de la cual había leña almacenada en sendos nichos en la pared. No sabía a ciencia cierta si la leña era para hacer fuego o solo una decoración, pero por de pronto decidí no encender la chimenea, por si acaso.

Lo siguiente que inspeccioné fue la terraza. Una brisa fresca me acarició la piel y cerré la cristalera al salir. Allí también había varios asientos, sin duda, para entre quince y veinte personas. La terraza estaba acristalada y tenía una puertecita tras la que arrancaba un acceso privado a la playa. Era impresionante, y no creía posible que alguien no pudiera sentirse a gusto allí de inmediato. Esa casa debía de haber costado una fortuna.

Deseché la idea y finalmente llegué a la parte de la casa en la que me quedaría: la casita de invitados, que estaba unida a la principal por la terraza. Me habían dicho que utilizara la cocina de la casa principal y que en la despensa había algunas cosas.

También en la casa de invitados todo era perfecto. Enfilé el pasillo y entré por una puerta abierta a la izquierda.

Lo primero que vi fue la batería, que descansaba sobre una colorida y gruesa alfombra. Al parecer esa era una de las habitaciones que Adam utilizaba para ensayar. También allí había estanterías que exhibían más premios y estatuillas, y entre medias algunas fotografías y plantas. Además se veía una cama de matrimonio con sábanas blancas y un cobertor de color topo. Era el primer sitio al que quería ir, pero mi instinto me llevó en la dirección contraria, hacia la batería. Era lo único que había visto hasta el momento que presentaba señales de uso y, por tanto, no estaba tan impoluto. Me habían comentado que en la planta de arriba de la casa principal estaban la habitación de Adam y un estudio que el grupo utilizaba a veces. Aunque me despertaba una gran curiosidad, me guardaría muy mucho de entrar en su ámbito privado. Por eso me contentaría con la batería que había allí abajo, y que observé con atención.

Por todo el instrumento se distinguían huellas, manchitas y marcas que Beast había dejado. Cogí con cuidado las baquetas, que estaban en la caja. Deslicé los dedos por la madera y me lo imaginé sentado ante ella, tocando. Con los ojos cerrados, concentrado, porque se abandonaba por completo a la música. El cosquilleo que sentía en el estómago se volvió más intenso.

Dejé las baquetas en su sitio y cogí mi maleta. Saqué el neceser y fui al cuarto de baño, que estaba al final del pasillo a mano derecha. Había una bañera grande, esquinera, con hidromasaje, y me propuse firmemente utilizarla si me atrevía y me quedaba allí el tiempo suficiente. Pero de momento me bastaba con la ducha, que no tenía nada que envidiar a la estupenda bañera.

Me quité la ropa y me metí debajo del rociador con efecto lluvia. La sensación era tan maravillosa que estuve a punto de lanzar un grito de alegría. Me di una ducha tan larga y caliente que la piel se me enrojeció. Cuando salí, el cuarto de baño entero estaba envuelto en vapor y me sentí —al menos físicamente— como si hubiese vuelto a nacer.

Me sequé y colgué la toalla. Después me puse mi cómodo pantalón corto de canalé. Justo cuando iba a ponerme la parte de arriba reparé en algo blanco que colgaba del gancho del toallero. Lo saqué de detrás de la toalla.

Era una camiseta arrugada. Sencilla, blanca, con dos agujeritos arriba a la izquierda, junto al cuello. Parecía usada y estaba un poco descolorida, y, aunque sabía que era mejor que la dejase donde estaba, la cogí y la olí.

Percibí un aroma a gel de ducha mezclado con algo que solo podía ser el olor de Adam, el mismo que inundaba toda la casa.

Aunque no entraría en su espacio íntimo y revolvería en sus cosas personales..., en teoría esa camiseta estaba en la casita de invitados. Al parecer se le había olvidado a quien se había encargado de organizarlo todo en la casa. Seguro que Adam no echaba esa camiseta en falta, y el mero hecho de deslizar los dedos por ella me proporcionó una pizca del consuelo que él ya me había ofrecido por teléfono.

Me la puse sin vacilar.

Mientras me cepillaba los dientes casi no podía mirarme a la cara, ya que mi comportamiento me parecía vergonzoso, pero al mismo tiempo el tejido era tan agradable y suave que valía la pena. Y después, cuando volví a la habitación de invitados y me tendí en la cama, me llegó el olor a Adam y me sentí feliz.

Eché un vistazo a la batería, en el rincón, y seguí hasta la ventana, desde la que se veía el mar. El sol ya se hallaba bajo en el cielo y el horizonte estaba bañado en un naranja intenso. Sentí una calma inusitada, aun a sabiendas de que fuera seguían esperándome las responsabilidades y el caos. Sin embargo, al contemplar la puesta de sol, todo aquello ya no me pareció tan sumamente agobiante como hacía escasas horas. Recordé la fotografía que Adam me había enviado de la puesta de sol en Hamburgo y la conversación que habíamos mantenido.

Me incorporé y cogí el móvil. Después me situé en la enorme cama de espaldas a la ventana. Apunté con la cámara sobre todo a la puesta de sol, pero también un poco a mí, y sonreí, el contraluz encargándose de que en la pantalla apenas se me reconociese.

A continuación examiné la foto y me dispuse a mandar un mensaje. El primero que enviaría directamente al móvil de Adam.

Rosie: He llegado sana y salva y sigo estando muy agradecida. Una ducha con agua caliente, una puesta de sol preciosa y una cama digna de una reina. ¿Qué podría ser mejor?

Adam

Eran las cuatro de la madrugada cuando recibí la foto de Rosie. Acabábamos de volver al hotel después de estar en un pub de Glasgow donde habíamos probado la comida típica escocesa que ofrecía la carta. Noté que Leah me miraba más a menudo que de costumbre, de manera que con cada trago de whisky que daba me sentía observado. Cuando llegué por fin a mi habitación, casi lo agradecí.

La fotografía de Rosie me pilló desprevenido. Apenas se la distinguía, la mayor parte de la foto era de una ventana por la que entraba una luz anaranjada viva. Una puesta de sol. Pero lo que me atrajo fue la sonrisa de Rosie. Aunque en su rostro se proyectaban pequeñas sombras, distinguí su pelo mojado, pues acababa de salir de la ducha, sus ojos expresivos y su sonrisa, que parecía feliz. Estaba guapa. Muy guapa. El corazón me dio un salto en el pecho y me lo masajeé con la mano que tenía libre. Al leer sus palabras me arrolló una sensación extraña.

Estaba viviendo en mi casa. En el reino donde no quería que hubiese nunca una mujer. Donde rara vez recibía visitas, ya que mi hogar era sagrado. No sabía qué me había pasado, pero al oírla sollozar al otro lado de la línea se había impuesto un instinto contra el que no pude hacer nada. Era exactamente lo mismo que había sentido la vez que la miré a los ojos y vi en ella el mismo dolor que sentía yo a cada minuto. Y ahora, al ver que se encontraba bien, que gracias a mi ayuda volvía a levantar cabeza, se me quitó un peso de encima que ni siquiera había sido muy consciente de llevar.

¿Qué rayos me pasaba?

Contemplé la foto y me olvidé por completo de dónde me encontraba. Estaba absorto en la sonrisa de Rosie, como cautivado por ella. Por la idea de que fuese a dormir en la habitación en la que yo había pasado infinidad de noches. En la que podía dar rienda suelta a todos mis sentimientos libremente y sin vacilar.

Lo que sentía no era miedo. No hacía que rompiera a sudar. Pero sí que el corazón me latiese cada vez más deprisa.

Oírla llorar había hecho que todo mi cuerpo se tensara. Y cuando me había contado lo que le había hecho su amiga, ni siquiera había pensado en la jugarreta de la entrevista que había desatado aquel pánico en mí. Por mi cabeza pasaron otras cosas:

«Quiero hacer daño a quienes se lo han hecho a ella».

«Odio que llore.»

«Debo ayudarla.»

«Quiero protegerla.»

No entendía por qué me sentía así, pero tal vez tampoco tuviese sentido cuestionarlo más. Al fin y al cabo llevaba meses sintiéndolo, y no servía de nada. Cuanto más hablaba con Rosie, más fuerte era el lazo que nos unía. Y ahora mismo estaba demasiado agotado para luchar contra ello. Solo tenía fuerzas para contemplar su foto y pensar en lo que haríamos si estuviésemos juntos.

¿Hablaríamos con la misma naturalidad con la que llevábamos haciéndolo por teléfono desde hacía semanas?

¿Me crisparía como siempre que estaba con mujeres?

¿Me ayudaría a superarlo Rosie, como la había ayudado yo a ella en su día?

Intenté imaginarlo. Lo que haría si estuviese sentado a su lado en la cama. Y seguía sin sentir miedo. Más bien al contrario. La idea hizo que en mí volviera a la vida algo que creía que había muerto para siempre. El corazón me latía con fuerza contra las costillas y empecé a sentir un calor intenso.

Amplié la foto con dos dedos para ver mejor su rostro. Mi mirada fue bajando, vi cómo se ondulaba su pelo mojado en los hombros y dejaba manchas azuladas del tinte reciente en la camiseta blanca que llevaba. En ese instante vi los agujeritos cerca del cuello de la camiseta. Y sonreí sin querer.

Era mi camiseta. La que solía ponerme para ensayar, que siempre estaba en el cuarto de baño de la casa de invitados. Rosie se la había puesto, lo cual hizo que algo se encendiera en mi estómago y que la sangre corriera caliente por mis venas.

Me desabroché los primeros botones de la camisa y atravesé la habitación, me quité los zapatos sin detenerme y me dejé caer bocarriba en la cama, que crujió bajo mi peso. Estaba demasiado hecho polvo para escribir, así que levanté el móvil y llamé a Rosie. Mientras oía cómo sonaba, me puse la almohada detrás de la espalda.

—¿Sí? —dijo ella al otro lado de la línea.

—Te has puesto mi camiseta.

Durante un instante se hizo el silencio. Pasaron unos segundos.

—Yo también tengo camisetas blancas —repuso Rosie. Aunque era un buen farol, no me cabía ninguna duda de que era la mía.

—La he reconocido por los agujeros del cuello.

—Podría darle la vuelta a la tortilla y decir que, para ver eso, habrías tenido que ampliar la foto. Y bastante. Así que, dime, ¿cuál de las dos opciones es peor?

Solté una carcajada.

—Menudo morro tienes, teniendo en cuenta que me has birlado la camiseta.

—En realidad pensaba que quizá me contestarías con una foto tuya, pero vale. Voy a que me trague la tierra. Ha sido un placer conocerte.

Negué con la cabeza, risueño.

—Espera. No cuelgues.

La puse en altavoz, abrí la cámara y le di la vuelta para hacerme un selfie. Tenía la camisa arrugada y me pasé la mano por el pelo, que ya estaba despeinado, lo cual solo ayudó un poco. Aun así me hice la foto. Después fui al chat y se la envié.

—Ahí tienes. Hala. —Al apoyarme el teléfono en el pecho, oí que Rosie se quedaba un instante sin aliento.

—No es justo que estés tan bien a las cuatro de la madrugada.

El calor me subió por la garganta.

—Estoy hecho polvo.

—Puede que un poco cansado, pero a pesar de todo, muy... bien.

La pausa me hizo suponer que en realidad iba a decir otra cosa, y me pregunté en el acto qué sería.

—A cambio te diré que mi camiseta te queda mucho

mejor a ti que a mí. —Las palabras salieron de mi boca antes de que pudiera impedirlo.

—Permíteme que lo dude. —Su voz era dulce y un poco más áspera que escasos segundos antes.

—Rosie. —Pronuncié su nombre como si fuese una advertencia. Sin saber si iba dirigida a ella o a mí mismo.

Me daba perfecta cuenta de lo peligroso que era el terreno en el que nos estábamos adentrando. Un terreno en el que no quería volver a moverme con nadie, porque me sumía en un estado de auténtico pánico. Sin embargo, su voz suave y su foto con esa camiseta blanca, con el pelo mojado, en mi cama...

—Solo digo la verdad. —Esas palabras susurradas me llegaron hasta lo más hondo.

Poco después oí un crujido y supuse que también se había apoyado en las almohadas, con las puntas del pelo teñidas extendiéndose como un abanico. Noté que el pecho se me estrechaba al respirar, el calor se volvió más intenso en mis venas y me recorrió todo el cuerpo. Era más apremiante al imaginarme a Rosie en mi cama.

«Ojalá estuviera contigo», pensé.

Solo cuando ella lanzó un sonoro suspiro supe que lo había dicho en voz alta. El silencio que se hizo entre nosotros ahora era pesado y tenso al mismo tiempo. El momento se alargó.

Después Rosie carraspeó ligeramente.

—¿Qué harías si estuvieses aquí?

El corazón me dio un vuelco al oír esas palabras susurradas.

«Mierda.»

Lo que había empezado como una conversación de lo

más inofensiva avanzaba en una dirección que era justo lo contrario. Teníamos unos límites. Yo los había impuesto. Éramos amigos. Pero ahora ella estaba VIVIENDO en mi casa, joder. No podía decir lo que estaba sintiendo en ese momento al imaginarla en mi cama. Sencillamente no podía. Y al mismo tiempo el ardor que notaba en las venas era embriagador. ¿Cuándo me había sentido así por última vez? Hacía siglos. Por lo general solo era víctima de un miedo que me atenazaba la garganta y un impulso de salir corriendo lo más deprisa posible. Y ahora era justo al revés, por primera vez desde hacía años.

—Olvida la pregunta —dijo ella de pronto—. Ha sido de lo más inoport...

—Me sentaría a tu lado en la cama. —La traidora de mi boca tenía vida propia.

Oía su respiración sosegada y la imagen cobró cada vez más detalle. Vi cómo acariciaba su cuerpo el algodón de mi camiseta. A Rosie posiblemente perdiéndose en ella, pues yo tenía la espalda más ancha. Su pecho subiendo y bajando con regularidad, ya que sus pensamientos se movían en la misma dirección que los míos.

Tenía la garganta del todo seca.

—¿Y después?

—¿En serio quieres que sigamos? Porque se me están pasando por la cabeza cosas que no podré retirar así como así cuando las haya dicho —repuse.

—Solo si tú también quieres.

¿Quería?

¿De verdad deseaba traspasar esos límites? Escuché a mi cuerpo. Allí no había más que calor. Un calor que necesitaba explorar urgentemente.

—Quiero.

—Vale. —Temblorosa, Rosie cogió aire—. ¿Qué son esas cosas que se te están pasando por la cabeza que no se pueden decir?

La euforia me soltaba la lengua, al igual que imaginarla en mi cama. Aun así el corazón se me subió a la garganta cuando pronuncié las siguientes palabras.

—Si estuviese a tu lado te apartaría el pelo de la cara. —Fue como si estuviera viendo cómo dejaba a la vista su cuello y lo rozaba con suavidad con mis dedos—. Te acariciaría. Empezando por el cuello y bajando hasta la clavícula. Siguiendo hasta donde me dejaras.

Se oyó un breve jadeo.

—¿Podría tocarte yo a ti?

Abrí los ojos y clavé la vista en el techo de la habitación. Fui consciente de que estaba solo, con Rosie a miles de kilómetros de mí. Lo que estábamos intercambiando solo eran palabras. No caricias. Eso me daba seguridad. Quería perseguir a toda costa esa sensación arrolladora.

—Sí —afirmé con voz áspera.

Ella suspiró. Se hizo una breve pausa.

—Ya me lo estoy imaginando. ¿Podría acariciarte la cara?

Tragué saliva a duras penas y la visualicé sentada en la cama frente a mí. Acercándoseme. Poniendo las manos en mis mejillas y pasándome los dedos con delicadeza por la incipiente barba del mentón.

—Sí.

—Me gusta tu espalda. ¿Podría acariciarla? —siguió preguntando Rosie, con voz un tanto trémula.

Imaginé que lo hacía y se me puso la piel de gallina.

—Sí —afirmé de nuevo.

—¿Qué más?

«Esto no es real —me dije—. No está pasando de verdad.»

No tenía nada que temer. En esa habitación solo estaba yo.

—Me podrías desabrochar la camisa —contesté—. Y quitármela.

Rosie hizo un ruidito que no supe interpretar. Parecía de sorpresa y afabilidad al mismo tiempo e hizo que algo diera un salto en mi estómago.

—Yo dejaría que me hicieras lo mismo —dijo con voz ronca.

Intenté visualizarlo, pero me gustaba demasiado imaginarla con mi camiseta puesta.

—¿Y quitarte esa camiseta que te queda tan bien? Ni de coña.

—Adam... —Su voz no era más que un susurro bronco, y cuando pronunció mi nombre toda la sangre se me fue hacia el sur.

Para entonces la entrepierna me apretaba de tal forma que tuve que ponerle remedio quitándome el cinturón y bajándome la cremallera del pantalón. Mi mano se quedó allí quieta.

—Dime qué sería lo siguiente que me harías —pedí, y apenas reconocí ya mi propia voz de lo grave que era.

Rosie se paró a pensar un instante y de nuevo se oyó el leve crujir de la ropa de cama. Estaba en mi cama, con mi camiseta puesta... En mi imaginación me inclinaba sobre ella. Sin miedo. Sin inhibiciones. Allí solo había calor, hormigueo y los jadeos de Rosie, que hacían que un agradable escalofrío me recorriese la espalda.

—Si me dejaras, deslizaría las manos por tu pecho. Vería de cerca todos tus tatuajes y los dibujaría con los dedos. Y, si pudiera, justo después me inclinaría sobre ti y haría lo mismo con la boca.

Me quedé sin aliento y bajé la mano un poco más, hasta el punto que notaba duro y caliente.

—Puedes.

La sensación que acababa de despertar tras un largo sueño era cada vez más apremiante, y empecé a mover la mano arriba y abajo, despacio.

—Dime qué te gusta, Adam —musitó Rosie.

Su sola voz me hizo estremecer.

—No... no lo sé. Hace demasiado tiempo.

—Entonces lo averiguaremos juntos. Poco a poco. —Se oyó otro crujido—. ¿Te gustaría que te diese mordisquitos?

Puse a trabajar la imaginación. Rosie inclinada sobre mí, deslizando la boca por mi cuerpo y mordisqueándome mientras mis manos descansaban en sus nalgas.

Enterré la mano que tenía libre en la sábana y estrujé la tela entre los dedos.

—Creo que sí.

—¿Te gustaría que te besara? —La suavidad de su voz también insufló vida a esa imagen y vi a Rosie subiendo por mi cuerpo hasta situarse justo encima de mí, su pelo formando una cortina a nuestro alrededor.

—Primero te besaría yo a ti. Si estuviese contigo, enredaría una mano en tu pelo y te atraería hacia mí.

A mis oídos llegó su leve jadeo.

—Y yo te abrazaría y me pegaría más. Hasta quedar sentada a horcajadas encima de ti.

Imaginé que nos besábamos apasionadamente, con mi mano en su pelo, sus manos apoyadas en mí, nuestros vientres muy cerca. Lo DESEABA. Deseaba comprobar cómo sabía. Deseaba sentir sus labios en los míos y su cuerpo sobre el mío. Deseaba que se moviera encima de mí. Algo que hacía años que no me permitía imaginar y que ahora tensaba todas mis terminaciones nerviosas hasta casi desgarrarlas. Proferí un leve gemido cuando el movimiento de mi mano se aceleró un poco.

—Te rodearía la cintura con las manos y te pegaría a mí para que notaras lo que me haces. —Su leve jadeo en el otro extremo de la línea me remató y me empujó a traspasar el último límite que quedaba. No seguí cuestionándolo—. Dame más, Rosie.

—¿Más? —repitió ella con voz rasposa.

—Más jadeos. Necesito más. Tócate y deja que lo escuche.

—Ya... ya me estoy tocando. —Su respiración parecía entrecortada.

—Dime en qué estás pensando —pedí. Tenía que oírlo. No sabía por qué, pero la idea de que me deseara como yo a ella me volvía completamente loco de placer.

—No podría parar de tocarte. Y me movería adelante y atrás, cada vez con más intensidad, porque no podría evitarlo.

Mi movimiento se aceleró, igual que su respiración.

—Joder, Rosie.

—Ojalá estuvieras aquí —musitó ella entre jadeo y jadeo.

—Ojalá —repuse, porque así lo pensaba.

—Adam. —Su susurro sonaba casi desesperado.

Cómo me gustaba oírla pronunciar mi nombre.

Y entonces Rosie profirió un sonido que me recorrió el cuerpo entero.

—ADAM.

La imaginé en la cama de mi casa de invitados, con mi camiseta, la espalda arqueada, una mano por dentro de las bragas, mi nombre un gemido en sus labios.

No hizo falta más.

El placer me estremeció, ardiente e imparable, y me tapé con un brazo los ojos, que me hacían chiribitas. Mis movimientos se ralentizaron y el pulso se me disparó mientras leves temblores sacudían mi cuerpo.

Después exhalamos sendos suspiros. Rosie en un extremo del mundo y yo en el otro. A decir verdad, contaba con que mi cerebro se pusiera en marcha de nuevo y me gritara que había cometido un error. Con que me recordase quién era, lo que me había pasado y por qué era una idea de lo más estúpida llevar nuestra amistad a ese plano. Pero, curiosamente, mis pensamientos guardaron silencio. Sentía tan solo una grata tranquilidad. Casi no me lo podía creer.

No era posible hacer como si no hubiese pasado nada, como si no fuese nada. Era la primera vez que yo hacía algo así. La primera vez desde hacía más de tres años que me corría con ayuda de una mujer.

Lo era TODO. Y quería volver a hacerlo, porque la sensación había sido increíble.

—Deberíamos repetirlo —dije.

Primero solo se oyó el silencio. Y después...

...para alivio mío, Rosie soltó una carcajada.

—¿De verdad has dicho eso?

Dejé caer el brazo y miré la habitación. Allí no había nadie. Todo iba bien. Estaba a salvo. Y me sentía de maravilla.

—Pues sí.

—A partir de ahora quizá deba ponerme únicamente ropa tuya —afirmó ella de pronto, y me asusté—. Si eso hace que me susurres cosas subidas de tono por teléfono.

Sin quererlo, a mi cara asomó una ancha sonrisa. Rosie sabía cuáles eran mis límites sin que hubiésemos hablado abiertamente de ellos. Lo que acababa de compartir con ella no era algo que me tomase a la ligera, y esperaba que ella lo supiera.

—Como si estuvieras en tu casa —dije como si tal cosa—. Mi armario está en la primera planta de la casa principal.

—Solo era una broma. Jamás entraría ahí y me pondría a revolver entre tus cosas. Espero que lo sepas.

—Claro que lo sé. Confío en ti... —Arrugué la frente al pronunciar esas palabras, porque sabía que era así. Los últimos meses habían hecho que me fiara de Rosie. Tanto como para dejar que viviese en mi casa. Tanto como para entregarme así a ella por teléfono.

—Yo también confío en ti.

Volvió a hacerse el silencio un instante entre nosotros. Me pregunté en qué estaría pensando y me puse a buscar las palabras adecuadas.

—Lo que no puede ser es que ahora estemos raros —soltó ella de sopetón.

Crucé los brazos detrás de la cabeza, dejando el teléfono apoyado en el vientre.

—¿Por qué iba a pasar algo así?

Ella tardó un tanto en contestar.

—¿No es lo que pasa siempre? Se traspasan unos límites y al final todo va cuesta abajo.

Rosie no tenía ni la más mínima idea de lo que acababa de hacer por mí. De que, con su ayuda, yo había superado uno de mis miedos.

—Nada irá cuesta abajo, no lo permitiremos. —Quería quitarle ese temor como fuera.

—¿Me lo prometes?

Asentí, aunque ella no pudo verlo.

—Te lo prometo.

29

3 de julio

Rosie: ¿Por casualidad no habrá en la casa una cuchara para espaguetis?

Adam: en el primer cajón del centro de la encimera de la cocina

Rosie: Ahí hay cucharas. Lo que yo te digo es una que se usa específicamente para servir espaguetis. Una cuchara para espaguetis, vamos.

Adam: cuchara = cuchara

Rosie: *Foto*

Rosie: A esto es a lo que me refiero.

Adam: me gustaba más cuando me enviabas fotos tuyas

Rosie: Entiendo que eso es un no.

Adam: muy aguda. chica lista

Rosie: Todo el mundo necesita una cuchara para espaguetis, Sinclair.

4 de julio

Adam: cuál es tu color favorito?

Rosie: Mmm. Una pregunta difícil. No puedo responderla así, sobre la marcha.

Adam: pues tienes que hacerlo, y ahora

Rosie: ¿Y eso?

Rosie: OMG, ¿es que me vas a traer un recuerdo de Bruselas?

Adam: puede

Rosie: ¿Qué es?

Rosie: Tengo que saber qué es.

Rosie: ¿¿¿Quééééé???

Adam: tu color favorito, rosie, o elijo yo

Rosie: Presionarme así para que decida es casi insoportable. Me gustan muchos colores. Elige tú.

Adam: dicho y hecho. pero luego no te quejes

Rosie: Nunca me quejaría de un regalo. Ahora estoy supernerviosa.

Adam: solo es una tontería

Rosie: Me da lo mismo. A ver cómo me duermo esta noche.

Adam: cuenta ovejas

Rosie: ¿Cómo se puede ser tan encantador y tan malo a la vez?

Adam: hay quien nace con ese don

5 de julio

Rosie: Hoy he estado viendo un tutorial sobre cómo tocar la batería, ya que duermo con una. Y yo que pensaba que se me daba bien la multitarea..., pues acabo de comprobar que no.

Adam: jaja

Adam: cuando vuelva, te enseño cómo se hace en condiciones

Rosie: También podría mirarte sin más.

Adam: de eso nada. un poco de práctica y ocuparás mi lugar en el grupo

Rosie: Está bien, prepárate.

Adam: y de momento tú aporréala. seguro que te sienta bien. cuando lo hagas, piensa en kayla

Rosie: Ni me hables.

Adam: es que ha hecho algo más?

Rosie: Creo que ahora mismo preferiría no hablar del tema.

Adam: como quieras

Rosie: Prefiero imaginarte sentado a la batería :)

Adam: *Foto*

Rosie: ¿Es que quieres que me dé un infarto?

Adam: pensé que podía ayudar un poco a tu imaginación

Rosie: Qué bueno eres conmigo.

Rosie: *Foto*

Adam: y tú conmigo

6 de julio

Rosie: Por cierto, muy mono el delantal que hay en la cocina.

Adam: se lo dejó mi madre la última vez

Rosie: Algo así he pensado al ver lo de «Madre del año» y el Oscar al lado.

7 de julio

Rosie: Dentro de poco le haré la primera entrevista a un posible asistente de producción.

Adam: genial

Rosie: Parece muy entregado. Y nada lagartón. Aunque probablemente de eso no se dé uno cuenta a primera vista. Tiene un poco de pinta de perezoso.

Rosie: No que parezca vago —de ser así no lo habría invitado a ir al estudio—, sino que me recuerda al animal, por lo larguirucho que es.

Adam: ahora mismo no puedo

Rosie: Uy, perdona. Hablamos luego :)

Adam: era mentira. sí que puedo. es solo que no tengo un buen día y no quiero deprimirte

Rosie: 1. No me mientas nunca, por favor. 2. También puedes hablar conmigo cuando tengas un mal día. 3. Llámame si quieres hablar. Si no, no pasa nada.

Adam

Tal y como estaba de ánimos, me costó un poco, pero llamé a Rosie. Por un lado, porque con el mensaje que me había mandado me había animado a hacerlo. Y también porque ya hacía algunos días que no hablábamos por teléfono y quería oír su voz.

—Hola.

Lancé un suspiro cuando lo cogió. Era plena noche donde me encontraba yo, y de madrugada donde estaba ella.

—Hola —contesté. Mi voz parecía papel de lija, y me notaba la garganta igual.

—¿Todo bien?

La pregunta era sencilla y al mismo tiempo difícil de responder.

—Sí —aseguré. Y acto seguido—: No.

—¿Necesitas algo? —preguntó Rosie con interés.

Me senté en la silla que había junto a la ventana de mi habitación en el hotel. No sabía cómo explicarle lo que ocurría, porque en realidad no ocurría nada, pero a pesar de todo me sentía fatal. Y ese precisamente era el problema.

—A veces tengo días así, en los que todo se me hace cuesta arriba y me saca de quicio. —Yo mismo oía cómo arrastraba las palabras. ¿Se daría cuenta Rosie de lo borracho que estaba? Escribirle sin cometer faltas de ortografía había acabado con la poca concentración que me quedaba.

—No pasa nada por tener días así —afirmó ella con suavidad.

—Claro que pasa.

—Eso es una bobada.

Ella no lo entendía. Solté un suspiro de frustración y me pasé una mano por el pelo. Sentía una opresión en el pecho de la que no me había podido librar en todo el día. Era como si alguien me aplastara sin cesar, hasta el punto de verme obligado a acallar esa sensación angustiosa con ayuda del alcohol.

—No sé cómo explicarlo. Tengo el cerebro frito. Ojalá... —En el último momento pude frenarme para no terminar la frase.

En realidad estaba acostumbrado a sentirme así. Unas veces mejor y otras peor. Ese era un día malo de verdad y las cosas más sencillas me parecían imposibles. El peso era cada vez mayor y tiraba de mí hacia abajo, pero no disponía de tiempo para abandonarme a él. Estábamos de gira. Tenía que estar en la mejor de las formas, como siempre.

—Te noto triste, Adam —musitó Rosie—. Y no me gusta oírte así, porque entonces lo único en lo que puedo pensar es en que me gustaría machacar el motivo de esa tristeza.

Aunque en realidad era lo que menos me apetecía en ese momento, esbocé una sonrisilla.

—¿Machacar?

Soltó un gruñido a modo de confirmación.

—Si tuviera una espada, eso es exactamente lo que haría. O lo estrangularía con mis propias manos.

Oí un crujido y me la imaginé moviendo la mano como si quisiera pelear con alguien.

Me encantaba eso. Que los dos nos tomáramos en serio y lleváramos a la práctica lo que habíamos hablado por teléfono la última vez. Entre nosotros las cosas seguían igual que antes. Estaba bien. Me daba seguridad.

—Estás como una cabra —contesté—. Pero es todo un detalle que estés dispuesta a ir a la guerra por mí.

—Para eso estoy. —De nuevo se hizo el silencio en el otro extremo de la línea—. Me encantaría entenderte mejor.

Empecé a toquetearme los anillos, a subirlos y bajarlos.

—Me cuesta hablar de ello. Ya te he dicho alguna vez que no me gusta nada.

—Pero has mejorado mucho. Ya no tengo que sacártelo todo, y eso es algo de lo que siempre me alegro. —Lo dijo como si, en lo tocante a nuestras conversaciones, yo lo hiciese todo bien, y gracias a eso la tensión cedió un poco—. Y también recuerdo una conversación en la que mencionaste que no te permitías admitir lo que sentías.

Resoplé.

—¿Te acuerdas de eso?

Rosie profirió un sonido en señal de asentimiento.

—Yo tampoco me siento especialmente bien ahora mismo. Podemos sentirnos como la mierda juntos.

Me pareció un milagro que, dada la situación, consiguiera hacerme reír. Cuando dejé de reírme, carraspeé.

—Vale. —Tenía la impresión de que debía decir algo más. No porque me sintiese obligado a hacerlo, sino porque quería que Rosie me entendiera. Últimamente ella también me había hecho partícipe de sus sentimientos y quería demostrarle esa misma confianza, aunque me resultase difícil—. Siempre me parece que lo hago todo mal. Y que lo que me ronda la cabeza no es ni medio normal. Pero, cuando salimos de gira, lo cierto es que esa sensación siempre se sitúa en un segundo plano, porque los días pasan volando.

Rosie rumió mis palabras.

—Cuando estábamos tiñéndonos el pelo dijiste algo parecido. Que disfrutas mucho de las giras porque te permiten escapar del caos de tu cabeza.

Que se acordara de eso demostraba que me escuchaba de verdad. Pero también que tenía que escoger con cuidado mis palabras.

—Así es. Cuando tengo estos bajones..., me refiero a bajones serios, cuando me cuesta levantarme por la mañana y tengo la impresión de que solo podré aguantar el día con alcohol..., no sé. En esos casos me odio por sentirme así. No me permito sentirme así. No tengo derecho a hacerlo.

—Eso mismo les sucede a muchas personas. No pasa nada por sentirse así, Adam —aseguró ella, y sus palabras removieron en mí algo que se crispó con aflicción.

Negué con la cabeza con vehemencia.

—Sí que pasa si uno está donde estoy yo.

—¿Por qué piensas eso? —Literalmente la oí fruncir el ceño al formular la pregunta, y eso hizo que las palabras que había contenido hasta entonces bulleran a la superficie.

No lo pude evitar, salieron de mi boca como por su propia voluntad.

—Mira la casa en la que estás, Rosie. Mira todo lo que tengo, la puñetera suerte que tengo. Esta... debería ser la mejor época de mi vida. Debería celebrar mi existencia, disfrutar del éxito que tenemos, pero hay muchos días en los que solo me siento roto. Me agarro a cosas que sé a la perfección que no me hacen bien e intento sobrevivir como buenamente puedo. La mayor parte del tiempo tengo la sensación de estar manteniéndome a flote de chiripa, pero que en cualquier momento podría hundirme y ahogarme. Y lo peor es que me odio por ello. Odio no poder disfrutar sin más de toda esta mierda. Al fin y al cabo los demás sí que pueden. Y no paro de preguntarme qué coño me pasa. ¿Por qué soy un bicho raro?

Noté que la presión aumentaba tras mis ojos y me los restregué para ahuyentarla. El odio, la ira y los recuerdos volvieron y me odié a mí mismo por haberme abierto tanto a ella. Imágenes de la noche que me destrozó la vida desfilaron por mi cabeza. Movimientos vagos encima de mí mientras intentaba moverme sin conseguirlo. Pestañeé varias veces para que desaparecieran.

—Adam —musitó Rosie.

Me agarré con todas mis fuerzas a su dulce voz y todo mi ser se contrajo dolorosamente. Mi estómago rugía y el alcohol me abrasaba las entrañas.

—Uno puede tener todo el dinero del mundo, comprar todo lo que se le antoja y pese a ello sentirse mal. La cabeza no funciona así. No puedes esperar ser feliz siempre solo gracias a tus éxitos profesionales. A la larga tendrás que encontrar la manera de lidiar con ello, porque como sigas acallando tus sentimientos, te acabará pasando factura. Y será aún peor. Buscar ayuda no es algo de lo que haya que avergonzarse, y creo que todo el mundo tiene derecho a hacerlo. Incluido tú.

Sus palabras se repetían en mi cabeza, una y otra vez, y aunque yo sabía que en ellas había mucha verdad, solo pude hacer un gesto negativo.

—No lo sé. Reprimirlos me va bien desde hace años —repuse con la voz tomada y ronca debido a la cantidad de las emociones que me arrollaban.

—Pero quizá ha llegado un momento en que ya no puedes seguir así.

—Quizá. —Esa única palabra sonó ahogada, y carraspeé. Por desgracia no sirvió de nada. La opresión en la garganta seguía ahí, igual que la sensación de tirantez en el pecho y de constreñimiento en las entrañas.

—Yo no puedo hacer que ese dolor desaparezca, y no sé cómo te hace sentir. Pero estoy aquí. Necesites lo que necesites y sea la hora que sea, me puedes llamar siempre que te encuentres así.

Sus palabras se colaron en mi conciencia, donde lucharon contra la necesidad de acercarme al minibar a coger algo más de beber, un impulso que aborrecía. Me habría gustado coger la lámpara de la mesita de noche y destrozarla. Tal vez me sintiera mejor si hacía pedazos algo.

—Quiero romper algo. Y beber. Joder, Rosie, quiero beber más aunque ya voy completamente ciego. ¿Podría estar más enfermo?

—Quédate conmigo —musitó ella, y pareció casi tan hecha polvo como yo—. Por favor.

Sus palabras me llegaron al alma. Apreté los ojos y luché contra toda la rabia que había en mí.

Al cabo de unos segundos respondí con voz trémula:

—Lo intentaré.

Rosie exhaló un suspiro suave y yo creí oír el alivio en ese sutil sonido.

—¿Sabes?

—¿Mmm? —inquirí.

—Ojalá no estuvieras en la otra punta del mundo.

Eso era algo que ya nos habíamos dicho. La última vez que habíamos hablado por teléfono, en un contexto completamente distinto. Ahora en sus palabras resonaba algo distinto. Calidez. Empatía. Cariño. Apego. Todas ellas cosas que yo no esperaba de ninguna persona. Nada que DESEARA de otra persona.

Una vez más imaginé qué pasaría si Rosie estuviese conmigo. Cómo me sentiría. Si también conseguiría atravesar todas las capas con las que me había ido recubriendo a lo largo de los últimos años.

La idea no me dio miedo. En lugar de eso sentí que la perspectiva de tenerla a mi lado hacía que en mi pecho se extendiera un calor que pareció disipar toda la negrura.

Miré afuera y vi que el sol empezaba a salir.

—Ojalá, sí —afirmé.

30

Rosie

Era preciso que encauzara mi vida urgentemente. En la terraza que unía la casa de Adam con la casita de invitados contestaba a las solicitudes que había recibido al anuncio de empleo que había puesto, postergaba compromisos y siempre que sentía un asomo de pánico o tristeza contemplaba el mar. La mayoría de las veces me bastaba con respirar hondo para seguir organizando el caos que me esperaba en el ordenador.

Resultaba extraño vivir en la casa de invitados de Adam, pero al mismo tiempo disfrutaba distanciándome de lo que había sucedido con Kayla. Cuando a finales de esa semana se envió un comunicado de prensa de MCT en el que se informaba de que iban a lanzar un programa nuevo que presentaría Kayla, sentí una punzada de dolor, pero a la vez alivio por haber rechazado la oferta de la cadena. Había sido la decisión adecuada. Aunque siguiera tocándome la fibra sensible lo que había pasado con Kayla y lo sintiera por nuestra amistad.

Adam y yo nos escribíamos sin parar. Era curioso lo normal que me resultaba a esas alturas, y eso a pesar de..., en fin, de haber tenido sexo por teléfono.

Solo de pensarlo se me encendieron las mejillas. Ni él ni yo nos arrepentíamos de lo que había pasado. Yo lo notaba. Y lo veía en cada palabra que me escribía. Cuando me había llamado porque se sentía confuso y triste, yo había estado a su lado, como había hecho él conmigo, y era una sensación maravillosa que también pudiésemos compartir esa clase de sentimientos.

A lo largo de los días que siguieron, nuestras conversaciones volvieron a ser más desenfadadas, e intuí que estaba más animado. Lo cual me supuso un gran alivio, porque me gustaba mucho que ya no pareciese tan atormentado y me dejara escuchar su risa más a menudo. Eso era exactamente lo que yo siempre había querido. Cuando nos conocimos era una persona cerrada; ahora eso había cambiado y me permitía ser partícipe de lo que le pasaba. Contestaba a todos y cada uno de mis mensajes, por nimios que fuesen, y eso me hacía más feliz de lo que pensé que debiera.

Ese día tenía preguntas sobre su ultramoderna casa. Por ejemplo, por qué había tantos mandos a distancia pero ningún televisor. Adam me llamó a las once de la noche por FaceTime. Yo estaba sin maquillar y, para variar, iba vestida de cualquier manera, y durante un instante me planteé seriamente no cogerlo. Pero como llevaba días dándole vueltas al misterio de los mandos, acepté la llamada.

—Hola, estimado casero —dije, pero me costó seguir hablando. Lo primero que vi de Adam en la pantalla de mi móvil fueron sus hombros desnudos. Lo segundo, su cara adormilada, las gafas con la fina montura metálica que llevaba y el pelo azul revuelto—. ¿Todavía estás en la cama?

—En Birmingham son las siete de la mañana. ¿Dónde quieres que esté? —replicó.

Era de lo más injusto que estuviese tan guapo incluso cansado y recién levantado, pero esta vez me guardé muy mucho de decírselo.

—¿Cuánto has dormido?

Él volvió la cabeza hacia donde yo supuse que habría un despertador. Al hacerlo la sábana se le bajó un poco más y dejó a la vista su pecho y los tatuajes. Mi cerebro sufrió un cortocircuito, y me pregunté si Adam lo haría a propósito.

Me concentré con todas mis fuerzas en su cara, pero así tampoco mejoró mucho la cosa. ¿Cómo es que nunca lo había visto con gafas? Le quedaban bien, casi demasiado bien. Quizá pudiera conseguir que me mandara también una foto suya con gafas. Sería una bonita manera de completar mi pequeña colección de fotos de Adam, sin duda.

—Cuatro horas. —Como acababa de despertarse, aún tenía la voz muy ronca. Casi tanto como cuando me había susurrado que quería más...

No, ahora no podía pensar en eso. Seguro que se me notaría, así que guie mis pensamientos deprisa hacia un lugar más inofensivo.

Al darme cuenta de que me miraba con cara de interrogación, me puse más roja todavía.

—Espero no haberte despertado.

Él encogió un hombro.

—No pasa nada. Bueno, y ahora enséñame los mandos a los que te refieres.

Cogí los susodichos mandos a distancia. En casa de Adam había más o menos diez, en la casita de invitados solo tres de ellos. Pero como utilizaba la cocina de la casa principal, me había topado con el resto.

—¿Para qué es este pequeño de aquí? —inquirí mientras lo colocaba delante de la cámara para que él lo pudiera ver bien.

Adam se echó hacia delante con la frente fruncida.

—Ese es para las ventanas.

Me quedé mirándolo sin dar crédito.

—¿Para qué... hace falta un mando a distancia para las ventanas?

—Para oscurecer los cristales de los ventanales que dan al mar —contestó como si fuese la cosa más natural del mundo, mientras yo me quedaba boquiabierta un instante.

Pulsé un botón para hacer la prueba —algo que hasta ese momento no me había atrevido a hacer— y el ventanal de la habitación de invitados se volvió opaco de pronto.

—¿Has esperado hasta ahora para preguntarme por los mandos cuando llevas más de una semana en mi casa? —Adam se extrañó.

Tardé un poco en contestar.

—Después de la última conversación que mantuvimos no quería darte la lata. Y pensé que los mandos a distancia no tenían una importancia vital. Pero ahora que tengo este en la mano y veo que hasta se puede jugar con la luz, sospecho que fue un error. —Cogí el siguiente mando—. ¿Qué hace este? ¿Prepara una pizza que llega volando a la habitación con solo pulsar un botón?

Adam soltó una risotada, hizo una mueca y se levantó de la cama. Me concentré en su cara mientras él iba al otro lado de la habitación y se detenía delante de una mesa. Poco después oí el familiar runrún de una cafetera.

—Ese es para la tele.

—Pero si aquí no hay ninguna tele —repuse ceñuda. Lo

único que había frente a la gran cama era una pared blanca pelada y, justo debajo, una cómoda de madera.

—Dale al botón de la izquierda del todo de la segunda fila.

Hice lo que me decía y me llevé un susto cuando la cómoda se abrió por la parte de arriba y un televisor emergió despacio.

—No me lo puedo creer —comenté con incredulidad mientras me dejaba caer en el borde de la cama. Primero miré la enorme pantalla plana, que se movió hacia delante unos centímetros como por arte de magia, y después de nuevo a Adam, que para entonces sostenía en la mano una taza de café y me miraba risueño—. Tu casa es mágica —comenté, y él se rio.

—Ya estaba así cuando la compré. Pero es bueno saber que te gusta la magia. Yo también tardé semanas en enterarme de todo.

—Vaya, eso hace que me sienta un poco mejor. —Dejé el mando a un lado y eché mano del tercero—. ¿Para qué sirve este?

Adam bebió un sorbo de café.

—Para el equipo de sonido. Por si quieres dar una fiesta.

Negué con la cabeza en el acto.

—Nunca daría una fiesta en tu casa.

—Pues lo puedes hacer tranquilamente. Solo pregúntame antes.

Volví a negar con la cabeza, pero dejé de hacerlo cuando recordé algo.

—Uy, pues, ahora que lo pienso, creo que hay alguien a quien le gustaría visitarme. Te he hablado de Eden, ¿no?

Él me dirigió una mirada inquisitiva.

—La nueva novia de mi padre —aclaré.

—Ah, ya me acuerdo. La de los vestidos de novia que no querías que te cayera bien pero te pareció maja.

Hice una mueca.

—Me preguntó si podía venir a verme. Como todavía no sabe nada de mi situación actual y me da que aún voy a tardar un poco en encontrar piso, te quería preguntar si te importaría que viniera aquí.

—Claro que no. —Adam bebió otro sorbo de café y se recostó en la silla en la que se había sentado mientras yo deseaba que se pusiera una camiseta.

Por otro lado, me alegraba enormemente de que se sintiera tan a gusto conmigo que para entonces se quitara con regularidad su coraza de peinado y traje perfectos en mi presencia. Eso hizo que una vez más volviera a sentir el mariposeo en el estómago que a esas alturas casi siempre estaba presente cuando hablábamos.

—¿Cómo va esa búsqueda de piso?

—Por el momento he visto tres. Uno me interesa, el otro voló sobre la marcha y en el tercero había mucha humedad, se notaba nada más entrar. —Exhalé un suspiro—. El mercado inmobiliario está fatal, y algunos caseros creen que pueden engañarme porque soy joven y piensan automáticamente que soy ingenua. Lo que piden por una habitación minúscula es una barbaridad.

—Tómatelo con calma, ya te lo he dicho. La casa de invitados es tuya mientras la necesites.

—Gracias. No sabes lo mucho que me ayuda.

Él le restó importancia con un gesto.

—No hace falta que me des siempre las gracias, Rosie.

—No conseguirás que pierda mis modales. Si estoy agradecida, te lo diré.

Aunque Adam no parecía satisfecho, lo dejó estar.

—¿Adónde vais hoy? —pregunté poco después.

—De Birmingham a París.

Fruncí el ceño. Normalmente en las giras las ciudades estaban lo más cerca posible unas de otras, y puesto que los chicos ya habían estado en Bruselas, no tenía mucho sentido que ahora volvieran desde Inglaterra al continente europeo, a París.

—¿Es un añadido?

Él asintió y se pasó las manos por el pelo.

—En París está el Festival Happiness, que en realidad debería celebrarse otro fin de semana, pero lo cambiaron. Como nosotros ya habíamos confirmado la asistencia, metimos la fecha como pudimos.

De pronto parecía tenso, tenía la frente fruncida.

—¿Qué pasa? —pregunté asustada.

Él negó con la cabeza y la expresión sombría desapareció.

—Nada, nada. Es solo que nos espera una maratón de prensa interminable que no me apetece mucho. Ahora mismo esos compromisos se me hacen... cuesta arriba.

Consideré que era un gran avance que lo admitiera tan abiertamente.

—Lo entiendo a la perfección. Además, ya lleváis fuera casi dos meses, uno se acaba quedando sin fuelle. —En lugar de repetirle que tenía derecho a sentirse así, me lo callé. Después de todo no quería pasarme con los consejos, no me fuese a considerar Adam una listilla. Me paré a pensar en qué podía hacer para que su día fuese más fácil—. Cuando vayáis a París, ¿probarás alguna exquisitez?

Él entornó los ojos con escepticismo.

—Si pretendes lo que creo que pretendes, estás muy equivocada. No pienso comer caracoles.

—¿Ancas de rana? —planteé, y él negó con la cabeza de inmediato.

—Ni de coña.

—¿Ni siquiera un caracolito minúsculo? —inquirí, separando escasos milímetros los dedos índice y pulgar.

—No, pero ya que insistes tanto te llevaré unos cuantos de recuerdo.

—Vaya, otro regalo, qué detalle. Y ya que estamos: ¿qué me compraste en Bruselas?

—Si te lo digo, te quedas sin sorpresa.

—Vale. Pero al menos dime qué color elegiste.

Adam esbozó una sonrisa que dejó a la vista sus hoyuelos.

—Azul sirena. Por motivos obvios. —Señaló su cabeza y después la mía en la cámara, y yo también sonreí.

Pero de repente me asaltó un pensamiento inevitable. Habíamos traspasado un límite juntos. Nos habíamos sentido bien haciéndolo, ambos lo habíamos admitido, y hablábamos a diario. También de que nos gustaría estar en el sitio en el que estaba el otro. Sin embargo, en ese preciso instante me pregunté qué pasaría cuando Adam volviese. Éramos amigos, eso seguro, pero ahora que su sonrisa era capaz de agitarme de ese modo, sentía con claridad que había algo más. Mucho más, incluso.

Si hubiese estado a mi lado cuando me había confesado cómo se sentía... lo habría abrazado y no me habría apartado de él en toda la noche. También ahora deseé que no estuviésemos separados por una pantalla de móvil e infinidad de kilómetros. Deseé estar a su lado. Poder ver de cerca su sonrisa, que hasta ahora me había sido vetada en su presencia. Deseé poder pasarle la mano por el pelo y tocarlo con absoluta naturalidad, sin las normas que me habían sido impuestas en su día. Y como en ese segundo Adam me dirigió una sonrisa tan cálida, me planteé si él tal vez desearía eso mismo también.

—¿Qué pasa? —preguntó de pronto.

—¿Mmm?

—Veo perfectamente que te estás devanando los sesos. Dime en qué estás pensando.

Estaba sentada en el borde de la cama y comencé a moverme intranquila. La última vez que habíamos hablado habíamos sido tan sinceros el uno con el otro que ahora habría sido como dar un paso atrás si hubiese cambiado de tema o contado una mentira piadosa. Así que me aclaré la garganta y me decidí por la verdad.

—Solo me preguntaba... —empecé, y respiré hondo—. Me preguntaba cómo serían las cosas entre nosotros si estuvieses ahora aquí. O qué ocurrirá cuando vuelvas.

La taza que sostenía se detuvo antes de llegar a su boca mientras a mí me daba la impresión de que la cara se me incendiaba. En lugar de beber Adam bajó el brazo, se inclinó hacia delante y dejó la taza. Su mirada se tornó pensativa y yo creí ver el engranaje de su cerebro tras sus ojos dorados, igual que le había pasado a él antes conmigo.

—Podemos averiguarlo juntos. Cuando vuelva —repuso al cabo.

Lo miré y sentí que la esperanza cobraba vida en mi estómago con un aleteo.

—¿Sí?

Él hizo un gesto breve de asentimiento.

—No sé si a ti también te pasa, pero ahora mismo daría cualquier cosa por sentarme a tu lado en la cama y contarte en vivo y en directo para qué sirven mis mandos a distancia.

Solté una risotada de alivio.

—Sería lo más. Por lo de los mandos. Y porque... me encantaría que estuvieras aquí.

—¿De veras?

—De veras. —Y como para entonces habían caído todas las murallas que se alzaban entre nosotros, vencí mis miedos y me atreví a pronunciar las siguientes palabras—: Te echo de menos. Si eso tiene sentido.

Adam se inclinó hacia delante hasta que algunos mechones de pelo le cayeron por la frente, y deseé poder apartárselos. Todavía se le veían los hoyuelos, aunque la expresión de sus ojos parecía triste.

—Tiene sentido, Rosie, porque yo también te echo de menos.

31

Adam

—Tomad, una ronda de expresos para todos vosotros —dijo Leah mientras repartía con Caleb las tacitas, de las que salía un olor estupendo.

—Sois dos ángeles. Esto es exactamente lo que necesito en este momento —musitó Thorn, y los demás soltamos un gruñido en señal de conformidad.

El día había hecho mella en nosotros, y los numerosos compromisos nos habían dejado sin fuerzas. Primero el Festival Happiness, en el que tocamos una hora y después acudimos al *meet & greet*, y luego la maratón de prensa. Nos llevaron corriendo de un sitio a otro, y a pesar de todo ya íbamos retrasados. Y aunque Leah no quería hacérnoslo saber, era imposible no oír sus airadas conversaciones telefónicas, a pesar de que siempre saliese de la habitación para realizarlas. Incluso ella tenía ojeras y se pasaba la mano por la frente con nerviosismo.

—Tres compromisos más, chicos. Podemos con esto —aseguró dando unas palmadas—. ¿Necesitáis algo? ¿Más café? ¿Bebidas energéticas? ¿Comer? Puedo mandar a alguien a por lo que queráis.

—¿Me pones a cargar la Switch? —pidió Logan, sosteniendo en alto la consola con su funda negra.

—Claro, pásamela. —Leah la cogió—. ¿Algo más?

—Necesito que me recompongan —afirmó Hunt, e hizo girar la cabeza—. Me vuelve a doler el cuello.

—Te pido cita. ¿Alguien más tiene alguna molestia?

Los demás negamos con la cabeza.

—Por lo demás, somos completamente felices —señaló Thorn, su sonrisa bastante menos radiante que de costumbre.

—Bien. Entonces en marcha.

Con el equipo al completo nos dirigimos al edificio en el que se realizaría otra entrevista.

Mientras subíamos en el ascensor eché un vistazo al móvil para ver si me había escrito Rosie. Sus mensajes eran mis rayos de esperanza. A lo largo del día siempre me enviaba pequeños mensajes atentos que me demostraban que pensaba en mí, y memes divertidos que me alegraban la vida. Tenía la sensación de que Rosie me entendía y sabía lo cuesta arriba que se me hacía ese día, lo cual no hacía sino reforzar el sentimiento de anhelo que se había apoderado de mí la semana anterior. Pensaba una y otra vez en lo que me había preguntado: qué pasaría cuando yo volviera a Los Ángeles. Cómo estaríamos juntos. Cómo me comportaría en su presencia. Si nos tocaríamos.

Yo quería hacerlo. De eso estaba seguro. Quería estar a su lado, a esas alturas ya no podía negarlo. Y ahora, cuando miré el móvil y vi su nombre en la pantalla, ese sentimiento se vio confirmado.

Abrí el mensaje... y puse cara de asco.

Rosie me había mandado una foto en la que se veían

doce caracoles enormes en una sartén. Justo debajo ponía «*Bonjour!*» junto a una bandera francesa y un emoji de un caracol.

Adam: no

Rosie: Vamos. Solo uno.

Adam: no

Rosie: ¡Se supone que están riquísimos! Al parecer recuerdan a la ternera, pero con ligeras notas a frutos secos.

Adam: no

Rosie: Vale. Por intentarlo que no quede.

Adam: tu intento ha fracasado estrepitosamente. hunt y leah los han comido hoy mientras los demás los mirábamos traumatizados

Rosie: Puede que te estés perdiendo la mayor exquisitez de tu vida.

Adam: podré soportarlo

Rosie: Está bien. ¿Ya habéis terminado con las entrevistas?

Adam: no del todo. ahora estamos en una emisora de música. estoy cansado

Rosie: Aguanta, que ya no te queda nada. Lo vas a hacer genial. Y después podrás tumbarte y recuperar el sueño.

Adam: hablamos por teléfono más tarde?

Rosie: Sííí. Llama cuando termines. Yo ahora voy a dormir un poco. Mucha suerte :)

Adam: dulces sueños

Rosie: Estoy pensando en ti.

Leí la última frase varias veces seguidas y cada una de ellas notaba ese saltito en el pecho y el cosquilleo en la nuca.

«Yo también pienso en ti —se me pasó por la cabeza—. Ayer. Hoy. Siempre.»

Leí sus palabras unas cuantas veces más para que me quitaran los nervios que sentía antes de la entrevista. Durante el día había constatado que era un método fantástico para distraerme. Después bloqueé el móvil y me lo metí en el bolsillo interior de la americana. Donde también se encontraba la petaca. Me sentí tentado de sacarla para beber un trago, pero en el último segundo retiré la mano, la bajé y la cerré en un puño.

«No necesito beber.»

«No necesito beber para superar esto.»

Quizá funcionara si me lo repetía una y otra vez. Lo intentaba cada pocos meses. Sencillamente para demostrarme que yo era más fuerte. Que era yo quien tenía el control. Pero en días como ese, en los que la nube negra que se cernía sobre mi cabeza se compactaba cada vez más, me resultaba muy difícil, y ese cometido parecía mayor de lo que debería. Cerré los ojos y pensé en Rosie. Intenté que remplazara la imagen del alcohol que dominaba mis pensamientos. La vi delante de mí. Vi su sonrisa. Oí su voz cálida, que susurraba mi nombre. Duró un momento, pero al cabo de un rato surtió efecto y mi respiración se calmó.

Cuando llegamos arriba nos recibió el equipo de la emisora; yo me mantuve en segundo plano y evité el contacto visual. Me encontraba en el túnel, concentrado única y exclusivamente en superar los próximos minutos, como siempre que teníamos una maratón de prensa.

Traje a la memoria deprisa mi mantra: «Solo tengo que hablar un poco de música. Ni más ni menos. Puedo hacerlo».

Me lo repetí para mis adentros cuando nos sentamos en el sofá rojo en el que se realizaría la entrevista. A mi derecha estaba Hunt, a mi izquierda Thorn y, junto a él, Buck. Eché un vistazo al estudio. Todas las paredes eran blancas y estaban peladas, todas salvo la que quedaba a nuestra derecha. En esa había un papel pintado en el que todos los invitados que habían pasado por allí habían firmado con rotuladores de distintos colores. Para distraerme intenté descifrar los autógrafos.

—Hola, chicos. Me alegro de que estéis aquí —dijo una voz de mujer, y levanté la cabeza para mirar a la presentadora. Sostenía un gran micrófono con una funda de color violeta y nos sonreía con cordialidad.

Empecé a subir y bajar por mis dedos los anillos mientras la palma de las manos se me humedecía. Una luz estridente me dio en la cara e hizo que rompiera a sudar bajo la americana y la camisa de seda. Tendría que haber bebido algo antes. Por lo menos un traguito, solo para tranquilizarme.

—¿Estáis listos? —preguntó un tipo desde un lateral.

Nosotros asentimos y él levantó ambos pulgares antes de desaparecer por una puerta que llevaba al estudio de grabación. Se hallaba separado por una mampara de cristal tras la que también distinguí a Leah, Caleb y algunos miembros más de nuestro equipo.

—Cuando quieras, Francine —anunció una voz de hombre por los altavoces del techo.

Francine asintió... y vino hacia el sofá.

Abrí los ojos como platos y, cuando me quise dar cuenta, la presentadora ya se había hecho un hueco entre Thorn y yo. Su muslo rozó el mío y sentí un chasquido en los oídos. El zumbido había vuelto. De repente. Y era tan ruidoso que casi dolía. En mi cabeza aparecieron imágenes. Esas que solo se distinguían vagamente. Esas que siempre hacían que el corazón se me saliera del pecho del pánico. Esas que había creído poder reprimir.

—Así es mucho más cómodo —afirmó la presentadora mientras se apartaba el pelo. Unos mechones me tocaron y di un respingo.

Pestañeé varias veces, pero las imágenes seguían allí.

—Ya me lo imagino —farfulló Thorn al tiempo que Logan reía abochornado, con una risa que no parecía suya. Me lanzó una mirada en la que yo vi un asomo de preocupación. También Hunt me observaba. Su expresión tensa dejaba traslucir que se estaba calentando los cascos.

No hice caso a ninguno de los dos y apreté con fuerza los dientes cuando la mujer se volvió a mover a mi lado. Entonces dirigí una mirada a Leah a través del cristal, pero se había vuelto de espaldas a nosotros. Tenía el teléfono pegado a una oreja y se tapaba la otra con la mano. A Caleb no se lo veía. Me pasé una mano por el pecho y me concentré en respirar. Traté de contar las cosas que veía en la habitación, pero esa técnica no funcionaba cuando la fuente de mi pánico se pegaba cada vez más a mí.

La presentadora levantó el micrófono y miró a la cámara que tenía justo enfrente, en la que se veía una luz roja. Al lado, en una pantalla más pequeña, distinguí una imagen borrosa. Nosotros. Tensos y demasiado juntos.

Por la cabeza se me pasaban mil cosas: «Me quiero ir de aquí. Tengo que salir de aquí. No puedo respirar. Piensa en Rosie. Piensa en su sonrisa. No, eso empeora las cosas. Piensa en tus padres. Respira tranquilo. ¡Respira tranquilo, joder!».

—Madre mía. Mirad esto, amigos. Y que no os importe admitirlo: ¿quién no se cambiaría por mí en este momento? —preguntó la presentadora entre risas—. El grupo más sexy de todos los tiempos está conmigo, en el estudio. Dad la bienvenida a Scarlet Luck.

Los chicos levantaron la mano para saludar mientras que yo no fui capaz de levantar un dedo. Tenía las manos y los hombros completamente agarrotados. No podía moverme. Igual que aquella vez no me había podido mover. La historia se repetía. Se repetiría siempre. Una y otra vez, hasta que no quedara nada de mí.

—Me alegro de que estéis aquí, chicos. Tenía muchas ganas de que llegase este día. Contadme algo de vuestro nuevo álbum.

Thorn resopló con suavidad.

—¿Qué quieres saber? —Sus palabras me llegaron amortiguadas.

—A ver, déjame pensar. Por ejemplo, ¿qué os inspiró un sencillo tan sexy como «Last Forever»? La canción habla de un amor apasionado y en ella también hay añoranza. ¿Teníais en mente a alguien concreto cuando escribisteis la letra? —inquirió, y miró primero a la izquierda y luego a la derecha, a mí, alzando las cejas.

Yo respiraba demasiado deprisa, fui consciente de ello cuando la presentadora frunció ligeramente el ceño, pero no podía hacer nada. Ni moverme ni tranquilizarme ni empujar a la mujer del sofá para que no se pegara a mí como lo estaba haciendo. Faltaba poco para que se me sentara encima, una idea que casi me puso malo.

—Cada uno de nosotros abriga la esperanza en lo más profundo de su ser de encontrar un amor que sea para siempre —respondió Thorn—. Un amor que supere todos los obstáculos y en el que la pasión no se apague.

—¿Y ya habéis encontrado un amor así? —preguntó la presentadora mientras nos miraba a uno por uno.

—No creo que el amor sea algo que se pueda buscar de manera selectiva. Simplemente esperas hasta que llega, y entretanto lo único que puedes hacer es confiar en que lo hará.

—Se rumorea que uno de vosotros ya ha encontrado el amor, y nada menos que con la cantante Ashley Cruz. ¿Qué hay de cierto en estos rumores?

Hunt levantó su micrófono.

—Si nos creyéramos todo lo que se dice, cada uno de nosotros tendría por lo menos veinte relaciones. Y eso a mí me parece bastante agobiante.

A mi lado la mujer prorrumpió en una sonora y estridente carcajada, y al hacerlo su cuerpo se pegó al mío. Tardó un rato en tranquilizarse, y yo clavé la vista con obstinación en un punto de la pared mientras mentalmente contaba los segundos para liberarme de esa espiral de pánico.

—Sigamos con los rumores. También se dice que uno de vosotros lleva una vida de continencia y no se deja tentar por nada. Beast, ¿hay algo que quieras que sepan tus fans?

Me plantó el micro delante de la nariz. Yo volví la cabeza despacio hacia ella y la miré, con esa expresión ávida de sensacionalismo, aunque lo que en realidad me apetecía era levantarme de ese sofá y destrozar la cámara. Cómo me habría gustado hacerlo. Cómo me habría gustado sustituir el tremendo miedo que sentía por ira. Pero no podía hacerlo. Nunca podría hacerlo. Había demasiado en juego. Y el hecho de ser consciente de ello provocó que al peso que sentía en el pecho se sumasen diez toneladas más.

Pasaron unos segundos y ella se acercó más incluso. Tanto que notaba su puñetero aliento en mi mejilla. Me clavé los dedos en el muslo con tanta fuerza que seguro que me saldrían cardenales.

—Podemos someterlo a una prueba aquí y ahora.

El pitido que sentía en mis oídos cobró un volumen antinatural. Nadie se movía. Nadie dijo nada cuando la mujer dejó el micrófono en mi regazo y se llevó las manos a los botones de la blusa. Durante un instante pensé que quería tomarme el pelo, pero después empezó a desabrocharse un botón, y luego otro.

Me quedé mirándola sin dar crédito, y me arrolló una oleada de náuseas al ver cómo me observaba. Sus ojos siguieron bajando por mi cara hasta paralizarme. La rigidez se apoderó de mí por completo. Casi era como si el alma se me saliera del cuerpo y lo viese todo desde fuera: lo tenso que estaba junto a esa desconocida que se estaba desvistiendo delante de mí mientras me miraba como si quisiera arrancarme la ropa de un momento a otro. Su forma de sonreírme, segura de su triunfo, como si ya me tuviese en sus manos.

Quería darle un empujón.

Quería levantarme del sofá.

Quería gritar.

Pero no fui capaz de hacer nada de eso. Porque mi cuerpo me dejó en la estacada y no se movió del sitio, como aquella vez. Aunque el momento solo duró unos segundos, se me hicieron eternos. Y durante esos segundos eternos se me pasaron toda clase de cosas por la cabeza. La primera, que esa situación se volvería a repetir. Siempre habría mujeres que pensarían que lo que hacían estaba bien. Pasaría una y otra vez, hasta que mi corazón no pudiera soportarlo más y sencillamente se me parara.

Pasó demasiado tiempo hasta que la puerta se abrió y Leah y Caleb entraron como una exhalación en el estudio.

—La entrevista ha terminado —oí decir a Leah como desde lejos.

A mi lado, la presentadora no dejó de mirarme hasta que Caleb metió un brazo entre ambos y la obligó a levantarse, separándola de nosotros. Sentí una mano en la espalda, pero me zafé de ella. Mi cuerpo reaccionó automáticamente. Yo había perdido el control. La sangre se me agolpaba a los oídos.

—Vámonos —sugirió Thorn en voz baja.

Percibí, como veladas, voces furiosas y retazos de conversación. En mi pecho se contrajo algo. No podía pensar con claridad, todo se desdibujó hasta formar un amasijo indistinto. Lo único de lo que era consciente con excesiva claridad era lo que había sentido cuando la mujer se había arrimado a mí. Los recuerdos me acribillaban sin piedad. No había forma de escapar de lo que estaba pasando en ese momento en mi cabeza. La única salida era el entumecimiento.

En el ascensor eché la cabeza atrás, la apoyé en la pared y cerré los ojos. Me asaltaron imágenes que no quería ver. Recuerdos fragmentados que no formaban un todo y sin embargo hacían que me costara respirar. Mi mano se deslizó como por su cuenta en la americana. Saqué la petaca y desenrosqué el tapón con dedos temblorosos. Segundos después el líquido abrasador me bajaba por la garganta. Me lo bebí todo de unos pocos tragos, pero no era suficiente. Necesitaba más. Mucho más.

Alguien me tocó el brazo, y esta vez lo aparté sin contemplaciones. El manotazo y el escozor que sentí a continuación en la mano hicieron que abriera los ojos. Thorn me miraba con expresión sombría. Su preocupación me puso enfermo.

Cuando las puertas del ascensor se abrieron fui el primero en bajar, precipitadamente. Tenía que salir de allí. Cuanto antes. Una vez fuera cogí aire con avidez, pero la tensión no se iba. No podía respirar. Hacía demasiado calor, un calor sofocante. A mi alrededor el mundo daba vueltas a una velocidad de vértigo y me tambaleé y me di contra la fachada de cristal del edificio. Tenía que... Tenía que...

—Beast —dijo Thorn justo detrás de mí, y volví la cabeza hacia él.

—Thorn, te juro que como me vuelvas a tocar no respondo —gruñí entre jadeo y jadeo.

Él dejó caer la mano y apretó tanto los dientes que su mandíbula parecía a punto de romperse.

No necesitaba sus cuidados. Y menos aún los de Leah, que me miraba igual que él, también compadeciéndome.

Me separé del cristal y la señalé con un dedo acusador.

—Tú tendrías que haberlo impedido —espeté. Al oír mi tono ella se estremeció, pero aún tenía más cosas que decir—. Lo prometiste. Me prometiste que no dejarías que pasara algo así.

Leah levantó las manos en ademán tranquilizador.

—Lo siento. Entiendo... entiendo que...

—¡Tú no entiendes nada! —la corté, y después miré al resto. Era como si me encontrara en un túnel. Todo estaba oscuro, ya no veía la luz—. Ninguno de vosotros lo entiende. —Dicho eso, di media vuelta y eché a andar calle abajo.

Poco después oí pasos a cierta distancia y supe que Caleb me seguía. Me importaba una mierda. Necesitaba alejarme de ese sitio. Quería olvidar lo que acababa de suceder. Y solo conocía una forma de conseguirlo.

32

Rosie

Cuando me desperté me llevé un susto al ver el despertador: ya era más de la una de la tarde.

No era de extrañar que estuviese cansada, al fin y al cabo había estado toda la noche despierta, escribiendo a Adam, porque no quería que pasara ese día solo. Él había pasado más de una noche en vela por mí y quería demostrarle que me importaba, y mucho, que tuviese por delante un día tan complicado. Había subido el volumen del móvil al máximo a propósito para que me despertara cuando llamase, pero no había sonado. Eché mano del teléfono, perpleja: en efecto, no tenía ninguna llamada perdida. Y eso que ya habían pasado algunas horas desde la última entrevista.

Me incorporé. Sin saber por qué, me asaltó un mal presentimiento. Fui al buscador... y no tuve que bajar mucho. Lo primero que apareció fue algo que hizo que me saltaran todas las alarmas: Scarlet Luck.

Hice clic y al leer los resultados de la búsqueda me quedé sin aliento, horrorizada.

Probablemente los chicos de Scarlet Luck no contaran con esto: el flirteo subido de tono de una presentadora ante la cámara.

Con dedos temblorosos toqué el primer vídeo que aparecía debajo, que se abrió en Instagram.

En la pantalla se veía a Scarlet Luck en una emisora de música francesa, a punto de realizar una entrevista. La entrevista de la que me había hablado Adam hacía unas horas. Ya solo ver lo que vi me hizo fruncir el ceño: la presentadora estaba sentada en el sofá entre los chicos. Recordé las estrictas condiciones que nos habían impuesto cuando habían estado en nuestro programa. Eso no era algo que hicieran habitualmente.

Mis ojos se centraron de inmediato en Adam, agarrotado junto a la presentadora. Aunque por fuera parecía el mismo de siempre, la tensión que crispaba sus hombros y su rictus de amargura me dijeron con claridad que Adam preferiría estar en cualquier otro lugar del mundo.

«Sigamos con los rumores. También se dice que uno de vosotros lleva una vida de continencia y no se deja tentar por nada. Beast, ¿hay algo que quieras que sepan tus fans?», preguntó la presentadora con una sonrisa irónica.

La miré sin dar crédito. Igual que Adam, que tras oír su pregunta había vuelto la cabeza hacia ella despacio. Creí ver cómo giraban los engranajes en su cerebro. Se le habían puesto rojos el cuello y las mejillas, un color que se volvía más intenso por momentos.

«Pánico —pensé—. Está aterrorizado. Igual que aquella vez, en nuestra entrevista.»

Al cabo de unos segundos la presentadora se inclinó hacia delante con aire provocativo, tanto que su nariz casi rozó la de Adam.

Me asaltó una ira sorda. Me habría gustado atravesar la pantalla con la mano y apartar de él a esa desconocida.

Adam tenía las manos completamente en tensión, se clavaba los dedos en los muslos con fuerza, se veía muy bien. Y de pronto también los demás chicos dieron la impresión de no sentirse a gusto.

«Podemos someterlo a una prueba aquí y ahora.» La voz de esa mujer era una auténtica provocación.

Sentí como si me abrasaran por dentro con ácido. Una tirantez se extendió en mi estómago cuando la mujer dejó caer las manos y, con una mirada insinuante, empezó a desabrocharse la blusa hasta que quedó a la vista el borde del sujetador. Después le dirigió una sonrisa pícara a Adam, extendió un brazo mientras él seguía rígido a más no poder, sin moverse, y...

La pantalla se volvió negra y el vídeo empezó desde el principio.

Lo apagué y sentí ganas de vomitar.

Con dedos temblorosos bajé por la pantalla y leí algunos comentarios. Los fans estaban tan furiosos como yo. Insultaban a la presentadora, juraban que iban a boicotear el programa a partir de ese momento y no apoyar más a la emisora. Pedían que retirasen el programa y despidieran a la presentadora. Sin embargo, también había otros comentarios. En ellos se quitaba importancia a lo sucedido, aduciendo que solo había sido una broma. Algunas personas incluso felicitaban a la presentadora por tan genial ocurrencia.

Con cada comentario que leía me iba cabreando más..., hasta que vi algo que me heló la sangre en las venas.

Jajaja, mira y aprende @rosiehart. Es lo que tendrías que haber hecho tú.

Me mencionaban en los comentarios. Y no solo una vez. Constaté, horrorizada, que en las respuestas había más frases por el estilo.

Anda, esta se ha marcado un Rosie Hart. Qué fuerte.

Sinceramente, ¿¿¿quién no se querría desnudar delante de Beast???

Vergüenza ajena. Un espectáculo de lo más desagradable. Espero que los chicos estén bien.

Si ella hubiese sido un hombre y Beast una mujer, las cosas que se dirían serían muy distintas...

¡¿podemos boicotear a todas las zorras tóxicas que intentan ligar con nuestros chicos?! *#rosiehart #francinedubois*

La bilis me subió por la garganta al ver que se me relacionaba con ese incidente. No me podía creer que la gente nos metiera en el mismo saco a esa mujer y a mí.

Esas personas no entendían nada de nada. No conocían a Adam y no veían el pánico que reflejaba su mirada, que se percibía con claridad en el vídeo. Nadie sabía hasta qué punto se presionaba él mismo en lo que respectaba a su carrera. Y ninguna de esas personas sospechaba cómo era por dentro. Yo, en cambio, lo sabía.

Pero entonces me asaltó un pensamiento espantoso.

¿Y si a Adam esa entrevista le había recordado a la nuestra?

¿Y si él también había llegado a la conclusión de que Francine Dubois y yo éramos iguales?

Cerré deprisa la aplicación y fui a mis contactos, donde marqué el número de Adam y permanecí a la espera con el corazón desbocado.

Tenía que saber como fuese si estaba bien. Quería estar con él. Quería decirle que lo entendía. Pero no tuve ocasión.

Adam no lo cogió.

Ni entonces.

Ni al cabo de una hora.

Ni por la noche.

Y tampoco al día siguiente.

Adam

Tenía la cabeza como un bombo. Fue lo primero de lo que me di cuenta cuando empecé a recuperar la consciencia. Lo segundo fue que las paredes me daban vueltas. Y lo tercero, la enervante voz que venía de fuera y me obligó a abrir los pesados párpados.

—¡Abre la puñetera puerta de una vez, Beast!

A través de la neblina de mi cabeza supe que era Thorn. Hablaba tan deprisa que la lengua se le trababa. Luego se puso a aporrear la puerta con todas sus fuerzas. Cada golpe nos hacía estremecer a mí y a mi dolorida cabeza.

No solo las paredes daban vueltas: el suelo también lo hacía. Traté de encontrar un punto de apoyo. Mi mano tocó algo mojado, pero me dio lo mismo. Después decidí desistir del intento. Me dejé caer de nuevo, apoyé la mejilla en las frías baldosas y, tras cerrar los ojos, me abandoné por completo a la densa niebla que cubría mi cabeza. Ya nada contaba. El entumecimiento estaba ahí y, aparte del mareo, la sensación era maravillosa. Exactamente lo que necesitaba. A mi alrededor la oscuridad iba en aumento. Ya no podía respirar, pero incluso eso estaba bien, siempre que mantuviese a raya el dolor. El dolor ya no tenía cabida en mi vida. No volvería a tenerla nunca.

—Voy a entrar.

Acto seguido se oyó un fuerte crujido.

Tosí y me dieron arcadas, y un dolor intenso me arrolló.

—Joder, Adam.

¿Era Thorn?

De repente mi amigo se plantó a mi lado, me cogió por los hombros y me zarandeó con energía. Volví a sentir arcadas mientras el pecho se me encogía. Me dolía, e hice una mueca. Todo se tornó un murmullo. Oía voces y gritos y alguien me seguía zarandeando.

Abrí otra vez los ojos, pero no veía bien. Una neblina lo envolvía todo, en mi campo visual todo era doble y triple. Distinguí, borroso, a Thorn, arrodillado sobre mí. Tenía varias cabezas, que se movían, igual que las paredes. Al ver que lo miraba, lanzó un suspiro de alivio. Después me ayudó a sentarme, pero el equilibrio me falló y me fui hacia un lado en el acto. Thorn impidió que cayera al suelo de nuevo y soltó un taco. A mi nariz llegó un olor acre. Ladeé la cabeza y solo entonces vi lo que era el líquido en el que había estado tendido.

Vómito.

Me había quedado dormido encima de mi propio vómito.

La idea rasgó el velo que hasta hacía unos instantes me parecía tan grato. Me golpeó en el pecho e hizo que quisiera aovillarme. Noté un escozor en los ojos. Sentí el deseo de volver a estar tirado en el suelo. Con el entumecimiento todo era más soportable. Sin él, estaba perdido.

—Necesito más alcohol. —Me costó pronunciar las palabras, y no estaba seguro de si las había dicho en el orden correcto.

—Necesitas un médico. Eso es lo único que necesitas.

Negué con la cabeza e intenté pegarle.

Sin mediar palabra Thorn se levantó. Se puso detrás de mí, metió sus brazos por debajo de los míos y me arrastró un metro a la izquierda, donde se encontraba el plato de ducha. A continuación reguló el termostato y abrió el grifo.

El tremendo frío privó a mis pulmones de aire y acabó con todo: la niebla, los recuerdos y las patéticas lágrimas que se agolpaban en mis ojos sin que pudiera hacer nada por evitarlo.

Ya no tenía fuerzas. Me habían abandonado por completo. Junto con las ganas de vivir que me quedaban.

Apoyé la cabeza en los azulejos que tenía detrás y esta cayó por sí sola hacia un lado. A través de la mampara de cristal vi, desdibujado, a Thorn, que limpiaba el suelo con un montón de papel higiénico. Solo después se volvió y me miró. Se inclinó hacia delante, cerró el grifo y se apoyó en la pared de enfrente de la ducha.

Nos quedamos observándonos el uno al otro callados. El silencio se cernía pesadamente sobre nosotros.

Thorn me miró a los ojos y negó con la cabeza despacio.

—¿Qué cojones estás haciendo, Adam?

Al oír mi nombre clavé los dedos en el empapado pantalón del traje que llevaba.

—Anoche estuvimos buscándote por toda la ciudad, durante horas. Nadie pudo dar contigo, ni siquiera Caleb, después de que le dieras esquinazo. No sé cómo llegaste aquí —dijo con voz inexpresiva.

Ni siquiera yo me acordaba. No tenía ni idea de lo que había pasado la noche anterior. No sabía si me había traído alguien cuando yo estaba completamente borracho o si había echado abajo un bar. Pero estaba seguro de que, si había sido así, lo leería en internet.

—Tengo miedo por ti —continuó.

No dije nada.

—Joder, me da pánico entrar un día en el cuarto de baño, encontrarte tirado en tu propio vómito y que sea demasiado tarde. Estabas inconsciente, Adam, y tenías tanto vómito en la faringe que casi no podías respirar. A saber si seguirías vivo si hubiese llegado una hora más tarde. Si continúas así ese futuro será inevitable. Y no quiero que eso pase. —Su voz era ronca, y el dolor que reflejaban sus ojos me obligó a mirar hacia otro lado.

Clavé la vista en los azulejos grises. En el intrincado dibujo que había dejado en ellos el agua.

No era la primera vez que Thorn me decía eso. Normalmente yo le prometía que iría con cuidado, que no había motivos para preocuparse, que lo tenía todo bajo control, que podía con ello yo solo. Sin embargo, en ese instante... no era capaz de contarle una sola mentira más.

En mi cabeza se abría un agujero negro sin fondo. Que era justo lo que me proponía. Pero, aunque el alcohol me corría por las venas y me atontaba por completo, no servía de nada. Era la primera vez que había hecho lo que había hecho para nada, porque en mi pecho seguía arraigado el pánico, mezclado con el dolor.

«Quizá ha llegado un momento en que ya no puedes seguir así.» La voz de Rosie resonó en mi cabeza.

Rosie.

Qué ingenuo había sido.

Por pensar que podía volver a casa y seguir desde donde lo habíamos dejado por teléfono.

Por pensar que su dulzura por sí sola podría ayudarme a espantar el miedo que me inspiraba la intimidad.

Si algo me había enseñado lo que había sucedido en la emisora era que no sería capaz de hacer eso. Creía que podría, pero había sido un error. Una ilusión a la que me había entregado al sentirme tan bien con lo que teníamos Rosie y yo. Pero cuando regresara a Los Ángeles, todos mis problemas, toda mi mierda, seguirían ahí. Y Rosie no podía ser la que me ayudara siempre a superarlo todo. No podía ser mi muleta emocional. No se lo merecía. Además, para mí ya era demasiado tarde. Ahora me daba cuenta. Me había engañado a mí mismo. Había mentido a Rosie. Había mentido a todos los que me rodeaban. Llevaba años haciéndolo.

Ahora había llegado el momento. El momento en que el alcohol ya no me ayudaba a aplacar el dolor. El momento en el que por primera vez no era capaz de reprimir el escozor que sentía en los ojos. Ya no podía hacer que todo eso desapareciera de mi cabeza sirviéndome de unos mantras. Sencillamente, ya no funcionaba.

—Jasper —grazné, como si me hubiese tragado un puñado de clavos oxidados en la garganta. Hablar me dolía, tanto física como mentalmente, pero cuando Thorn se acercó a mí y me miró con atención, supe que esta vez no podía haber vuelta atrás—. Necesito... necesito ayuda.

Thorn se inclinó hacia mí y me abrazó con fuerza. Me frotó la espalda y me sostuvo con firmeza mientras un sollozo mudo sacudía mi cuerpo.

—Te buscaremos la ayuda que necesitas, Adam. Y estaremos contigo en cada paso del camino, dure lo que dure.

Cuando dejé caer la frente en su hombro, la vergüenza me arrolló como si fuese una ola enorme. Me sepultó bajo ella, se metió por cada poro de mi cuerpo y me devoró hasta que en mí no quedó nada salvo un dolor amargo y sombrío, y la certeza de que había tocado fondo.

EPÍLOGO

Rosie:

No sé por dónde empezar, así que lo haré por lo más evidente:

Lo siento.

Siento haberte dicho que estaba preparado para empezar algo, aunque en el fondo sabía que nunca podré hacerlo. Si fuese capaz de tener una relación... no te quepa duda de que tú serías la persona a la que le habría entregado mi corazón. Ojalá pudiera cumplir la promesa que te hice, pero es imposible. No puedo volver contigo.

Tengo que someterme a una cura de desintoxicación sí o sí y necesito tiempo para superar algunas cosas del pasado. Porque tenías razón: si no lo hago, esto acabará conmigo. Este momento debería haber llegado hace tiempo. Me has ayudado a darme cuenta de ello, y te lo agradezco. Pese a todo, quiero que sepas lo importantes que han sido para mí las conversaciones que hemos mantenido. Las veces que me has hecho sonreír. Y la paz que me ha dado escuchar tu voz.

Por favor, quédate en la casa de invitados hasta

que encuentres piso. De todas formas, yo tardaré algún tiempo en volver a casa.

No sabes cuánto lo siento. Ojalá las puñeteras cosas fuesen de otra manera.

Adam

Continuará...